古典詩歌研究彙刊

第十六輯

龔鵬程 主編

第 **20** 冊

黃生及其《杜詩説》研究

范偉軍 著

國家圖書館出版品預行編目資料

黃生及其《杜詩說》研究／范偉軍 著 -- 初版 -- 新北市：花木
蘭文化出版社，2014〔民103〕
目 2+218 面；17×24 公分
（古典詩歌研究彙刊 第十六輯；第 20 冊）
ISBN 978-986-322-838-7（精裝）
1.（唐）杜甫 2.唐詩 3.詩評
820.91　　　　　　　　　　　　　　　　103013526

ISBN-978-986-322-838-7

9 789863 228387

古典詩歌研究彙刊
第十六輯　第二十冊
ISBN：978-986-322-838-7

黃生及其《杜詩說》研究

作　　者	范偉軍
主　　編	龔鵬程
總 編 輯	杜潔祥
副總編輯	楊嘉樂
編　　輯	許郁翎
出　　版	花木蘭文化出版社
社　　長	高小娟
聯絡地址	235 新北市中和區中安街七二號十三樓
	電話：02-2923-1455／傳眞：02-2923-1452
網　　址	http://www.huamulan.tw 信箱 hml810518@gmail.com
印　　刷	普羅文化出版廣告事業
初　　版	2014 年 9 月
定　　價	第十六輯 21 冊（精裝）新台幣 32,000 元

黃生及其《杜詩説》研究

范偉軍 著

作者簡介

范偉軍，男，漢族，1975 年生於安徽省來安縣，文藝學碩士、文學博士，現在中國傳媒大學、時代出版傳媒股份有限公司藝術學博士後科研流動站從事研究工作。主要研究方向為中國文學批評史、文化產業政策。曾在《文藝理論研究》、《民族文學研究》、《文化中國》、《新亞論叢》、《徽學》、《中國高校科技與產業化》、《咨政》、《安徽日報》等報刊發表論文二十餘篇。參著參編《文心雕龍研究史論》、《新徽商藍皮書 2007》、《品牌徽商 2008》等著作五部。曾榮獲徽商文化研究獎。

提　　要

　　黃生（1622～1696）是明末清初徽州學人的典型代表，為後人留下了豐富的文化遺產，在中國文化學術思想史上影響深遠。其詩文集等著作是徽州典籍文獻的典型個案，從中可以窺見當時紛繁複雜的社會生活狀況；其《杜詩說》研究範式別具一格，為歷代學者所推崇，在杜詩研究史上承前啟後、影響深遠。

　　本文上編力求從第一手材料出發，知人論世，詳加考索黃生的家世、生平、交遊、著述等方面。共分三章：第一章「家世、生平考索」重在探討家族傳統、生活環境、人生經歷對黃生學術思想形成的作用；第二章「交遊考」對與黃生關係密切、影響較大的人物，儘量予以考訂；第三章「著述考略」重在敘錄黃生著作的版本、館藏、著錄、存佚情況等。

　　下編，則以《杜詩說》為個案，將其置於徽州地域文化的視野中加以審視，把黃生對杜詩的選評與其詩學理論結合起來探討，並從杜詩學發展史的向度考察《杜詩說》。共分三章：第四章「《杜詩說》的產生及其闡釋方法」，主要探討《杜詩說》產生的時代背景及學術思潮等，考察徽州學人注杜的傳統及對《杜詩說》的影響，論述《杜詩說》對宋代杜詩學及錢注杜詩的反思，分析「以意逆志」與「知人論世」相結合的闡釋方法；第五章「《杜詩說》的歷史影響」，通過黃生《杜詩說》與吳瞻泰《杜詩提要》、洪仲《苦竹軒杜詩評律》、仇兆鰲《杜詩詳注》的比較，分析其對「杜詩學」的影響與推動；第六章「《杜詩說》於當代杜詩研究之啟示」則是從接受史的角度，總結黃生《杜詩說》所體現出的研究方法、思維方式和治學途徑，對當代杜詩學構建所具有的啟示意義。

目次

導　言

　　黃生（1622～1696），譜名琯，庠名起溟，字扶孟，一字黃生、房孟、生父。號白山、黃白山樵，別號冷翁。又自號蓮花外史。歙縣人，明季諸生，入清不仕，長期隱居山林，潛心學術。工詩文，善書畫，淹貫群籍，博學多識，著述宏富。

　　本文之所以選擇黃生及其《杜詩說》作爲研究對象，主要有以下幾點原因：

　　其一，黃生作爲明季遺民的代表，其坎坷的人生經歷、自覺的文化使命感讓人爲之動容。風雲際會的明清之際，社會急劇變化，朝代迅疾更迭。入清以後，一方面戰爭頻仍，另一方面，清廷日益加強思想文化的統治……這一切考驗著每一位仁人志士。明清之際的知識分子直面殘酷的現實，對自己的人生道路做出了艱難的抉擇：或以武力抗爭，誓與異族統治者玉石俱焚；或逃禪佯狂，放浪形骸，有所寄託；或隱居山林，不問世事，潛心學術；或積極入仕，與清廷合作……黃生飽嘗國破家亡之痛，在入清之後，絕意仕進，獻身學術。即使流離失所，困頓不堪，爲生活四處奔波，仍然「不墜青雲之志」。在衣食不繼的艱苦條件下，黃生堅持授徒講學、研討學問、一意著述，希冀以詩爲史、以學術存史，最終著作等身、成果豐碩，爲後人留下了豐富的文化遺產，在文化學術思想史上影響

深遠。黃生不平凡的人生經歷、良苦的用心、執著的精神令人欽佩感歎。

其二，作爲歙人，黃生一生的大部分時間都生活在徽州，其心靈深處留下了明顯的徽文化的烙印。

徽州素有「東南鄒魯」、「程朱闕里」之美譽，人傑地靈，鍾靈毓秀，文風昌熾，文化遺存豐富，人文底蘊深厚。20 世紀以來，隨著一大批徽州文書的出現，對於徽州的研究更是方興未艾，並由此逐漸發展出一門新的學科——徽學。徽州號稱「文獻之邦」，歷史上遺留下來了豐富的典籍文獻。據初步調查，目前存世者尚有 4000 餘種。其中，詩文集就達到了一半以上 (註1)。但是，從目前的研究狀況來看，徽學研究似乎更加關注徽州的文化遺存，以及新近發現的文書譜牒。相對而言，作爲徽州精神文化重要遺產之一的徽州文獻，則缺少系統的搜集整理、研究探討，雖偶有涉及，但仍顯重視不足，研究不夠，仍有大量的工作亟需去完成。這些典籍文獻中蘊涵了大量社會生活方面的信息，爲我們認識和解讀徽州當時的歷史文化提供了有利的依據，其價值毋庸置疑。徽州文人向來重視詩文，大批文人結社吟詠，群居切磋，梓刻詩集，大量的詩文藉此得以留存於世。但是，這些作爲徽州典籍文獻重要組成部分的詩文集也有待進一步發掘、整理。

黃生是明末清初徽州學人的典型代表，學殖深厚，交遊廣泛。其詩文集及其他著作是徽州典籍文獻的典型代表，從中可以窺見明末清初之際紛繁複雜的社會生活狀況。本文考察黃生的詩文集等相關著述，探討其生平及學術思想，正是試圖爲徽州文獻尤其是文學文獻整理研究工作乃至徽學研究盡一份綿薄之力，藉此引起學界對徽州典籍文獻研究工作的進一步重視。

其三，本文在黃生的眾多著作中選擇《杜詩說》予以集中考察，首先是因爲黃生的《杜詩說》在清代杜詩研究中獨樹一幟，影響深

〔註1〕 胡益民、陳晨《徽州典籍文獻與徽學學科建構關係論綱》，《安徽大學學報》2004 年第 5 期。

遠。眾所周知，杜詩爲歷代學者所推崇，僅宋代就有「千家注杜」之說。有清一代，學人注釋研究杜詩的風氣愈熾愈濃。黃生歷數十年之功，精研杜詩，深感前人之注杜、品杜，「非求之太深，則失之過淺」，「支離錯迂，不中窾會」。〔註2〕於是，精心結撰《杜詩說》十二卷，選錄杜詩七百餘首，逐一解說。黃生的研究範式在清代杜詩研究中別具一格。清初，錢謙益箋注杜詩，引據該博，極盡考據之能事。而黃生則偏重於知人論世，以意逆志，力圖還原杜詩眞意，探究杜詩本心。其有關杜詩「景即是情」等藝術特徵的論述更是切理厭心。黃生《杜詩說》的影響非常深遠，仇兆鼇《杜詩詳注》徵引達三百條之多，其他人亦多有稱引。另外，它對今天的杜詩研究也具有一定的啓示意義。其次，通過對杜詩的選擇、接受、批評，黃生對詩歌藝術提出了自己的看法。可以說，《杜詩說》集中體現了黃生的詩學觀點。本文試圖從解剖《杜詩說》這一標本入手，探討其文學觀念。再次，從地域文化的角度來說，黃生是徽州學人的典型代表，學術思想稱譽當時，澤被後人。他曾與洪舫、吳瞻泰等人相互參訂、研討杜詩，在當時頗有影響，並且在徽州還形成了頗具特色的注杜傳統。因此，由《杜詩說》切入，比較徽州學人注杜之異同，無疑將爲徽州的地域文化研究提供一種新的視角。

　　黃生爲明季遺民，其著作在乾隆間曾遭禁燬，故其大部分長期以來湮沒無聞；加之他一生中相當長的時間，隱居家鄉，閉門不出，一意著述；僅有的記載其事蹟的史料語焉不詳，留存的著作又極其簡缺，且後人對其著述生平也缺少整理考辨。故後人對其行狀不甚瞭解，家世、生平、交遊等情況都鮮爲人知。迄今爲止，有關黃生生平研究方面唯一能見到的、搜集材料較爲詳備的著作當屬著名徽學研究專家汪世清作於上世紀六十年代的《黃生年譜》（未刊稿）。汪世清以竭澤而漁、徵而後信的精神，於黃生生平及交遊情況的材料旁搜遠紹、廣爲搜求，剔抉爬梳，並進而詳加分析、精審考辨，大致釐清了

〔註2〕《杜詩說序》。

黃生的活動及交遊的基本情況。在黃生生平考證方面，其筆路藍縷，功不可沒。近年來，黃生的部分著作得以校點刊行，如《字詁》、《義府》、《杜詩説》、《唐詩評》、《詩塵》、《載酒園詩話評》等；對黃生的研究也日益引起學界的重視，但是有限的研究成果主要集中在對《字詁》、《義府》的研究上。如，何九盈視黃生爲清代語言學風氣開創期的代表人物〔註3〕。趙振鐸論述了《字詁》中某些條目對「右文」規律的發掘〔註4〕。而李建國則在其《漢語訓詁學史略》一書中十分詳細地論述其訓詁成就，推舉黃生爲「清代訓詁學」之先導。另，張紫文、鮑恒、殷寄明等人的論文也都對黃生在訓詁學史上的地位提出了自己的看法。但是，目前學界有關黃生生平活動、詩學理論方面的研究成果仍然較少，已經發表的有《黃生〈詩塵〉述評》〔註5〕、《略論黃生的詩趣説》〔註6〕等少數單篇論文。對《杜詩説》予以分析、考察和評判的文章同樣是寥若晨星，只有《黃生論杜》〔註7〕、《以意逆志 盡得性情》〔註8〕、《從杜詩接受史考察黃生的〈杜詩説〉》〔註9〕、《黃生〈杜詩説〉與清初杜詩詮釋方法》〔註10〕等少數幾篇。向以群就《杜詩説》研杜方法等問題作了較爲深入的論述；賈、徐二人曾點校黃生的著作，所論皆是有感而發，啓人心智；周興陸從文學批評發展史的角度審視《杜詩説》，頗有理論深度；郝潤華的文章則聯繫清初的時代思潮及學術風氣探討黃生《杜詩説》的詮釋方法，令人耳目一新。但是，從總體上看，對黃生及其著作的理論研究還是比較薄弱的。

〔註3〕 何九盈《中國古代語言學史》，廣東教育出版社2005年版，第289頁。

〔註4〕 趙振鐸《訓詁學史略》，中州古籍出版社1988年版，第190頁。

〔註5〕 賈文昭《黃生〈詩塵〉述評》，《江淮論壇》1995年第4期。

〔註6〕 左健、褚雪松《略論黃生的詩趣説》，《安徽大學學報》2004年第6期。

〔註7〕 向以群《黃生論杜》，《杜甫研究學刊》1990年第1期。

〔註8〕 徐定祥《以意逆志 盡得性情》，《杜甫研究學刊》1994年第2期。

〔註9〕 周興陸《從杜詩接受史考察黃生的〈杜詩説〉》，《杜甫研究學刊》2001年第4期。

〔註10〕 郝潤華、王永環《黃生〈杜詩説〉與清初杜詩詮釋方法》，《安徽文獻研究集刊》第一卷，黃山書社2004年版，第118～130頁。

　　近年來，有關明清之際學人研究新的材料時有發現，在古籍整理方面也有大量成果不斷湧現，理論方法意識亦有所更新，這爲黃生的相關研究提供了許多亟待拓展深入的空間。

　　本文擬進一步發掘材料，力爭從第一手材料出發，盡可能利用現有成果，知人論世，於黃生的家世、生平、交遊、著述等方面詳加考索，以此構成本文的上編。下編，則以《杜詩說》爲個案，把黃生對杜詩的選評與詩學理論結合起來探討，並從杜詩學發展史的向度考察《杜詩說》。同時，將它置於徽州地域文化的視野中加以審視。本文上編、下編，雖一宏觀，一微觀，但卻是密切聯繫的。本文力求在寫作中做到二者的有機統一。

上　編

第一章　家世、生平考索

　　由於黃生的許多著作曾遭清廷禁燬，留存不多，其它有關家世生平的資料，也大多付諸闕如，所以長期以來學界對黃生的家世、生平等缺少基本的研究。而家族傳統、生活環境、人生經歷對黃生學術思想形成的作用不可低估。故下文在前人現有成果的基礎上進一步予以補充，考索黃生的家世生平。

第一節　家　世

　　據《新安名族志‧潭渡》所述，「黃出嬴姓，陸終受封於黃，世奉黃帝之祀，子孫以國為氏，世望江夏。晉有諱積者為考功員外郎，從元帝渡江，任新安太守，卒葬郡西姚家墩。積生尋，廬於墓，遂家焉，改曰『黃墩』。」〔註1〕由此可知，黃生一族可溯源至江夏黃氏。自晉元帝時，江夏考功元外郎黃積（字符集）渡江南下，遷居新安，任新安太守，後卒於此地。其子黃尋遂定居於新安，黃積被當作新安黃氏的始遷祖，「黃墩」亦成為新安黃氏一族始遷地和發源地。黃墩位於歙之西南約二十公里，群山環抱，河流繞行。正因為具有獨特的地理環境，所以歷史上眾多望族大姓紛紛遷居至此，躲避戰亂災禍。黃墩也成了程氏、朱氏等大族的聚居之地。新安黃氏一族，後又遷居。

─────────────────

〔註1〕《新安名族志》第 152～155 頁。

唐中宗時黃璋遷徙到潭渡，居於郡西九里黃潭。從此，潭渡黃氏瓜瓞綿綿、代代相傳。

　　黃墩及潭渡均屬於徽州。徽州地勢險峻，田少民稠，武勁之風盛行。後來，北方遷徙的大族帶來了中原文化，徽地開始出現重儒的風氣。《歙風俗禮教考》曾言及徽人習尚之變遷：「武勁之風，盛於梁、陳、隋間，如程忠壯、汪越國，皆以捍衛鄉里顯。若文藝則振興於唐、宋，如吳少微、舒雅諸前哲悉著望一時，而元、明以來，英賢輩出，則彬彬然稱『東南鄒魯』矣。」〔註2〕黃墩是程、朱的新安始遷祖居住地，入宋以後，被稱爲「程朱闕里」。南宋理學大師朱熹曾數度回到故鄉——徽州，授徒講學，傳播思想。〔註3〕自此，朱子理學在徽州流傳遠播，徽州也獲得「理學之邦」的美譽。自南宋以來，徽州士人崇尚理學之風日熾，把朱子之學奉爲圭臬，「其學所本則以郡先師朱子爲歸。凡六經傳注、諸子百氏之書，非經朱子論定者，父兄不以爲教、子弟不以爲學。是以朱子之學雖行天下，而講之熟、說之詳、守之固，惟推新安之士爲然。」〔註4〕徽地之民，「宜讀朱子之書，取朱子之教，秉朱子之禮，以鄒魯之風自持，而以鄒魯之風傳之子若孫也！」〔註5〕受朱熹理學思想的影響，徽地出現了厚人倫，重教化，尚氣節，矜取與的淳厚民風。即使是外出經商之人亦秉承賈而好儒之風。誠如清代學者戴震所述：「吾郡少平原曠野，依山爲居，商賈東西行營於外，以就口食，然生民得山之氣質，重矜氣節，雖爲賈者，咸近士風。」〔註6〕山的厚重賦予徽人厚義的秉性，而後天儒學的教化則養成徽人明理的作風。徽人的日用倫常、行爲規範、宗族制度均以朱子之學爲準則。

〔註2〕　《歙事閒譚》第602頁。
〔註3〕　黃生《一木堂詩稿》有《紫陽書院謁朱文功像紫陽山在府城南》：「紫陽桑梓地，遺像在空山。苔蘚碑文合，階除鳥迹閒。高樓容眺聽，曲磴有躋攀。東魯斯文脈，悠悠俯仰間。」
〔註4〕　趙汸《東山存稿》卷四，文淵閣四庫全書本。
〔註5〕　《休寧茗州吳氏家典序》。
〔註6〕　《戴震全書》三十二，第六冊第440頁。

　　徽州的地理環境、鄉風民俗以及朱子之學於黃氏宗族及黃生的
影響至深至遠。徽州各姓聚族而居，各宗族都有著一整套嚴格完備
的組織體系、族規家法制度。如趙吉士所言：「新安各姓聚族而居，
絕無一雜姓攙入者。其風最爲近古。出入齒讓，姓各有宗祠統之，
歲時伏臘，一姓村中千丁皆集，祭用文公家禮，彬彬合度。父老嘗
謂：新安有數種風俗勝於它邑：千年之冢，不動一抔；千丁之族，
未嘗散處；千載譜系，絲毫不紊。主僕之嚴，歷數十世不改，而宵
小不敢肆焉。」〔註7〕與新安其他大族一樣，潭渡黃姓氏族內部的
劃分也十分細密。族中自旌孝公以來，十一世以下，逐漸釐分爲八
門九堂。在黃生看來，「思養、永思、敦睦、貽安、存誠、春暉、
思誠、蓼莪」八門合則爲一、分則爲八的宗族體系，是祖先孝悌遺
風的綿延。雖分八門，但孝親之紐帶又將八門緊密聯繫爲一體。他
在所撰的《貽安堂記》中對族中「八門」作了如下論述：「吾觀入
門三分皆起於兄弟，兄弟其初固一本也。由其後而析之，自期功祖
免以至於無服。分之不可勝分，愈分則愈疏。苟一反而溯之，自三
門之兄弟以至於四門、五六門、七八門之兄弟，而上本於一祖。合
之無所不合，愈合則愈親。是故分之曰八門，從其疏者爲言也。聚
之則曰孝行里，從其親者爲言也。然則吾潭渡聚族而居，雖分而未
嘗不合。微孟五公之遺澤延綿，團結不及此。子亦前人之所貽者，
貽之可也。」〔註8〕

　　黃生即屬於春暉堂一門，現據潭渡黃氏後人黃賓虹先生《歙潭渡
黃氏先德錄》的相關記載及《潭渡黃氏族譜》所錄譜系情況，考證潭
渡黃氏世系如次：

〔註7〕　《寄園寄所寄》卷十一，康熙刊本。
〔註8〕　《潭渡黃氏族譜》卷十，清雍正九年刊本。

璋—三—亮—三—光—四—芮—五—文瓚—六—超—七—任霸—八—德

　　　　　　　兄弟　　　兄弟　　　　　兄弟

　　　　　　　五人　　　三人　　　　　二人

　　　　　　　行五　　　行一　　　　　行二

八—德—九—寶—十—元吉—十一—從吉思養

　　　　　　　　　憲吉—十二—瑜—十三—邦俊—十四—慶長—十五—

　　　　　　　　　　　　兄弟　　　兄弟

　　　　　　　　　　　　三人　　　二人

　　　　　　　　　　　　行二　　　行一

十五—淵—十六—大受—十七—孝善敦睦

湘永思　兄弟　　　孝則—十八—天麟—十九—儒壽—二十—塾存誠

兄弟　　二人　　　　　　　官壽貽安　墅—廿一—福佑—廿二—

三人　　行二

行一

廿二—興壽春暉—廿三—禛祝—廿四—玄芳—廿五—天偉—廿六—記—廿七—允契

　　　　　　　　　　天爵

　　　　　　　玄孫—廿五—文宗　　—廿六—訓（黃潭公）—廿七—允周—

　　　　　　　　　　　　　廿八—循尹—廿九—世瑄——

　　　　　　　　　　　　　三十—家儼（陶長公）—三十一—白山—三十二—呂

　　　　　　　　　　　　家偁　　　　　　　琬

　　　　　　　　　　　　　　　　　　　　琦

　　　　　　　　　　　　　　　　　　　　琳

新壽思誠——文晟燕翼—

　　徽州自古以來既有淳厚質樸的民風，也有重儒厚教的優良傳統。如明人汪道昆云：「新安多世家，強盛其居室，大抵務壯麗，然而子孫能世守之，視四方最久遠，此遵何德哉！新安自昔禮義之國，習於人倫，即布衣、編氓途巷相遇，無論期功強近，尊卑少長以齒。此其遺俗醇厚，而揖讓之風行，故以久特聞，賢於四方遠甚，非苟而已也。」〔註9〕徽地鄉風自然地影響了黃氏家族。朱子理學所主張的「三綱五

─────────────────────

〔註9〕《太函集》第22頁。

常」等道德規範對黃氏家族同樣影響巨大。潭渡黃氏家族中有許多人服膺朱子之學，理學造詣深厚。如黃綬受朱子理學影響，棄商從文，摒棄王陽明終日靜坐之法，遵循「道問學」之路徑，專心聖賢之書，每日誦讀聖人之言，孜孜矻矻，毫不懈怠。潭渡黃氏另一位人物蛟峰先生於理學也頗有研究，以擅長理學名世，曾經受邀至紫陽書院主講《尚書》，且一意著述，著作頗豐。有《性理便覽》十八卷、《讀易鈔》三卷、《春秋傳略》二卷、《四部備忘》十四卷、《蛟峰文集》四卷。〔註10〕

潭渡黃氏先代賢士重視並推崇理學，族人深受浸染，從而在其家族內部產生了一系列孝友惟德的倫理信條，形成了彬彬禮讓之風。在徽州的地理環境、鄉風民俗等諸多因素的共同影響、催發、綜合作用之下，潭渡黃氏培育出了代代承傳的諸多優良家族傳統。這些傳統對黃生思想性格的形成影響頗深。現簡介如下：

其一，方正厚德、孝悌愛教。潭渡黃氏修身弘毅，方正厚德之士不乏其人。如，士正公（字慶壽）即以稟持浩然之氣，方正嚴毅，以德服人，為族人所稱道。後成為族長，亦並非借年長之故，取信於人。而是以行為端正，性格嚴毅，令族人對其十分敬憚，以其一人之行履，維護了一鄉之風俗，「所居西有打捕園，構小軒其中。間呼子姓能言者，輒舉陳古靈教民詞以訓。諸婦及孫婦小有過，必端坐呼立階下，面折不少怒。一鄉皆敬憚之。」〔註11〕道萱公文暉則是以稟性剛直，嫉惡如仇而著稱。《潭渡黃氏族譜》卷七《方正》云：「道萱公，字文暉。貌雄偉，稟性剛直方正，無毫髮忮求。少時，鄉有匪人惡之若蛇蠍然。見作事舋理者，輒大聲攻之，至其人面發赤不顧。人多畏避之。」而天瑞公（字良應）則好執古人之禮法，溫良恭敬，於人謙和禮讓。其居於鄉時，「喪父母，水漿不入口者三日。自殤而殯。而葬，一法文公《家禮》。或病其繁曲，雖

〔註10〕《歙潭渡黃氏先德錄》，《黃賓虹文集》第428頁。
〔註11〕《潭渡黃氏族譜》卷七。

行則曰：古今匪異人，當行則行，何難則有？嘗與黃潭先生議冠婚祭三禮，時家子諾尚幼，而吾門奉先室在前堂。天不假年，皆未及行而卒。好與人談論古今至忠臣義士不得其死者，輒太息流涕不已。生平不妄言，亦不逆詐。詐者得計後，雖覺亦不悔。曰：寧人負，毋負人也。居鄉見長者必拱而行，端而揖。揖少者亦然。嘗遊三吳，士大夫咸以儒者稱之。」〔註12〕族人中更有景慕前賢，重義輕利，慷慨解囊，捨富濟貧之士。如天壽公就曾分割自家田地，賑濟族中貧民，立潭渡黃氏之「義倉」。對這位慷慨大義、胸無俗諦的先輩，黃生在參與撰寫的《潭渡黃氏族譜》卷七《厚德》中對其讚譽有加。

作為以血緣關係為紐帶結合在一起的封建宗族，孝道是道德規範的核心。兄弟友愛、敬長尊上、忠君愛國皆是孝道的延伸。潭渡黃氏稟承了儒家重視孝悌的禮教傳統，講究孝悌仁愛，遵循三綱五常，注重倫理親情。如，潭渡黃氏二十世祖季華公即是孝友為先的代表人物。他為奉養母親，特避朝廷徵辟，託病不出，因此獲罪，以身殉孝。其人其事令人為之扼腕唏噓，感慨不已！〔註13〕善五公英壽的事迹與季華公十分相似，同樣是為申孝悌之義，不幸禍及身家性命。《潭渡黃氏族譜》卷七《孝友》記其事甚詳，「善五公，諱英壽，字士傑。生有英氣，故以為名。事母孝，友二弟怡怡，就學鄉先哲吳仲齡，亟稱之。為作《友愛堂記》。國初詔求人材甚急，有司以公名上聞。公念母老弟弱不忍去。左右乃託星易，避地於旌陽。會鄉中吳某有訟事，事連公。國法：避徵不出，事覺，謫遠戍。公聞而歎曰：吾以虛名獲實禍。顧若無子弟，有子可以展籍伍符世，累吾弟子若孫乎！遂出投績溪縣獄，就獄中仰藥卒。」而早孤的二十七世祖禛七府君，則始終勵德敦行，與仲原、仲禧、仲述等兄弟之間，互相戒飭，同舟共濟，孜孜勤儉，撐持門戶。雖處艱難時世，累經憂患，歷涉艱難，極其窮

〔註12〕《重訂潭濱雜誌》，清光緒三年刊本。
〔註13〕《歙潭渡黃氏先德錄》，《黃賓虹文集》第 428 頁。

困，仍好賢款賓，終於共同渡過難關，家聲大振。〔註14〕

　　爲教化族中子弟恪守綱常禮教，並培養擢高升第的人材以光宗耀祖，潭渡黃氏十分重視學校教育，採取興辦族學的形式，資助族中貧困子弟讀書。《潭渡黃氏族譜》卷四《家訓》云：「子姓十五以上，資質穎敏，苦志讀書者，眾加獎勵，量佐其筆箚膏火之費。另設義學以教宗黨貧乏子弟。」

　　其二，剛毅狷介、習文重藝。在一些潭渡黃氏族人身上還表現出一種耿介剛烈的精神與品質。他們面對困難，身處逆境，仍然能做到堅韌剛毅，自強不息。有時爲了堅持操守，即使犧牲性命也在所不惜。如族人大道公之妻吳氏，二十三歲即守寡，煢煢子立，形影相弔，過著十分清貧的生活，甚至有時炊煙不繼，亦不願受人憐憫，牽累於人，「常燒柴於竈，以示舉火。」黃生激賞吳氏的行爲，認爲她雖是女流之輩，但表現出來的氣節，卻具有偉丈夫之氣概。黃生曰：「飢寒困乏而不食嗟來之食，此賢者事耳。庸夫鄙人曾不之責，而況婦人女子乎？吳氏之燒柴，豈第賢於庸夫鄙人而已。予既傳之節歸而於此，特著之以見吳氏非婦人也。」〔註15〕明邦先生則是一位義烈之士，其容貌不端，性格孤僻，平日呼盧縱酒，放浪形骸，不拘小節，但是卻堅持品節，寧爲玉碎，不爲瓦全，寧死也不願改服。〔註16〕

　　潭渡黃氏一族不僅以理學傳家，「家承孝友，士食先德，彬彬禮讓，純乎古風」〔註17〕，還素有習文重藝的傳統。一方面，他們一心讀聖賢之書，窮萬物之理；另一方面，又對文學藝術表現出濃厚的興趣，寄情於詩文書畫，怡情養性，抒發懷抱。由此，族中出現了一批藝術造詣深厚、於詩書畫諸藝兼通的卓有識見之人。如，黃生二十六世祖黃潭公不僅具有深厚的理學修養，還以擅長創作古文辭蜚聲於世。其年少之時，讀書過目成誦，後嗜好古文，以韓昌黎爲師法。當

〔註14〕同上第429頁。
〔註15〕《潭渡黃氏族譜》卷七。
〔註16〕《重訂潭濱雜誌》。
〔註17〕《敍村居》，《黃賓虹文集》第7頁。

朝尚書胡宗憲對其創作的古文辭評價甚高，在爲黃潭公所著《黃潭文集》一書撰寫的《序言》中云：「公之文凡四變，而要其指歸，則惟不溺於古之空文，而後蘊而爲道德，發而爲經濟，以適於今之用，蓋信乎其載道之文，而可傳且久矣。」〔註18〕

捐建義倉的二十四世祖南山公既是厚德高義、重義輕利之士，也喜詩好賦，多與文人墨客交遊吟詠。如《歙潭渡黃氏先德錄》所記，「性喜吟眺，遊歷所至，輒與詞人墨士相倡和。晚得城陽山，就許宣平舊隱處，築室數椽，雜植花樹，遊息其間，自號南山老人。嘗萃生平遊歷之處，命以十景，士夫和之，久而成帙，曰《南山紀樂》。」〔註19〕黃生之父陶長公也是一位文人雅士，性情高雅，「耽幽靜潔，常蓄名香佳茗以待客。」〔註20〕明酉、戌年間，匪徒作亂，社會動蕩，學士輟業。公則率里中有同好之人結成詩社，流連美景，「或集枕流之亭，或酌後樂之軒，或登函成之臺，或訪青蓮之刹，坐花邀月，嘲雪繪風，極陶寫性情之樂。」在群居切磋，賦詩吟哦之際，襟懷志趣自然彰顯。他還獎掖後進，孜孜不倦，爲留存家鄉風雅，恢復先人遺澤做出了不懈努力，「晚年又與高陽、西溪、雙橋、屏山、傅谿諸君聯素心社。不一二年，先公即世里中風雅一道寂然矣。」〔註21〕

在儒雅重文的家風薰陶之下，潭渡黃氏族人中甚至還出現了爲創構名篇佳製而朝夕推敲、早晚揣摩、嘔心瀝血、披肝瀝膽，視詩歌創作如自己生命的苦吟詩人。黃生之弟黃琳（字玉韻）即是一位苦吟詩人，著有《韞齋遺稿》。黃生曾爲之作序，並試圖將其梓行。

黃氏族人不僅於詩文用力甚勤，對其它各種藝術門類同樣興趣濃厚，多有成就，或精於書法，或工於繪事，或長於篆刻，甚至還有人諸藝兼通，藝術功力深厚，達到了相當水準。《潭濱雜誌·敘藝》

〔註18〕《歙潭渡黃氏先德錄》，《黃賓虹文集》第 439～440 頁。
〔註19〕同上第 433 頁。
〔註20〕《重訂潭濱雜誌》。
〔註21〕《重訂潭濱雜誌》。

中記載了黃重光、黃錦、黃碧峰、黃羅山、黃希傅、黃我生、黃文、黃仁傑、黃以銓、黃芹、黃業、黃繹等諸多博文多藝之士的事迹。

潭渡黃氏優良的家族傳統對黃生思想性格的形成影響很大。其中，理學世家方正厚德的傳統使他養成了寬厚仁愛的性格。孝悌愛教的傳統則使黃生於兄弟之間禮讓有加，並視族中子弟如同己出，傾其所學教授，誨人不倦，樂此不疲。在重文愛藝家風的薰染下，在充滿文化氣息的家庭氛圍的影響下，黃生工書擅畫，多才多藝。《草心樓讀畫集》評白山先生之書法云：「如龍虎盤崛，蓋得晉人不傳之秘，視唐以後書家皆煙視媚行也。」今天，我們從黃生手寫行書《植芝堂手寫並選評同時人近體詩》中可見出其書法骨力遒勁，迥然拔俗。白山先生雖不以畫著稱，但其畫作亦是氣韻生動，取境頗高，《草心樓讀畫集》云：「以墨點山水樹石，皆自然高妙。先生子鳳六爲老畫師，然骨韻遠不逮矣。」〔註22〕

白山先生不僅精於繪事，且藝術修養深厚，是一位技藝高超的藝術鑒賞家。這從他留存下來的爲數不多的《題畫詩》中約略可以見出。現存有他爲清初著名畫家石濤的作品題詩二首：其一爲《題石濤畫兒童放紙鳶》，「布衣平步上青天，何異兒童放紙鳶。忽落泥中逢線斷，爭如不被利名牽。」並下書：「偶感題此，白叟。」其二爲《題石濤畫梅蘭》，「能具歲寒之骨，不以無人不芳。二子可與爲偶，同登君子之堂。」下書：「白山題並書。」〔註23〕。兩首題畫詩寥寥數語，揭示畫作之深厚蘊涵、畫家之深遠寄託，透徹入理，頗有見地，堪稱八大山人之知音。

另，黃生《一木堂詩稿》中亦有多首題畫詩，計39首。大多寫自然之景，造玄遠之境，抒高潔襟懷，詩境融合畫境，是黃生企圖擺脫世俗羈絆，遠離塵世喧囂，營造精神家園思想之自然流露。除此之外，黃生的題畫詩絕大部分是詩中有畫，詩與畫彼此發明，相

〔註22〕《黃白山工書畫》，《歙事閒譚》第 706 頁。
〔註23〕《黃白山題畫詩》，《歙事閒譚》第 562 頁。

得益彰。如《題吹笛美人圖》、《題畫魚》、《題畫》、《題畫贈舍利庵主僧》等詩均是如此。

白山先生高懷卓識，興趣廣泛，藝術功力深厚，對後人頗有影響。其子黃呂（字次黃，號鳳六山人，潭渡人）自幼耳濡目染，稟承家學，勤學苦練，終成大器，於歙地藝苑久負盛名。其精於繪事，山水、人物、花鳥、蟲魚，筆力蒼勁，臻於絕妙。書法晉人，隨年歲日增，造詣益進，晚年愈發古拙樸茂，且工詩善畫，又擅長篆刻，所製印多遒勁蒼秀，有秦漢遺風。

耿介剛烈的家族性格對黃生的精神品質影響很大，培養了他堅韌不拔、矢志不渝的精神，使之「貧賤不能移」，在衣食不繼的情況下，能夠堅持理想，頑強生活，發憤著述；培養了他「威武不能屈」的剛毅耿介的性格，不阿諛權貴，不流於世俗，敢於堅持己見，據理力爭。這從他與程姓爭論「黃墩」地名一事中，或可見出一斑。

新安黃姓與程姓，曾爲祖居地之名究竟是「黃墩」還是「篁墩」而爭執不下。黃生也親自撰文參加辯論。事情緣起於明代大學士程敏政所撰的《篁墩書舍記》一文。程氏在文中認爲，「黃墩」原名爲「篁墩」，因其地多產竹。後因當地居民爲避黃巢之亂，始改名爲「黃」。

針對大學士程敏政之說，黃生特撰《黃墩辯》二篇，予以反駁。爲正本族發祥地之名，黃生撰《黃墩辯一》詳述「黃墩」地名之由來，以爲程氏考辨不精，對程氏之說有力辯駁，在激烈的措辭之中，其孤傲之氣質、耿介之個性顯現無遺。《黃墩辯一》以爲程氏「易『篁』爲『黃』以免寇難之說，既不見於郡乘，又不載於家譜，僅僅得之傳聞」，故不足以爲據。〔註24〕黃生在《黃墩辯二》中進一步詳稽史實，補充舊說，並從古代禮制等角度入手，駁程說之非，爲捍衛祖居地之名，維護本族名份，作精審考辨。〔註25〕

「黃墩」抑或「篁墩」？黃、程二姓各執一詞，莫衷一是。後來，

〔註24〕《歙事閒譚》第 1113 頁。
〔註25〕《歙事閒譚》第 1134～1137 頁。

黃生的族孫黃崇惺在《重訂潭濱雜誌‧書後二則》中又引用了《太平寰宇記》、《朱子文集》的材料爲黃生的說法提供佐證。

正是徽州這一方土地的滋養、理學傳統的薰染、家族世風的影響，才成就了這樣一位在中國學術思想史上留下濃墨重彩、「鐵肩擔道義，妙手著文章」的學者、詩人、藝術家——黃生。

第二節　生　平

黃生一生共經歷了七十五春秋，在大半個世紀的人生歲月中，他歷經山河巨變，飽嘗世事滄桑，承受貧窮困苦之煎熬，在顛沛流離中艱難度日，經受了生活的重重磨難。但是，他以旺盛的生命力、頑強的精神從事創作，著述頗豐。他曾遊歷大江南北，授徒講學，與明季遺民中的卓犖有識之士，甚至放誕隱逸之人，及鄉里賢達、族中子弟多有交往。但遺憾的是，現存有關黃生的資料十分有限。這主要是因爲其著作曾遭清廷禁燬，文集等多有不傳。所交往又以明季遺民爲多，他們或是和黃生一樣遭遇清廷文網之密，著作留存不多；或是歙地鄉里之人，聲名不顯，著作稀少……這些都給我們研究黃生的生平細節帶來了一定的困難。但值得慶幸的是，黃生的《一木堂詩稿》等著作得以流傳。另，在友人包括後人的著述中也有關於他的零星記載。從這些原始資料入手，做綜合考察，我們會對黃生的生平行狀有一個大致的瞭解。從現有資料來看，白山先生的一生大致可分爲以下幾個階段：一是揚州講學時期；二是北京幕府時期；三是鄉居著述時期。分述如下：

一、揚州講學時期

明天啓二年（1622）壬戌九月十八日，黃生出生於歙縣西部潭渡村的一個書香門第。〔註26〕

〔註26〕關於黃生的出生年月，從《一木堂詩稿》卷七《登白嶽辛亥九月十八日值予五十初度因入山避人事之擾》「避俗入名嶽，遙瞻磴道回。

　　黃生的家鄉潭渡是鍾靈毓秀之地，土地富饒，風光秀麗，美榭良池，清山秀水，美不勝收，饒有佳趣，有「歙之中原」之喻。它還有著深厚的文化底蘊，人傑地靈，文風昌盛，俊彥聚集，名家輩出。黃氏後人黃賓虹《敘村居》云：「昔潘山史景升敘潭濱形勝，比於歙之中原，以其山水之輝媚，土地之沃衍，棟宇之壯麗，而又有人文之蔚斐，風俗之粹美也，故夫碩德瑰行、奇傑異能之士，多以族而昌。……故我村曰：潭渡村。枕岡帶流，瓦屋鱗比，家承孝友，士食先德，彬彬禮讓，純乎古風。」〔註27〕

　　近人許承堯在敘及潭渡風物盛景，評論鄉賢里居情懷時，以淵明之南村、王維之輞川爲喻：

　　　淵明愛南村，摩詰張輞川。人情戀遊釣，藻繪成勝緣。吾鄉盛文物，遠在乾嘉前。望衡富圖史，比户聞歌弦。潭濱孝里行，族望尤稱賢。洸洸一木堂，訓詁兼詩篇。開衢刈榛芥，勇導樸學先。鳳六善踵武（鳳六爲黃白山先生子），畫筆仍精研。詠嘯得靈區，餐秀怡其天。爲圖寫八景，陵奪唐宋妍。沖和味花竹，鮮澤濡雲煙。棱棱吐逸氣，美榭良池田。但覺樵與牧，俱是蓬壺仙。吁嗟三百載，喬木寒荒塵。茲圖幸無恙，不隨陵谷遷。故物慶光復，勝獲珍珠船。賓虹今畫師，畫筆雄如椽。識自承白山，古籀突畢宣。崇閎一家學，談笑踐祖筵。我來遊海濱，發篋窺其全。因陳里居樂，黃海雲依然。何當把臂去，其宅清溪邊？〔註28〕

　　或許是潭渡清山秀水的滋養及濃郁人文氣息的薰陶，年幼的黃生天資聰穎，稟賦過人。他十分幸運，生活在具有良好學術氛圍的家庭。父親陶長公飽讀詩書、性情高雅，對兒時的黃生更是言傳身

<hr>

辮香攜在袖，雙屐踏沾苔。石破天門出，峰尊洞府開。浮生虛五十，特地陟崔嵬。」一詩可以判斷。江世清先生在其所撰《黃生年譜》中舉此例證。現再補充一例證，《一木堂詩稿》卷七有《辛亥歲賤日作》三首，第三首有句云「五十尚無聞，君子深所鄙」，由此，亦可推算出黃生當生於明天啓二年壬戌。

〔註27〕《黃賓虹文集》第 7 頁。
〔註28〕《疑庵詩》第 186 頁。

教。年少時，黃生就在文學等方面展示出非凡的才華。他在《門侄採思爲予刻詩因贈》中回憶說：「九歲題詩今老翁，半生吟嘯比秋蟲。」〔註29〕九歲，他便開始吟詠創作詩歌。

　　如前文所述，潭渡黃氏一族，向來重視教育，往往通過興辦族學的方式教育族人，並對用心讀書的族中弟子大加獎勵。本族這種重教的傳統極大地激勵了少年黃生，年幼的他勵志讀書，好學不倦，勤勉有加，廣泛涉獵經、史、子、集，焚膏繼晷，手不釋卷。這些爲他日後的學術研究和藝術創作打下了堅實的基礎。隨著年歲增長，黃生詩藝日進，學養益高，作品漸豐。他本人亦可稱得上是少年得意，豪情滿懷。一方面，他對自身的才華充分自信；另一方面，他躊躇滿志，雄心勃勃，渴慕建功立業。後來，他曾作《詩窮詠》一詩回憶少年時期的抱負。由此詩可知，黃生十四五歲時便以詩人自許。〔註30〕

　　黃生和中國封建社會大多數文人一樣，具有汲汲入世的情懷，渴望金榜題名，以施展經世之才，實現濟世之志。年少的黃生自視文采高妙，文章絕倫，覺得獲取科舉功名易如反掌，兼濟天下的宏圖偉業的實現也是指日可待。晚年貧困潦倒之際，他還對早年文采自賞、豪氣干雲的少年情懷津津樂道。在《辛亥歲賤日作》三首中，他寫道：「昔余弱冠時，逸氣干雲宵。文采頗自負，青紫同拾樵。年往運不濟，

〔註29〕《一木堂詩稿》卷八。
〔註30〕詩序云：「憶年十四五時即以詩人自期，每思詩人惟窮而後骨始高，品始貴。異日安得家徒四壁囊無一錢若古人乎？時尚處豐故也。今果如所願矣。因慨然成詠。」詩云：「詩道窮始尊，詩品窮始貴。要知肥酒厚肉大腹子，從來不具氤氳翕闢之清氣，試問清氣何所依？依於冰壺雪碗之肝脾。在天雲霞地芝，桂川以珠媚山玉輝。問君何所食，以充其腸肚？餐秋菊之英兮，飲木蘭之露，斫白鳳以爲膾兮，拌青麟以爲脯。爾乃舒辭若蘭蕙，吐氣若虹霓。觀之如吳綾蜀錦，詠之如夏石彈絲。少小無端發癡想，襟期迥出庸流上。不願恩星守財帛，但願詩名蔽天壤。只今疏忽耳順年，長吟短詠詎止千百篇，歌成白雪何人賞？囊斷青煙誰爲憐？詩多奚以爲，欲窮窮斯至。卓錐無一寸之土，落筆有千秋之氣。陶澤、杜少陵，當時男饑女凍窮欲死，後世學語小兒知其名。彼何人兮予何人？濡毫染紙還自笑，誰知有志事竟成。」（《一木堂詩稿》卷五）

浮沉至今朝。」〔註31〕；在《索米行》一首中，他對少時心態也做了描寫，「少年意氣本豪雄，高第巍科在掌中。不得含香中視草，亦當衣繡外乘驄。」〔註32〕

然而，1644 年及其以後社會生活發生的急劇變化粉碎了黃生走科舉之路進而經邦濟世的人生理想，改變了黃生業已規劃的人生路線。他的生活道路由少年時期的一帆風順，猝然轉入坎坷不平。從此，他開始了顛沛流離、歷經磨難的生活。

公元 1644 年，即崇禎十七年，歲在甲申。這是中國歷史上驚心動魄、翻天覆地的一年。三月，李自成率領農民起義軍佔領北京，崇禎帝自縊身亡；五月，清兵鐵蹄入關，進而定都北京。幾乎是頃刻之間，朱氏經營了二百七十六年的明王朝大廈轟然坍塌，南明弘光帝朱由崧匆忙於五月即位南京，但也只是苟延殘喘，再也無法拯救氣數已盡的大明江山，僅僅一年即以覆滅而告終。1645 年，即弘光朝乙酉年，同樣是充滿屠殺與血腥的慘烈的一年。此年四月，清兵攻陷揚州，屠城十日，明督師史可法死難。同年五月，清兵攻入南京，明弘光帝朱由崧奔走蕪湖，被執。六月，清兵又攻下蘇、杭諸地；七月，攻陷嘉定、昆山；八月，攻陷江陰。清兵攻城掠地，所經之處，大肆屠殺，生靈慘遭塗炭，山河為之失色。黃生的鄉賢年僅二十四歲的江天一，於是年十月八日英勇就義（黃生後來首倡為其集資）。是年，抗清烽火也在各地不斷點燃。閏六月，江浙一帶抗清之師如烽煙四起，錢肅樂等奉明魯王朱以海監國於紹興，明唐王朱聿鍵繼皇位於福州，建元隆武。

異族入侵，家國傾覆，這一切強烈震撼著黃生的心靈。面對「夷狄入主」的現實，深受儒家傳統教育、具有高尚民族氣節的他心境沉鬱悲愴。身為諸生的他心意已冷。而且，在時世動盪、戰事頻繁、生靈塗炭、人人自危的境況下，黃生從前那安逸閒適、躊躇滿志的青春

─────────────────────

〔註31〕《一木堂詩稿》卷二。
〔註32〕同上卷四。

歲月已經一去不復返，他不得不開始謀劃生計，爲生活而奔走忙碌。

　　徽地之人在少壯之年，往往即遠走他鄉，自謀生計。《論明季遺逸之餘風》言徽人習俗曰：「黃山徽、寧二郡，鄉多聚族，性喜遠遊，壯而涉歷，歸老山林寰宇名區，所至皆有邦人足迹。」〔註33〕鄉諺亦云：「前世不修，生在徽州。十三四歲，往外一丟！」昔日繁華富庶的揚州成爲他們的首選之地。正值青壯之年的黃生和許許多多鄉親一起離開故土，踏上揚州的土地，開始羈旅生活。〔註34〕在揚期間，黃生以開館授徒謀生。他曾在吳蓉城家裏開館授徒長達十年之久。吳氏的器重與信賴讓黃生過上了非常穩定的生活。黃生《寄謝吳蓉城》五律一首對此曾有記載。該詩題記云：「予館吳氏近十載，茲復以書見招。」詩云：「相識滿傾蓋，交情久始眞。感君懸榻意，仍及杜門人。遠道舟車懶，衰年几杖親。殷勤託雙鯉，緘淚報江濱。」〔註35〕

　　經歷了乙酉戰火劫難的揚州不復是昔日的繁華之地，已呈現出「白骨露於野，千里無雞鳴」的景象，滿目瘡痍，四野蕭條，游民滿地，一片淒涼。明末清初的詩人孫枝蔚（1620～1687）作於戊子之歲（1648）的《春日登揚州城樓》一詩描繪了揚州戰後的淒涼及游子羈旅揚州時的落寞心理：「江干方罷戰，游子未歸秦。仍是繁榮地，偏爲寂寞人。亂餘輕白骨，愁裏負青春。幾處喧歌吹，誰家宴四鄰。」〔註36〕身處此地的黃生此時同樣看到了山河破敗、民不聊生的悲慘景象。他和孫枝蔚有著同樣的心境，積滿空擲青春、憂患時世的愁思，亦憂心如焚，哀民生之多艱。如，黃生的《欸乃歌》眞實描寫了當時

〔註33〕《歙事閒譚》第 329 頁。

〔註34〕黃生何年來到揚州，因資料缺乏，無法確切考證。汪世清《黃生年譜》（未刊稿）引用程守所作五律一首，題爲《同曹次山過黃文郁房孟昆弟用字》，詩云：「卜夜要游子，忻忻燭不頹。濃霜先俟日，晚菊自交梅。僕健酤重至，賓稀晝一開。柝聲眞未絕，隱動戰場哀。」由是年冬程守來揚州時曾偕曹苓造訪黃生一事可知，1652 年，即順治九年壬辰，黃生三十一歲時已客居揚州。

〔註35〕《一木堂詩稿》卷七。

〔註36〕《溉堂集》第 216 頁。

揚州縴夫艱辛的生活，表達了自己對他們的悲憫與同情：

小序云：

欸音靄，乃如字。欸乃，本船夫曳歌之餘聲。予客江滸，習聞挽船者節力聲大與古相近。因配以辭，憫此輩勞苦日夜不息，用告採風者。

詩曰：

勿作揚州人，欸乃！揚州多苦辛，欸乃！他州但種田土了官稅，欸乃！揚州夫差不離門，欸乃！今日派縴夫，欸乃！明日派縴夫，欸乃！腹饑欲死不得走，欸乃！麻繩繫頸如牽豬，欸乃！願掘城下土，填河作平地，欸乃！願移揚州城，遠遠離水際，欸乃！何當脫此縴夫苦，欸乃！終不見往來坐船之官府，欸乃！〔註37〕

在揚州，黃生一方面開館授徒，一方面與曹僧白、屈大均、漸江等同道之人交遊唱和，焦慮地關注時局變化，時刻關心民生疾苦，而故國之思、亡國之痛，也縈繞在他的心頭，一直揮之不去。

在戰亂平息僅十年後，揚州城漸漸又恢復了往日的喧鬧。許多人似乎已忘記戰爭帶來的傷痛，又開始及時行樂，縱情享受，過上了歌舞升平的生活。黃生於 1655 年左右所作的《賦得竹西路》一詩稱得上是揚州當時社會狀況的真實寫照：「歌吹古揚州，春風吹不休。清波明畫舫，綠樹隱朱樓。遊騎爭行樂，啼鶯豈識愁。戰場閒十載，士女又風流。」〔註38〕

黃生對往日的戰禍仍然懷有隱憂。他的《法海寺書感》一詩通過回顧昔日揚州屠城的慘烈景象，進行今昔對比，試圖喚起人們對戰爭的記憶及居安思危的警醒意識，多存易代之悲。詩曰：「廣陵城中十萬戶，廣陵城外多曠土。城中歌笑日喧闐，城外枯骸暴骨紛無主。我昔過之常惻然，春風十里豔遊天。片片桃花寒食淚，飛飛榆莢鬼家錢。今歲重遊法海寺，普同有塔誰新置？白骨無遺碧草根，

〔註37〕《一木堂詩稿》卷五。

〔註38〕同上卷六。

青磷得近黃金地。憶昔中原鼎沸來，橫屍到處無人埋。此州屠戮最慘酷，今日猶存戰斛灰。我憩招提重歎息，萬事翻覆無終極。紛紛舊鬼換新人，繁盛依然甲江北。春水生時出郭遊，紅牙玉管近中流。豈知萬鬼青磚下，天陰月黑鳴啾啾。」〔註39〕

對經歷了江山易代、家國劇變的黃生而言，眷戀故國家園的情結始終在他的內心世界纏繞。這一份愁思始終無處排遣，也無法排遣。《九日登蜀岡》一詩正表現了他的這種心境：

> 共作登高侶，誰知望遠情。隋唐遺舊迹，吳楚帶孤城。
> 獨樹含風老，寒禽背水明。江南見山色，愁思正縱橫。
> 落照山河裏，登臨首重回，西風吹節序，故國在蒿萊。
> 酒覓紅橋得，歌迎白舫來。無端對歡笑，淚濺菊花杯。

〔註40〕

清王朝開國伊始，便採取兩手策略加強統治。一方面，通過武力征討，掃清明朝殘餘勢力；另一方面，則通過科舉、文禁等手段，加強思想控制。這使得抗清的形勢急轉而下。順治十四年丁酉（1657），在清王朝的猛烈圍剿之下，孫可望於正月舉兵攻雲南，敗績，旋降清。至十二月，清廷遂遣吳三桂等進攻貴州、雲南。是年十月，清廷開始製造科場案，對知識分子的思想進行禁錮鉗制。清王朝抓住讀書人迷信科舉的心理，先是連年開考，籠絡人心，繼而大加摧殘身心，企圖最終達到對知識分子奴化的目的。《心史叢刊》初集《科場案》有言：「明一代迷信八股，迷信科舉，至亡國時爲極盛，餘毒所蘊，假清代而盡泄之，蓋滿人旁觀極清，絡中國之秀民莫妙於其所迷信，遂入關則連歲開科，以慰蹭蹬者之心，繼而嚴刑酷法，俾忮求之士稱快。……此所謂天下英雄入我彀中也」〔註41〕作爲前明諸生的黃生，已經看清看透清廷科舉的虛僞本質，餘生之年再也沒有問津考場，而是選擇了一條埋首著述、潛心研究

〔註39〕《一木堂詩稿》卷四。
〔註40〕同上卷六。
〔註41〕轉引自《洪昇年譜》第40頁。

的道路，希冀在學術志業中實現人生價值。

　　1659 年，即順治十六年，己亥之歲，黃生三十八歲。是年，鄭
成功，張煌言率領的抗清軍隊捷報頻傳。鄭成功率兵於五月大舉北
上，並於六月間接連攻下瓜州、丹徒、鎮江諸州縣，張煌言也於七月
間連續攻下大江南北二十九城。一時聲勢大震，形勢喜人。但是，不
久隨著鄭成功強攻江寧不下，敗退入海，形勢急轉而下，先期所得州
縣也喪失殆盡。作爲一介明季遺民，黃生暗自期盼「中興」，東南沿
海一帶的抗清形勢時刻牽動著他的心。當得知鄭成功水師敗走江寧的
消息後，他寫下《江上有警卻登陸行》一詩暗喻此事，抒發壯志難酬、
失望憤懣之情。詩云：「歸心犯兵氣，捨棹事征鞍。海湧魚龍怒，山
昏鳥獸寒。人煙投宿靜，野雪逐程殘。慚愧書生意，空歌行路難。」
〔註42〕

　　每當除夕之夜來臨，此起彼伏的辭歲爆竹聲回響在耳畔，黃生作
爲一位客居他鄉的游子，無盡的鄉思，更有那歲月蹉跎、時光虛擲、
時運不濟的無限感慨襲上他的心頭。《己亥除夕》一詩淋漓盡致地表
達了這種感情：「除舊更新夕，繙書隱几身。燈花閑送夜，爆竹靜催
春。鄉思應無盡，年光何太頻。不能酬造化，慚愧長年人。」〔註43〕

　　也就是這一年，在黃生的故鄉潭渡，黃氏族人遭受了百年一遇的
劫難。以把總唐士奇爲首的戰敗的徽州流寇在當地官府的縱容之下，
燒殺搶劫，戕害百姓，無所不爲，當地人民深受其害。黃生對強盜的
滔天罪行切齒痛恨，對官員縱容包庇流寇的行徑，對官匪勾結、沆瀣
一氣的現象更是表示強烈的憤慨。黃生曰：

> 嗚呼！從古禍亂之生，始如爝火，後成燎原，大抵皆當事
> 者少方略，釀之使至此也。方唐賊初變時，眾不過百餘，
> 諸鄉之人各欲保其財物老小，誠糾集壯勇之夫，人自爲戰，
> 殲之甚易。乃上官闇而無謀，養癰蓄毒，以成其勢，遂使

〔註42〕《一木堂詩稿》卷六。
〔註43〕同上。

良民束手受害，莫敢誰何。已復甘其重略，大憝逋誅，則
孫之猥懦貪殘，實爲戎首。後雖被參逮問，死於獄底，曷
足蔽厥辜哉！是役也，猶賴知府蘭公有干才，說而罷之，
身散其衆，使賊帖手而去。不然，吾族之人，農不得耕，
士不得誦，商賈不得復其業，老稚不得返其室家，將壯者
必散之四方，弱者必轉乎溝壑。賊之大勢雖無能爲，而使
遷延數月，不即解散，則吾黃氏勢不能復有潭渡矣。書此
以貽後人，使知吾族自孟五府君卜居以來，遭此數百年未
有之變故，而猶得終保其丘壟田宅廬井室家者，或亦府君
在天之靈，陰有以相之與！〔註44〕

　　1661 年，順治十八年，辛丑之歲，是中國歷史上的多事之秋。
此年正月，順治帝駕崩，其子玄燁即位，即康熙皇帝。七月，永曆帝
爲吳三桂軍擒獲，永曆政權宣告覆滅。至此，清兵已入關達十八年之
久，除了鄭成功所佔據的臺灣等地區以外，清政府已經佔領並控制了
全國絕大部分地區。

　　此一時期，揚州及其周邊的許多地方如泰州（今江蘇省泰州市，
原屬揚州）、眞州（今江蘇省儀徵市）、蘇州、南京、旌陽（今安徽省
旌德縣）等地，都留下了黃生的足迹。他或遊歷名勝，或憑弔史迹、
或遠眺抒懷，所到之處，所見之景，目之所寓，輒得於心，吟哦成詩。
在《一木堂詩稿》裏有許多這樣的詩篇：

　　霜林寒色薄，碎葉不能紅。場圃秋成外，魚蝦水氣中。
　　村依孤岸雨，船落半帆風。雁羽蕭蕭去，蒹葭冷夜叢。
　　（《船下泰州》）

　　昔年經此地，江路有烽煙。迫歲逢犀甲，停舟換馬鞭。
　　軍形安堵外，人事處堂邊。斟酌沙鷗意，重來尚穩眠。
　　（《達眞州》）

　　高樓遲客至，好置讀書床。飛翠四簷濕，晴雲一硯光。
　　夜窗吟不閉，春徑踏猶香。鎭日無塵事，鳴禽送夕陽。

───────────────
〔註44〕《歇事閒譚》第 1131～1132 頁。

（《白下寓吳氏濕翠樓》）〔註45〕

牛首前朝寺，登臨迥不群。一峰青百里，雙角觸孤雲。
塔影懸偏倒，林香靜自聞。祖堂遲蠟屐，花雨正紛紛。

（《遊牛首》）〔註46〕

豐碑深刻字，表墓在通衢。舉世多兒子，當時媚魏璫。多
以父事之，千秋五丈夫。朝綱移宦寺，義激到屠沽。松柏
蕭蕭裏，英靈若可呼。（《五人之墓在虎丘》）

　　這些詩大都是以名山大川爲行樂，以古今勝迹爲題材，歌山河之
秀美，歎時代之興廢，發思古之幽情。

　　1664 年，康熙三年甲辰。是年春，黃生翻閱黃氏族譜，發現《晉
故新安太守黃君碑》碑文有誤，遂撰《東晉新安太守元集公碑文辨》
一文。文中，他以一種徵而後信、實事求是的精神，依據歷代職官
制度，詳加考稽，正其錯訛，指示違誤。是文由黃以蓀《郡志辯證》
一書收錄。內容如下：

甲辰春，予閱黃氏各派統譜。首載《晉故新安太守黃君碑》，
署「散騎常侍陶瞻撰」。余一見即斥其僞。漢尚書令秩千石，
太守秩二千石。黃氏之先香公，在東漢先爲尚書令，後爲
魏郡太守，蓋晉秩也。而碑乃稱其前官，是不知尚書令之
秩六朝以後始尊，東漢固卑秩也。又謂元集府君曾爲考功
員外郎，不知員外郎之官，隋開皇中始置，東晉無有也。
其後得《夏承碑》，乃知此文即取此碑，小加點撰而成者，
自喜其說之不謬，然猶愧見夏碑之晚也。尤可恨者，碑云
以事註誤，既白，淹疾卒官。夫太守府君之政迹，雖國史
家乘無所考，然乃因夏碑之文，加以註誤之語，其誣祖不
已甚乎！此文乃明代浮梁縣宗人所錄，亟宜削去。〔註47〕

　　自古以來就是社會名流、四方才俊雲集之地的揚州雖經歷戰亂，

〔註45〕白下，即今天的南京市白下區。
〔註46〕牛首山，在今南京市江寧區境內。
〔註47〕《新安太守碑》，《歡事閒譚》第 588～599 頁。

但多年之後，又再次成爲名家咸集、文人薈萃之地，彌漫著難能可貴的學術氣氛。名流雅士常聚集在一起研討學問，切磋詩藝，交流思想。1661 年，王士禛出任揚州推官。他擔任此職達五年之久，直到 1665 年，才因內遷禮部主事，登舟回到北京。由於王士禛在清初文壇的重要地位，揚州的文人墨客對他趨之若鶩，紛紛聚集在其周圍賦詩論藝。在揚州，王士禛還經常模仿北宋歐陽修、蘇軾等人，邀集文人學子，修禊紅橋，於瘦西湖畔流連唱和。以他爲首的揚州文人群體一時遠近聞名，影響甚劇。

　　此時，揚州還興起了研討杜詩的風氣。1665 年，即康熙四年乙巳。在黃生四十四歲的時候，客居揚州的方文，曾與孫枝蔚、汪懋麟等聚集王賓的家中，爲眾人解說杜詩。〔註48〕目前，從現有資料還看不出黃生與王士禛、方文等人之間有什麼直接的交往。但是，從黃生先後所從事的創作詩歌、評講杜詩等文學活動可以推測，他或多或少地受到了當時揚州學術文化風氣的薰染。如，其力作《杜詩說》即創作於這一時期。〔註49〕1661 年，蔣超避居淮揚，不久又返回北京。蔣超視黃生爲知己，而他本人對黃生的一生也影響很大。蔣超在揚州期間，二人或有交往。因爲不久，大約是在 1666年（康熙五年丙午）的夏天，應蔣超邀請，四十五歲的黃生離開揚州，踏上北上的征途。〔註50〕《一木堂詩稿》中的《閨中怨》一詩敘述了黃生離家時的感受：

　　　結髮爲君妻，在家日苦少。如何酷暑天，復入長安道。
　　　知君平生志，遠抗塵物表。直爲妻子累，行役常擾擾。
　　　前寄揚州書，云赴知交召。臨行託小叔，內顧及老小。

〔註48〕《溉堂前集》八，《明清江蘇文人年表》第 725 頁。
〔註49〕《黃白山〈杜詩說〉》，《歊事閒譚》第 56 頁。
〔註50〕由《一木堂詩稿》卷二《閨中怨》中「行年四十五，自息尚未兆」
　　　　的詩句可以推測黃生於此年離家北上。汪世清《黃生年譜》（未刊稿）
　　　　也持此看法。

都門三千里，北望飛鴻渺。妾身豈足念，君子當自保。

行年四十五，自息尚未兆。子身奉蒸嘗，何以紹祖考。

不願千金裝，但願歸及早。丈夫心四方，使妾心悄悄。

在詩中，黃生借妻子的口吻，敘述自己為踐履與友人的約定，為實現個人抱負，不顧天氣酷熱，離別家人，不遠千里，輾轉北上。從一個側面表達了他對故鄉親人的依依惜別之情。

二、北京幕府時期

因為是受志同道合的好友之邀前去輔佐，所以黃生對今後的生活充滿憧憬與期待，覺得自己沉淪潦倒的日子將一去不復返，從此將會揚眉吐氣，一展理想抱負。

北上途中，黃生特地遊歷泰山。登臨泰山之巔，俯瞰群山，他意氣風發、躊躇滿志，情不自禁地寫下了《振衣千仞崗》一詩，詠史抒懷，寄託壯志：

偃仰茅茨下，不獲伸我眉。駕言適遠遊，驅車歷燕齊。

褐來登泰山，訪古讀遺碑。古時秦漢君，辛苦皆至斯。

封禪求長生，徒為後世嗤。左顧見滄海，汗漫無端倪。

旭日升紅輪，高拂扶桑枝。九州在指掌，人物如塵埃。

登斯小天下，吾師孔仲尼。浩然肆情志，凌風振我衣。

〔註51〕

明末清初，連年戰亂，烽煙遍地，哀鴻遍野。黃生在赴京途中，親眼看見廣大百姓的生活遭遇，真切地體會到人民大眾所承受的深重災難。一方面，自然災害肆虐，侵蝕著老百姓的勞動成果，造成他們幾乎顆粒無收。另一方面，朝廷的腐敗、官吏的貪暴對廣大人民而言更是雪上加霜，把他們推向了水深火熱之中。在雙重災難的壓迫之下，老百姓食不果腹，被逼向死亡的邊緣。在酷熱的七月，黃生經過內丘，滿懷關心民瘼之情，提筆寫下《內丘道中》一詩，詳細記載所見的情景，有力地控訴如同「蝗蟲」化身、剝削毒害百姓的貪官酷吏，

〔註51〕《一木堂詩稿》卷一。

表達了對明君賢主、清平社會的懷念。詩云：

> 征途及流火，揮汗揚馬鞭。飛蝗馬首來，遮馬馬不前。
> 田家苦此物，聯翼直蔽天。老幼立日中，撲逐心憂煎。
> 我聞是蟲種，變化類實繁。黑頭是武吏，紅頭乃文官。
> 生前肆貪虣，戾氣尚蔓延。所遇田疇盡，苗稼空留根。
> 前代有聖君，吞蝗格重玄。蝗亦不必吞，制治有本原。
> 慎簡良股肱，舉善黜貪殘。將弁皆守法，有司不愛錢。
> 政平盜賊息，吏肅民戶安。休和召千祥，災異自不干。
> 會看說說羽，盡赴清冷淵。〔註52〕

黃生在途中創作了《南宮縣》（今河北省南宮市）一詩：

> 行邁及南宮，解鞍飯中午。驛亭頗幽邃，左舍鄰紫府。
> 臺殿勢宏敞，樹木亦修楚。中有二羽客，草舍藏後圃。
> 習靜此禁足，見人少言語。對之自生愧，面目有塵土。
> 浮生豈無涯，道路載寒暑。終年事行邁，身事竟何補？
> 徵車一停轍，暫觀白雲侶。回首黃塵中，桃源邈何許？
> 〔註53〕

　　從這首詩可以看出他的矛盾心理。整日風塵僕僕、勞累奔波，其實，他何嘗不希望生活在世外桃源中，「瀟灑送日月」，過著淡泊寧靜、與世無爭的生活。但是，濟世救民的憂患意識與強烈的社會責任感，使黃生人生的腳步無法停歇下來。他離開揚州，奔赴北京後開始的幕府生涯，正是他的政治理想之所繫。

　　康熙六年（1667），丁未之歲，清朝吏部晉升蔣超為翰林院修撰，委任順天提督學政。在順天學政任上，蔣超的政績可圈可點，為世人所稱道，名重一時。一方面，他刻苦勵志，親自講學，為振興學術不遺餘力。同時，尊重愛護讀書人，曾「禁止天下有司刑責諸生。」〔註54〕此舉反響強烈，為禮部所重視，特頒文要求各行省

〔註52〕同上。
〔註53〕《一木堂詩稿》卷一。
〔註54〕李桓《國朝耆獻類徵初編‧詞臣一》。

奉行。另一方面，蔣超不拘一格，選拔英才，獎掖後學。如，康熙八年（1669），常熟翁叔元冒北籍前往北京投考，爲蔣超慧眼所識，予以錄取。〔註55〕

蔣超歸京不久，把頗爲投契的黃生邀請延攬至自己幕府，並對他頗爲倚重，假爲左右手。蔣超督順天學政之時，黃生正在蔣超的幕府中。蔣超斐然政績的取得或與黃生殫精竭慮爲其出謀劃策、極盡輔佐之能事密不可分。

這一時期，黃生曾赴北方農村實地考察，親身體驗老百姓的生活，對當時社會有了更加深刻的認識，他用自己手中的筆對此作了真實的記錄。如，《李家莊》所寫的就是自然災害給人民所帶來的深重的災難：

坤厚能載物，常以靜爲德。云何歘震動，萬物皆翻覆。
去夏閱邸報，齊魯禍尤劇。城垣盛崩圮，十舍九無屋。
奔走勢稍後，性命在頃刻。上帝本好生，降災一何酷？
無乃刑政乖，怒之示顯戮。斯民則何辜？煨燼兼石玉。
暮投李家莊，主人爲眉蹙。去歲遭此厄，人死四百足。
其餘失名籍，行旅暫託宿。家鄉各安在？懸望斷雙目。
無人達遠信，魂魄歸不得。至今天陰夜，戶外群鬼哭。
主人勿復道，使我增太息。人生有經營，安免適異國？
死生骨肉情，哀樂盛煎逼。何當生羽翰，凌風出八極。

〔註56〕

對京城中出現的種種醜惡現象，黃生常常予以大膽揭露與鞭撻。其《燕中感事》四首揭示了歷史上不平等的門閥制度在今天重演、貴族子弟憑藉世胄竊取高位而貧寒之士沉淪下僚、屈抑難伸的社會不公現象，大力批判目中無人的世家子弟、當朝貴族飛揚跋扈，驕縱蠻橫，欺壓百姓，作威作福的行爲，也表現了都中罪犯橫行而乏人問津的炎涼世態、冷漠人情。其詩如下：

〔註55〕《翁鐵庵年譜》，《明清江蘇文人年表》第 725 頁。
〔註56〕《一木堂詩稿》卷二。

翩翩少年子，銀鼠裁半臂。出控高頭馬，捧擁盛威勢。
彈弓不離手，行路常遠避。借問此何人，祖父多蔭庇。
世冑出高門，墮地有官位。寄言寒素士，無勞望意氣。
頭白不得官，科第安足貴。

四運有代謝，涼颷換炎燠。仲尼鄙患失，老聃戒知足。
如何宦途子，貪位忘取辱。中書久伴食，養此庸庸福。
崦嵫景已迫，履聲何趨趢。不見漢二疏，祖帳車千轂。

朝行菜市口，柴車盛擁塞。東西斷往來，遊騎舉鞭勒。
行者竊相語，朝下有刑戮。黃口馬上抱，男女隨馬足。
弓弦賜自盡，誅剶及三族。借問此爲誰？不敢明指目。
當朝貴無比，顰笑作威福。盈滿天所忌，一朝見傾覆。
客子返寓所，感事增歎息。古來盡如此，前車戒已盩。
牽狗出東門，此時安可得。

大都人物繁，窟穴有狐鼠。白日行剽竊，探囊眾目覩中都此
葦旁觀不問故致橫肆。堤防失仔細，財物非我主。歲盡官鎖印，
暴橫更難御。飛騎突然過，雕攫及宰輔。車徒何穰穰，百
物等攜取。異哉葦轂下，此葦容雜處。故園在江南，回首
眞樂土。〔註57〕

　　此時，京城中貧富分化極其嚴重，貧寒人家甚至因爲無法養育，
連自己的親身骨肉也不得不拋棄。黃生作《育嬰》一首對此現象予以
揭露：

富家產兒子，笑聲徹里閭。貧家產兒子，墮地生嗟籲。
產婦腹無食，安能哺其雛。斷絕骨肉情，棄置於通衢。
黃狗恣一飽，烏鳶掠所餘。赤子亦有命，不幸毛裏殊。
出腹等蜉蝣，嬰鬼啼路隅。賴此眾人母，收視恩何劬。
代帝全化育，爲國添丁夫。世人惜物命，放生及禽魚。
試比慈幼心，廣狹當何如。〔註58〕

　　連年的戰事，加上貧病的困擾，老百姓的性命已經如同草芥，變

〔註57〕《一木堂詩稿》卷二。
〔註58〕同上。

得毫無價值可言，即使輾轉溝壑，拋屍野外，也無人過問。當權者對生者的冷漠、對死者的無視令黃生的心靈為之震顫。他在《掩骼》中寫道：

> 在昔周西伯，惠澤及枯骼。末俗人心殊，此風久寂寞。
> 殺人若草菅，道殣安足惜。城東有隙地，梵宇盛金碧。
> 屍陀豈無林，可以聚魂魄。奪彼鳥獸食，免此風日炙。
> 長者一發心，眾鬼欣有宅。皈依青蓮界，地下得安樂。
> 同為異鄉士，不幸轉溝壑。勿謂緊無主，仁人共有責。
> 請看寺後冢，瘞骨滿十積。經過一隨喜，令我心怵惕。
> 〔註59〕

在這種民不聊生、餓殍遍野的社會中，京城裏的達官貴人不是去考慮如何關心百姓，體恤民情，而是極力地貪圖一己之私，整天過著驕奢淫逸的生活。不僅如此，他們竟然還夢想著來世能夠得道成仙。黃生在北京所作的《白雲觀》一詩對這些人進行了辛辣的諷刺，一針見血地指出，他們這種在現實中追求貪欲的求道方式無異於南轅北轍。詩序云：

> 京師以正月廿日遊白雲觀，俗曰「候仙」。因元時丘長春真人居此觀，以是日解化，至期必降，多溷迹於稠人之中游者，冀幸一遇。予假其事，賦此詩，為俗士砭焉。

詩云：

> 仙人好清虛，乃在蓬萊山。渴飲白玉漿，饑食青龍肝。
> 有時騎鳳凰，遊戲青雲端。下視濁世人，真同虱處褌。
> 有時訪五嶽，偶然溷塵寰。蚩蚩肉眼徒，焉辨凡與真。
> 城西白雲觀，車馬何闐闐。遨遊此日中，乃言可遇仙。
> 薄暮醉飽歸，豈曰仙緣慳。秦皇與漢武，好道古所聞。
> 海上集方士，宮中煉神丹。五內多貪欲，神濁髓復乾。
> 真人不肯至，僞士售其奸。後來慕仙者，亦多貴富人。
> 妻妾不離枕，貨賂常在門。腹中貯武庫，牙齒排戈鋋。

　　但懷利己心，搏噬計所便。視彼修眞術，有如南北轅。

　　傳語諸妄夫，眞仙豈相存。〔註60〕

　　黃生曾跟隨蔣超視學易州。在易州期間，黃生曾陪同他留連此地好景，一覽風光，也對蔣超眞率自然、飄逸灑脫的個性有了更多的瞭解。蔣公性喜山水，素有雅好，一生曾躡匡廬，遊鹿門，入黃山，登天台，攀武當，漫遊名山勝水，足迹遍及名山大川。蔣超視學易州時，爲了眺望太行千岩競秀，高峰入雲之山色，蕩滌胸襟，開闊視野，特於官署中縛樹爲樓。黃生作有《賦得倚樹看山處》一詩，讚賞蔣公瀟灑質樸的性情：「謝公山水癖，不廢在官時。使院沉沉靜，山樓草草爲。探橡存古制，遠黛寫秋眉。雅尙崇眞樸，風流未易追。」〔註61〕

　　黃生利用隨蔣公視學易州的機會，親臨易水之畔，憑弔歷史英雄──荊軻。站立於易水之濱，遙想起當年「風蕭蕭兮易水寒，壯士一去兮不復返」的悲壯場景，黃生心潮澎湃、思緒萬千。強秦取代六國，是任何人都無法阻擋的歷史必然。在國家危難關頭，荊軻挺身而出。雖功敗垂成，但他那捐軀爲國、視死如歸的精神仍然使之流芳百世、名垂千古。黃生撫今追昔，感慨無限，揮筆寫下了《易水懷古》一詩，以古喻今，表現了複雜的心緒。面對滿清易明這一無可奈何的事實，作爲前代遺民的他既覺得悲痛惋惜，又感到無可奈何。因爲他已經意識到明朝滅亡、清室興起乃是天意之安排，大勢之所趨。但是，對那些企圖力挽狂瀾，以死報國的仁人志士，他仍然充滿了崇敬與景仰。詩曰：

　　始皇奮雄圖，吞併勢炎炎。強楚國已舉，三晉君被執。

　　子丹思一逞，事勢亦何及。荊軻俠者流，感激藉報仇。

　　相送臨易水，諸君雪盈頭。明知去不返，所貴成大謀。

　　入秦獻地圖，圖窮獲匕首。一擊中銅柱，頭顱落人手。

　　天意方授秦，劍術亦何有？爲計雖不成，史傳載其名。

　　至今易水上，如聞悲歌聲。丈夫有若此，千載終如生。

〔註60〕同上。

〔註61〕《一木堂詩稿》卷六。

〔註62〕

　　康熙八年（1669）元日，黃生遊覽旃檀寺，瞻仰佛像，心懷對佛法的膜拜，追思前世因緣，創作了《己酉元日旃檀寺禮瑞像》。該詩題記曰：「昔目犍連，攝匠昇天。諦觀相好，而刻此像。像成之歲，當周穆王十二年辛卯邒迄崇禎甲申，凡二千六百餘年。其入中國及傳歷諸處始末詳見《帝京景物略》。」詩云：「何年來震旦，髮足自優塡。像古威儀肅，形眞相好全。化身行萬里，神力下三天。悲淚深瞻仰，吾生有宿緣。」〔註63〕

　　幾年京城生活，黃生體味了人民的苦難，也看透了統治者的昏瞶無能與暴戾貪婪。黑暗殘酷的社會政治現實與他北上之初心目中的理想政治環境相去甚遠。在這樣的政治環境中，像蔣超這樣的賢臣能士，雖欲革新除弊，有所作爲，但最終只會是爲當朝權貴所不容，甚至遭遇重重阻力，招來嫉恨打擊，變得步履維艱，政治抱負很難完全實現。黃生已經看清了官場的本質，故力勸蔣超全身而退。這在他後來創作的《寄謝蔣虎臣太史》一詩的題記中曾有提及，云：「公任督學，力矯時弊，不慊群情，故予有歸休之諷。」〔註64〕《和華陽山人辭世偈即蔣公修撰也》七律二首前的序言亦有黃生規勸蔣公退出污濁的官場，寄身世外之詞：「先生自辛亥請假出都，足不入里門。攜一衲二童遍尋海內名勝。後遊峨眉，止伏虎寺。示小疾，書辭世偈，擲筆誦佛而化。先生於世緣淡甚。雖宦達如一苦行頭陀，固信其爲再來人也。先是督學京畿，予客幕中者二稔，後別去，書謝公，且勸其休致。中有云：『閣下官太冷，腸太熱，囊太澀，手太寬。西披梧桐，恐非鸞鳳久棲之地。儘早圖高舉，攜青鐵硯，開綠野堂，則千秋之業捨公誰屬？』先生不徑庭其言。報書云：『辱教言言肝膈，非眞實知我如門下，不作此言。倘僥倖生還，當棄妻子入山學道，千秋事業，全副

_____

〔註62〕同上卷二。
〔註63〕同上卷六。
〔註64〕《一木堂詩稿》卷六。

讓公矣。』時亦謂先生漫答其書云爾，詎期胸有定見，竟踐斯語。且預知逝期，手草行略一通，言其祖母嘗夢渠是峨眉僧轉世，臨崖撒手，葉落歸根。先生雖辱引余爲知己，予實自愧知先生不盡。聊和原韻，用志弗諼。」〔註65〕此時，蔣超於紅塵業已看破，癡迷禪理，潛心法海，萌生了出世之心，希望尋覓一處清心靜慮之地，剃度爲僧，參禪靜修，著書立說。康熙十一年（1672）春，蔣超遂於伏虎寺出家爲僧，法名「智通」。

　　在政治理想又一次破滅之後，黃生已經十分厭倦京城生活，對昔日北上的選擇也心生悔意。所作的《思歸》一詩，流露出他的這種心迹：「多事王孫草，年年惹客衣。不能高臥穩，終悔遠遊非。劍鋏空留聽，刀環屢夢歸。河冰防凍臘，先雪到柴扉。」〔註66〕

　　他覺得若在北京再徒居下去，只不過是蹉跎歲月而已。而「遠書來不易，萬里客幽燕。小弟詢行橐，家人費十錢。滹沱冰度馬，上谷柳鳴蟬。豈識離鄉意，蹉跎又二年。」（《得家書》）那萬里之外寄來的家書更是催發增添了他的歸鄉之情。

　　但是，臨別之時，黃生又覺得這份眞摯的感情難以割捨。多年來，蔣公視他爲知己，和他衣食相共，推心置腹，情同手足，又怎能忍心突然捨太史而去？黃生的《南還別主人》一詩，記錄了他和蔣公彼此之間的深情厚意以及離別之際的傷感之情。詩中寫到：「久客歸眞急，高情別轉難。有裘常與共，每食勸加餐。過臘冰生硯，開春雪撲鞍。隨身餘短鋏，此後向誰彈？」〔註67〕

　　1669年臘月左右，黃生由北京南還，並於是年年底抵達揚州。〔註68〕重新踏上揚州這片熟悉的土地，黃生欣喜之情溢於言表。尤

〔註65〕同上卷八。

〔註66〕同上卷六。

〔註67〕同上。

〔註68〕關於黃生的南還時間，汪世清《黃生年譜》（未刊稿）認爲黃生於1669年南還，次年三月到達揚州。筆者認爲汪世清有關黃生南還時間的推斷，較爲可信。因爲由《己酉元日旃檀寺禮瑞像》一詩可知黃生

其是與闊別數年的老友重逢，更讓他激動感慨不已。特別是康熙九年（1670）夏，屈大均攜妻子王華姜南下，到達揚州，特意拜訪黃生，與老友相聚。〔註69〕

　　然而，「故園猶在夢，此地且盤桓」，揚州縱有良辰美景，畢竟只是暫居之地，不宜久留，只有那魂牽夢繞的故鄉才是黃生的真正歸宿。在康熙九年（1670）一個秋高氣爽的日子裏，〔註70〕黃生急切地登上小舟，離開揚州，向故鄉駛去，並由此開始了他一生中最有成就的階段——鄉居著述時期。

1669 年仍在京城。據《南還別主人》「過臘冰生硯，開春雪撲鞍。」及《得家書》《思歸》等詩可以推斷黃生南還時間在 1669 年臘月前後。但是，黃生到達揚州的時間應在 1669 年年底之前。汪宗衍《屈大均年譜》記載：「康熙八年，永曆二十三年己酉（1669），屈大均與黃生別於維揚，生有《送屈翁山歸粵》七律二首，《集外》有《寄答黃黃生》。」（《屈大均年譜》第 1913 頁）由此可知，1669 年，黃生已經到達揚州。汪世清據《一木堂詩稿》卷六《達揚州》（「喜到維揚郡，春光向未殘。風塵袍袴易，朋舊酒杯寬。芳草侵山屐，啼鶯醉藥欄。故園猶在夢，此地且盤桓。」）一詩而得到的「黃生三月才到揚州」的推斷，還有可疑之處。另一可能的時間是 1669 臘月左右，黃生由北京南還，年底前抵達揚州，並繼而在揚州盤桓數月。

〔註69〕《一木堂詩稿》有《題悼儷集》。是詩題記云：「屈華夫攜妻王氏歸粵中，才半歲，王卒。梓諸公表誌挽謀爲一集，遠書相寄。予挽以十絕，復題律詩一首。」而王氏卒於 1670 年冬。由此，可以推斷出他們見面的時間。

〔註70〕關於黃生到達故鄉的時間，大約在 1670 年秋季，因 1670 年夏，黃生還在揚州。而由他作於次年的《登白嶽辛亥九月十八日值予五十初度因入山避人事之擾》（「避俗入名嶽，遙瞻磴道回。辮香攜在袖，雙屐踏沾苔。石破天門出，峰尊洞府開。浮生虛五十，特地陟崔嵬。」）一詩，可知，1671 年，黃生已經回到故鄉徽州。他到達故鄉的時間應在 1670 年左右。因爲據《康熙休寧縣志》記載，「白嶽」即「白嶽山」，在休寧縣西三十里。」又，由《江行即事》（「夢中聞解纜，開眼豁江天。秋色蒹葭外，晴光雁鶩邊。磯頭雙槳慢，風末半帆偏。多謝同舟侶，醪香蟹正鮮。」）《入新安界》（「碧嶂層層合，清溪特特灣。秋蟲吟草密，野蝶弄花閒。玉醴家家井，桃源處處山。如何朝市客，頭白不知還徽人多老於作客予雖嘲世亦自嘲也。」）均描寫秋天的景象，可推斷黃生到達故鄉的時間大約在 1670 年秋季左右。汪世清也是持此觀點。

三、鄉居著述時期

　　黃生在年屆五十之際，返回故鄉，歸隱山林，開始長達三十年之久的躬耕隱居生活。他放棄了追求功名、積極出仕的人生道路，而選擇了遠離鬧市，避居鄉村。但是退隱並不意味著無所事事，頹唐消沉。不甘平庸的黃生把餘生的大部分精力投入到了發憤著書之中，開始執著於通過致力於文化事業這一途徑，實現「濟蒼生」、「安社稷」的用世思想。誠如鄉人黃宗羲《寄答白山先生二首》云：「黃山山下白山翁，千里新詩寄楚鴻。江上干戈方偃息，煙塵何處覓仙蹤。」「避迹村西遠市居，園荒梅瘦竹蕭疏。只因不合時宜甚，白髮寒窗老著書。」〔註71〕鄉居數十年的艱苦努力沒有白費，黃生最終給後人留下了豐富的精神文化遺產。其《一木堂詩稿》十二卷、《文稿》十八卷、《內稿》二十五卷、《外稿》三十卷，所輯有一木堂字書四部，雜書十六種。所評《古文正始》、《經世名文》、《文筏》三十卷、《詩筏》二十卷等著作大都是在這一時期完成。鄉居著述時期成為黃生一生中最為輝煌的階段。

　　由衰敗的城市、溷濁的官場，初回清幽的山林，「久在樊籠裏，復得返自然」，黃生的欣喜和愉悅之情溢於言表。對他而言，返歸田園、親近自然是一種精神上的慰藉與享受，起到了滌污去濁、息煩靜慮、淨化心靈的作用。回鄉以後，黃生或遊賞山水，或斗酒放歌，或垂釣溪上，這一切使他遠離塵俗的喧囂、擺脫世俗的羈絆，產生了一種安貧樂道、閒適逍遙的高逸情懷。這種思想在他的《歸田樂》《漁父辭》《牧牛歌》等幾首詩歌中均有所反映。

　　里居時期，黃生為化解心中的不平，滌除塵世的煩擾，尋求精神上的寄託，盡情遊覽家鄉的名山——黃山。黃山秀美奇絕的風光令他賞心悅目、讚歎不已，於是他寫下了許多山水紀遊之詩，圖繪山川自然，刻畫奇秀風光，展現黃山奇異生輝、斑斕奪目的壯麗景色，令人恍如置身其間。如《登白嶽》、《天門》、《香爐峰》、《捨身崖》、《五老

〔註71〕《歙事閒譚》第142～143頁。

峰》、《白嶽》、《登齊雲山岩》等均作於這一時期。《黃山白嶽歌》聯繫歷史人物、社會現實寫黃山勝景，體現出了黃生作爲明遺民的耿介孤傲的性格。《黃山慈光寺記事》一詩寫黃山靈境同樣別具一格，引人入勝，讓人稱絕。茲錄此二首詩歌於下：

《黃山白嶽歌》小序云：

> 偶閱湯若士先生一絕云：「欲識金銀氣，多從黃白遊。一生癡絕處，無夢到徽州。」因此作歌，以歎其高，且爲山靈解嘲云。

詩云：

> 黃爲山，白爲嶽，靈區絕境天所作。黃者金，白者銀，動心駭目俗所云。新安宿稱好山水，自昔名流得之喜，豈知今之守令反攢眉。所苦秋風刮人耳，無端我郡山以黃白稱，致令慕膻之輩群向此山行，干謁有司盛囑託，納交巨室相逢迎。彼之黃白，其實此之黃白。其名豈不辱我泉石、污我山靈？臨川先生湯若士，罷官林下貧似洗，一生無夢到徽州，其人其品可知矣。先生本具丘壑姿，獨發此語眞似癡，山中若得斯人至，必有石破天驚絕妙辭。噫籲嘻！黃山白嶽，遊者接屐。先生若至，能令公喜。〔註72〕

《黃山慈光寺記事》云：

> 黃山之山仙所宮，軒轅煉丹巢雲松。丹成上升留遺蹤，靈區秘洞千歲封。普門老宿提孤筇，梯岩架壑開洪濛。秀拔萬朵青芙蓉，皈依猛虎制毒龍。梵行精進遠近宗，檀施如山出後宮。中貴護送還山中，開山示寂願未終。毒苔和雨侵金容，夏臘六十悲回風。時節因緣今始逢，新安大俠黃長公。發心獨力肩大工，莊嚴寶刹高巃嵸。金碧赫奕臺殿崇，諸天帝釋羅盧空。白毫照耀光遍融，擊大法鼓撞巨鐘。邦伯都士皆致恭，奔走韝素兼臺童。瞻仰讚歎開愚蒙。比量功德恒沙同，山石岝崿俱無窮。〔註73〕

〔註72〕《一木堂詩稿》卷五。
〔註73〕《一木堂詩稿》卷四。

　　崇尙自然的黃生在黃山白嶽之中遊目騁懷，恣意欣賞，流連忘返。而黃山的奇特風光也陶冶了他的審美情趣，讓他擁有了一份超越塵世之外的皎潔明淨的心境，創造出一種寧靜淡泊而高遠疏放的人生境界。

　　半個多世紀以來，黃生經歷了顛沛流離的坎坷生活，飽嘗困苦與辛酸，體會了太多的家國之恨、身世之感。返鄉後，他痛定思痛，開始反思前面所走過的生活道路，進而思考今後人生的方向。在康熙十年（1671）四十九歲生日的那一天，他賦詩感懷，寫下了《辛亥歲賤日作》三首：

> 昔余弱冠時，逸氣干雲宵。文采頗自負，青紫同拾樵。
> 年往運不齊，浮沉至今朝。青袍脫復著，優戲眞可嘲。
> 我本鸞鳳姿，胡爲逐鷗梟。良常有芝草，天台多藥苗。
> 長鑱斸白雲，可以遂逍遙。安能混塵垢，空令玄髮凋。
>
> 予生負咎釁，上天降之罰。熊夢雖屢占，產子輒不活。
> 百齡已過半，蘭玉尙未茁。幼女聲啞啞，撫之聊自豁。
> 常懷煢獨憂，無乃非曠達。顧念祖考謀，無人奉貽厥。
> 胤嗣倘遂稀，祭掃將恐闕。中心如車輪，俯仰自忉怛。
>
> 商湯銘其盤，周武書其幾。哲王疾敬德，亹亹終不已。
> 矧此愚賤夫，失學甘自諉。宵行不索燭，顛躓固其理。
> 五十尙無聞，君子深所鄙。既往誠莫追，來途自茲啓。
> 爲學貴愼獨，手目叢視指。內省期不疚，庶幾在沒齒。

〔註74〕

　　可以說，這幾首詩表現了黃生曲折的心路歷程。在詩中，他對今後的人生道路做出了重要的抉擇，確立了致力於學術研究的志向。在詩中，他感盛衰，傷身世，憶往昔，想將來，思緒萬千，心緒良多，感情沉鬱。回首青春年少之時，那指點江山、揮斥方遒的豪情是何等激越昂揚！可是，生不逢時，命運不濟，由於遭遇時代巨變和社會動蕩，陷入了困頓潦倒的生活境地。不僅懷才不遇，少

〔註74〕同上卷二。

年時期匡時濟世的理想也只能化作慷慨悲歌，已經無法實現，如今
卻還處在困厄艱難的生活之中，不得不爲生計問題而發愁。更有甚
者，年過半百卻膝下無子，終日在孤獨淒涼中度過。可是，「既往
誠莫追，來途自茲啓」，既然過去的事已經無法挽回，那也不必再
耿耿於懷。更重要的是要把握現在，做出新的人生選擇，以無愧於
未來。「爲學貴愼獨，手目叢視指。內省期不疚，庶幾在沒齒」，雖
然也許生命無多，但還是要好好珍惜。唯有避居山林，孜孜矻矻，
專心致力於學術事業，或許在有生之年還能期待做到無怨無悔，實
現生命的價值，成就有意義的人生。

　　然而，黃生發現鄉村也不是「世外桃源」，仍然會遭受天災人禍
的侵襲，最終受苦受難的仍然是老百姓。他們不僅要面對天災，最可
怕的是，還要遭受官府的欺詐壓迫、巧取豪奪。雙重災難造成了農村
的凋敝蕭條和百姓的困苦不堪。其《憫旱》一詩即是寫農民遭遇旱災
時的不幸以及官府擾民害民、逼良爲盜的野蠻行徑，勾勒出一幅活生
生的處於災害中的農村社會的現實圖畫：

> 六月七月連不雨，水車軋軋向田畔。
> 高田無水已龜坼，低田水盡心更苦。
> 山鄉田狹食不足，所望客來常轉穀。
> 灘高水涸船難行，水腳日高米價騰。
> 老幼望天日偏烈，官府禱雨神無靈。
> 荒歲救荒亦何及，官糧減豐無多粒。
> 城市得糶鄉村遠，猾胥果腹饑民泣。
> 從來賊盜起凶饑，干刑犯法奚樂爲。
> 有司坐致民爲賊，何異刺人而殺之。〔註75〕

　　康熙十年（1671），潭渡黃氏春暉堂遭遇火災，祝號簿被焚，因
理神主，發現有書記載：「貞烈德愛小娘者，乃吾三分言字輩行。」
貞烈諱德愛，是春暉堂二十五世祖天諱公之女。白山先生有感於德愛
的貞烈事迹，特作《哀貞烈辭》一篇。黃生曾爲族中貞女細姑、吳淑

〔註75〕《一木堂詩稿》卷四。

姬等人做過類似的文章。細姑，似松公女，幼字洪公日章次子一綱。
一綱殉難後，細姑矢志不嫁，以養父母。父病，刮股以進。〔註76〕康
熙二十六年丁卯，黃生的弟子黃是（字聖異）病歿。其年僅十七歲未
婚妻吳淑姬隨即自縊身亡。黃生傷悼逝去的弟子，更有感於淑姬的貞
烈事迹，特賦詩一首。詩前小序云：

> 汪司馬《七烈傳》，載北山方渭女死稠墅汪鳳時，此隆慶丁
> 卯歲事，迄今康熙丁卯，而龍池吳氏，又爲吾聖異弟死，
> 事有巧合，因賦三言一章紀之。

詩云：

> 北山女，聘稠墅，夫之喪，女哭赴，經車中，遂同祔。百
> 餘載，吳殉黃。經於寢，臨夫喪。前丁卯，後丁卯，年相
> 同，事何巧。彼十七，此十七，齒相若，志如一。傳方者，
> 司馬公，文之高，齊華嵩。贊吳者，白山氏，愧其言，若
> 塊壘。〔註77〕

　　黃生之所以大肆表彰烈女，宣揚婦女守節，是因爲他本人受儒家
思想長期薰陶，儒家的「三綱五常」等忠孝仁愛的倫理觀念已經深入
心中。當然，這也體現了黃生思想中的負面成分及其時代局限性。

　　1673 年，康熙十二年癸丑，黃生五十二歲的時候，清朝烽煙再
起。是年三月，清將尚可喜因年老衰邁，請求歸老遼東。而一直擁兵
自重的吳三桂、耿精忠等軍閥聽聞此消息後，十分不安。於是，也上
疏請求撤兵以試探朝廷意旨。而清廷皆一一從之。吳三桂見已失去清
廷的信任，遂於十一月舉兵起事，反叛清朝。剛剛平靜不久的中國大
地上又開始燃起戰爭的烽火。次年三月，耿精忠在福建謀反，派兵攻
掠江西、浙江等地的州縣。吳三桂的軍隊也於二月攻下長沙、岳州諸
地；後又進襲江西。四川、廣西等地亦有將領先後起兵響應吳三桂。
福建、江西、浙江等地的許多民眾也乘機起事。

〔註76〕《黃賓虹文集》第 467 頁。
〔註77〕《奇烈編》，《歡事閒譚》第 1118 頁。

　　年邁的黃生十分不幸，被捲入這場新的浩劫之中。是年，耿精忠軍宋標部進入歙地與清兵在郡郊激戰。並且，一部分士兵還流竄鄉間，掠奪百姓，「寇賊起鄰郡，猖獗入我土。初聞據城郭，旋復掠鄉野。」（《避地》其一）爲躲避戰亂，黃生「蒼黃領妻子，避地遠村塢」，帶著家人慌忙躲入深山群林之中。《寇至》一詩描寫了黃生此時的遭遇和心境：「亂世妻孥累，衰年盜賊侵。攜家嫌路遠，避地欲山深。暫作魚逃網，遑爲鳥擇林。愁眠未安枕，遊騎日駸駸。」

　　鄉鄰在戰亂到來時慌不擇路，「山民數十家，高下紛散處。」（《避地》其一）自從戰事發生後，黃生及其鄉人就經常生活在驚恐不安之中，「有時報寇至，相顧色無主。塞竇屏雞犬，逾岡挈兒女」，頻繁奔走，四處逃難；有時一天竟然遭受多次的驚嚇，「晝夜常數驚，弦聲落飛羽。」鄉民甚至都已經成了驚弓之鳥，「定知傳言誤，始各返茅宇。」此時此刻，黃生發出了「何時四郊靜，居者復其所」的慨歎。可以想見，他是多麼渴望和平寧靜、安居樂業的生活！

　　看慣風雲變幻，歷經世事滄桑的黃生爲躲避戰亂，時常卜居山林。有時，山外毫無音訊，歸家遙遙無期，他免不了就有難捱的寂寞之感。但是，當看到山中夕陽西下，風物如斯，他又會油然產生一種超然物外之心境。如，《避地》其二述避亂生活，寫山中風物，彷彿自己已置身世外，忘卻了山外的戰火，身外的俗事。在詩中，蒼涼的暮年人生已與蕭瑟的晚秋山景渾然融爲一體，臻於一種「無我」之境：

> 避亂居深山，山靜覺日長。日長無所事，信步遊山岡。
> 青松四五林，鬱鬱何蒼蒼。松子無人收，風落聲鏗鏘。
> 瓦壚代炭火，亦可供茶湯。呼童飯其腹，隨我攜頃筐。
> 扳衽拭俯拾，枯枝共所將。舉頭見遠林，楓葉不待霜。
> 返犢循熟徑，我歸亦斜陽。頗適山野趣，漸入樵牧行。
> 家園返無期，沉憂暫相忘。〔註78〕

　　其時，歙地還出現了許多散兵遊勇藉此機會趁火打劫，掠奪財

〔註78〕《一木堂詩稿》卷二。

物，大肆盤剝鄉民，無惡不作的情況，「亂賊無遠圖，所志在金帛。不逞多蟻附，其勢遂煽赫。州府為巢穴，村落恣毒螫。輜重誠為累，一戰遂崩折。大兵逾嶺至，狐鼠紛竄匿。追奔越鄰郡，回軍聖鹵獲。前者無藉輩，剽竊似間隙。」(《傷亂》)更有甚者，還有一部分貪暴之徒借機大發戰爭之財，昧著良心，夥同兵匪，對鄉民敲骨吸髓，牟取暴利，逼得老百姓無計聊生，「貪夫更罔利，與賊公貿易。廉直取重貨，何止相什伯。同在患難中，忍心為暴客。」黃生相信上蒼會主持公道，終究有一天將重重懲罰作惡多端之人，「勿謂天道遠，冥冥有記籍。一時或漏網，陰譴終不釋。」經過兵匪暴徒的洗劫，老百姓已經傾家蕩產，流離失所，被迫逃亡，「澆薄當劫運，貪暴宜怵惕。入室靡孑遺，區區豈足惜。」面對家鄉人民多舛的命運，黃生扼腕歎息，「感此亂世氓，浩歎秋天碧。」

戰爭的真正的殘酷性還在於它對個體生命的肆意戕害。一場慘絕人寰的戰爭過後往往會是橫屍遍野，慘不忍覩。黃生對戰爭充滿憎惡之情。他的《新鬼哭》一詩正是對戰場上殺戮擄掠的淒慘之狀、悲涼之景所做的忠實記錄，寫得觸目驚心：

　　陰風慘霧驅黃昏，馬蹄踏空神鬼奔。
　　豹牙吏卒持大簿，冥官點鬼收新魂。
　　初遭殺戮不知死，聞呼一一屍中起。
　　頭顱顛倒近腳跟，省視方知身是鬼。
　　哀哉皇天何不慈，中原龍戰無休時。
　　人生一死不再活，何辜膏血塗蒸黎。
　　死者已矣生流離，爺娘妻子各不知。
　　各不知，兩決絕，哭有聲，淚無血。

他的《古硯歎》一詩，則是以小見大，寄託遙深。從古硯遭劫易主這一細微之事入手，反映戰亂所帶來的禍害。其《小序》云：「曩嘗蓄數硯，或攫於友，或劫於探囊，後又購一硯。因為銘云：『用其一，藏其副；莊有言，為盜守；備損壞，曰否否。』吾硯不厭多，蓋

與天下公其有也。今歲被寇，復失三硯。銘遂成懺。予固寓意於物，非留意於物者。聊歎以詩。」詩云：「我無俗中好，但好蓄古硯。篋中四五石，供用歲常遍。龍賓與毛穎，結好共無間。摩挲劇生潤，疑欲濕几案。鏗然觸爪甲，清角聞聲畔。吳鈎壯士膽，秦鏡美女面。文士此知己，氣類豈相遠。一朝大盜至，箱簏遂雲散。所失非一種，書帖及畫卷。達人齊得喪，微物何足敢。恐落屠沽手，煙煤坐塗炭。所適非其主，未免受褻慢。聊用抒短章，撫几成一歎。」〔註79〕

　　康熙甲寅九月一日，災難再次降臨。耿精忠的餘黨羅其熊，由饒至徽州。黃生及其鄉黨，因感念舊朝，夢想光復，於耿部款曲相通，十分熱情。可是，隨即形勢發生突變，九月十四日，清軍與耿部在績溪鎮頭激戰，耿部大敗。隨後，清軍開始清算與耿部有過接觸之人。黃生族中的許多縉紳大戶因此構禍，產沒家破。幸有知縣孫繼佳設法全力救護，才避免歙人遭清軍大肆屠戮。在這次事件中黃生也險些身陷囹圄，遭受牢獄之災。但是，他仍未能免除破家之禍。《歙事閒譚・康熙中耿軍至歙事》對此事有詳細的記載，茲錄如下：

> 黃賓虹言許芳城之受鄱陽累，逮赴皖垣，黃白山之遭禍破家，幾陷囹圄，皆為耿精忠事。其時耿軍至徽，鄉人士之素負令名者，感思舊君，夢想光復，半皆漿食歡迎，與通款曲。不意一戰而潰。耿軍退，而徽人乃大受其禍。白山族人有黃確夫者，繫獄多年乃出。確夫即劉繼莊學侶，為撰《廣陽雜記》者。黃確夫事詳二十三卷。按勞志《名宦傳》云：孫繼佳，確山人。康熙七年令歙，越六載，閩寇羅其熊陷徽。汪注：康熙十三年九月徽歙陷，是月額楚復之。繼佳方潛攜印從間道請兵於江寧鎮帥，比至擊寇，寇退，民得安堵。先是，訛言繼佳持印宵遁，諸縉紳大戶多降賊者。繼佳預知必有蜚語，乃即所持印，多印納糧串根，雜填花戶名目存卷。後按詰者至，勘糧串月日。現在急公，則降賊事自白，全活無辜無算。任七年去。邑民至今思之，

奉主崇賢合祀。今按：康熙七年後六年，爲十三年甲寅，

正耿精忠改元裕民之年，則所謂縉紳大戶，青岩、白山皆

在其列矣。孫繼佳殆有智計之士，故能退閩兵，而同時復

出其餘算，陰全善類，宜縣人崇祀也。〔註80〕

　　黃生看到連續的戰亂與兵匪的擄掠已經造成老百姓家破人亡，妻

離子散，流離失所，「晴天不踏泥濘路，太平安識亂離苦。亂離自昔

書上說，豈意今朝目中覩。賊來括盡金與銀，兵來更擄男和女。子棄

父兮妻棄夫，骨肉生割在須臾。欲行不行被驅遣，耳畔一片聞號呼。

號呼震天天不聞，可憐舉目無親人。昔爲珠玉藏深屋，今逐風飆轉亂

塵。」（《重逢行》）。此時，他十分期待有更多像李之芳這樣的良將能

〔註80〕《歙事閒譚》第67頁。按：賓虹有關許青岩鄱陽之累之說恐有誤。
　　　鄧之誠《清詩紀事初編》（第124頁）：「許楚，字芳城，號旅亭。後
　　　得鍾山青山岩硯石，因以爲號，不忘舊也。新安人，明諸生。入清
　　　後棄去，隱於黃山以終。年七十二。著有《明遺民詩文》、《新安外
　　　史》。汪洪度爲之傳，謂楚有攬轡澄清之志。數往來吳、越、燕、趙
　　　間，以詩文結交高人奇士。坐鄱陽累，執訊皖城。過大楓嶺題詩，
　　　有『四海知張儉，千秋憶孔褒』，巡撫李棲鳳義而釋之。《貳臣傳·
　　　洪承疇傳》：朱由榡冒稱金華王，據饒州。順治三年。擒朱由榡，及
　　　其族人朱常涝、朱常泚、朱常滘於饒州鄱陽。楚牽連受累，當即此
　　　事。棲鳳順治三年十月撫皖，四年九月降調，楚坐事當在此時。又
　　　謂楚喪明后，居寢繭室中十餘年始卒。然集中失子喪明，約在戊申。
　　　康熙七年梅清《天延閣後集》。丙辰有《弔許青岩》詩云：『黃嶽秋
　　　聲急，驚聞失子將』。然則卒年當在康熙十五年丙辰之秋矣。撰《青
　　　岩集》十二卷，詩六卷，其孫象緝刻於辛卯。康熙五十年文六卷刻
　　　於乙未。康熙五十四年其詩聲情激楚，託迹幽窈，幾與謝翱《晞髮》
　　　同其悲憤。文有法度，多表彰忠義之作。下筆可謂不苟。楚少以『白
　　　社』與張溥『復社』相呼應，聲行甚尊。晚以詩文與湯燕生、黃周
　　　星、林古度、杜濬、沈壽民諸人唱酬，皆遺老也。若周亮工、龔鼎
　　　孳、施閏章輩，文采官位，足以奔走一時，特間與燕遊而已，不藉
　　　其餘陰。人品甚峻，《明詩綜》《明詩紀事》均未採其詩，蓋行世甚
　　　晚。楚能書畫，皆見集中，世亦無知者。」由此，黃生與鄉里名士
　　　許楚無交往，可知其原由。因許楚約在戊申之年，即康熙七年
　　　（1668），失子喪明，且康熙十五年（1676）丙辰之秋已經辭世。而
　　　鄧之誠所記許楚坐鄱陽累應在順治三年左右，即1646年。另，施愚
　　　山有感於孫繼佳傾力營救歙地鄉民一事，曾撰有《記歙縣孫公活民
　　　事略》專文。（《施愚山全集》第529～530頁）

臣出現。〔註81〕「幸遇恩官李總督諱李之芳,具告軍門許親屬。移文管下諸有司,查點難民軍令肅。領回仍復赴軍門,齊發還家各給銀。骨肉重逢古來少,止因當道無仁人。自分今生不相見,豈知再世還相面。萬戶焚香祝李公,願公世代趨金殿。」因為只有通過他們運籌帷幄,嚴明軍紀,仁愛撫民,才有可能儘早結束戰爭,使百姓少受侵擾,讓親人得以團聚。

歙地的戰爭終於以耿精忠部的失敗而告結束。黃生在這場劫難中遭禍家破,但因為能夠得以保全性命,他仍然感到十分慶幸,特作《寇退》一詩:「萬馬登翬嶺,群凶棄甲逃。妖星一夕落,殺氣四山高。家破何須惜,生全慶所遭。窮猿歸舊窟,應免月中號。」〔註82〕

康熙十三年（1674）的除夕,劫後餘生的黃生和家人簇擁在一起,「經亂仍過歲,爐邊擁敝裘。」（《甲寅除夕》）共同迎接新年的到來。回首過去的一年,他由個人的遭遇進而聯想到國家的命運和前途,「烽火侵衰白,乾坤一贅疣。萬方同此夕,幾處泛金甌。」

光陰荏苒,轉瞬之間又過去一年。康熙十四年（1675）,歲在乙卯,54歲的黃生於是年元旦賦詩一首,抒發懷抱:

轉盼春風面,俄驚又一年。扶桑寒日外,爆竹曙星邊。

靜掩新正戶,閒開舊讀編。歲朝無所祝,生事任蒼天。

（《乙卯元日》）

想到時間如白駒過隙,稍縱即逝,黃生有一種時不我待的緊迫

〔註81〕「李之芳,山東武定州人。順治四年丁亥進士,歷官浙閩總督,文華殿大學士,諡文襄。徐世昌《晚晴簃彙詩話》:「文襄初授金華推官,行取御史,慷慨敢言,出視兩浙鹽課,累擢專圻。值耿精忠為亂,溫、處、金、嚴所在蠢動。文襄駐衢州,分軍戡定,躅賦治賑,撫輯流亡,内招典中樞,贊大政,勳名燦然。漁洋為墓碑,謂『在言路為真御史,在臺端為真中丞,開府岩疆,不動聲色,使東南數千里危而復安,正色立朝,始終一節,為古之社稷臣』。論者咸謂非溢美也。」（《清詩紀事》第1694頁）

〔註82〕《一木堂詩稿》卷七。

感。在新年的爆竹聲中，他展開書卷，靜靜誦讀。對新的一年，他也不再有什麼奢望，而是「生事任蒼天」。因爲半個多世紀的身世沉浮、社會變遷說明：個人命運難以捉摸，自己無法完全主宰。生活是由上天安排的，具有太多的不確定性。在充滿兇險、變化莫測的生活面前，過了「知天命之年」，始終執著於詩文創作、學術研究，心無旁鶩的黃生對此已經是司空見慣，隨遇而安。

康熙十五年（1676）正月，黃生又遭破家之禍，房屋被人侵佔，僅有的微薄的財產也遭人掠奪。其《仰屋歎》一詩題下記云：「丙辰忽遭無妄之災難，免在縲絏，然產已破矣。」房屋雖然破舊，但畢竟是祖先留下的珍貴遺產。黃生多年來生活其中，對其很有感情。但是因爲一場無妄之災，祖屋被外人奪去，全家現在無立錐之地，自己還差點遭受牢獄之苦。眼前之事，引發了黃生諸多身世之感。他思前想後，不禁仰屋長歎：

> 先人早見背，薄產靡子遺。惟有敝廬存，歌哭俱在斯。
> 貧儒覓衣食，筆研爲東菑。矻矻三十年，粗免寒與饑。
> 一旦被天譴，波及妄生災。雖未入羅網，脫免豈虛爲。
> 所居屬他人，誰憫囊無貲。空然仰屋歎，此身同立錐。
> 飛飛失巢燕，日暮將安棲。（《仰屋歎》）

由《春懷》一詩題下所記，「古云拯溺者濡。今春忽遭非意之累，實大類。此時丙辰歲也。」可以想見，黃生本是援手救人，結果反被牽連，落得無家可歸。爲此，他的心情更加抑鬱不平。但是因地位低下，滿腔的怨憤無處申說，「自慚涼薄德，敢怨惡聲來。」

遭此變故以後，黃生已經失去了僅有的一點產業，沒有了正常的經濟來源。迫於生計，他不得不重操舊業，擔任私塾教師，以授徒爲業。族中子弟採思、章含、葉千等人都曾跟隨他學習。然而，「官家年來編保甲，差徭不論富與窮。山城亂後添兵馬，糧草夫役額外供。保正坐派強似虎，甲首行催急如風。」（《賣菜傭》）戰亂過後，官府軍隊卻不顧老百姓的死活，增加賦稅，不論貧富，強行徵收，結果造成老百姓負擔更重，苦不堪言，「小民剜肉已見骨，下情有苦難上通。」

對於黃生而言，一家八口，僅僅依靠他一人授徒維持生活，本來日子已經十分艱難。現在，又得月月交雜稅，服徭役，「有家八口無產業，白首一經授童蒙。薄廩不足贍妻子，雜差月月何曾空。」一家人的生活實在是難以為繼。承受著沉重生活壓力的黃生是多麼希望普天之下沒有戰爭，四海清平，風俗淳厚！「何時坐見戎馬息？擊壤與爾同歌萬古風。」

是年除夕，千家萬戶、老少長幼皆在迎接新年，然而，幾家歡樂，幾人愁歎，冷暖自知，「年華長幼皆同此，節物悲歡只自知。」（《丙辰除夕》）過去的一年，黃生遭受生活的重創，房屋等財產喪失殆盡。新年即將到來之際，檢點自己的行藏，發現了留存下來的，也就是自己十分珍愛的幾首詩歌，「吾生又逐風光轉，檢點行藏數首詩。」身處逆境之中，詩歌創作已經成了黃生精神上的重要寄託。

康熙十六年（1677）元旦，在黃生五十六歲的時候，創作了《丁巳元日》一詩。在詩中，他對時間意識、人生價值進行了追問和思考：

　　昨日歲云除，今朝稱歲首。義輪無停馭，何乃分新舊。
　　人情自為爾，天運復何有。新正懷盡舒，殘臘眉常皺。
　　了悟世間相，一切等虛謬。此生在夢境，幻緣豈能久。
　　惟有真常心，億劫同不朽。〔註83〕

在黃生看來，時間永恒，周而復始，而人生短暫，恍惚如夢。人生活在世上，只有懷抱真誠平常之心，才能使自己有限的生命無限延長，與日月爭輝，與天地不朽。從這首詩可以看出，久經生活磨練，閱歷日益豐富的黃生對歷史和人生的理解更加深刻。

是年，他還作詩自題畫像，抒發心志，宣泄苦悶，濩落的迷惘與悠遠的希望並存。詩云：「有生成濩落，照鏡愧頭顱。少日無多日，今吾豈故吾。人間傳小筆昔人謂畫為小筆，松下坐團蒲。為蓄棲真意，將身入畫圖。」（《丁巳歲自題小影》）

到了晚年，黃生幸得二子，自然是滿心歡喜。但是，隨著兩個孩

〔註83〕《一木堂詩稿》卷三。

子日漸長大，對他們的教育讓他費心不少。孩子生性頑皮，而爲了使他們日後能夠成爲有用之才，黃生一心嚴加管教。其《杖子》一詩正是他作爲一位父親外嚴內慈眞率性情的自然流露：

> 暮年舉二子，大者方六歲。雖已入書塾，其心好嬉戲。
> 野鳥蓄樊籠，生駒受羈制。父嚴母則慈，令彼心有恃。
> 有時父與杖，輒爲母護庇。兒幼無所知，安可加痛治。
> 俟彼稍長成，自能順父意。此言不可用，姑息實生害。
> 小時失教誨，大即愆禮義。往往不肖子，皆由姑息致。
> 杉條從小拗，諺語誠可味。父心豈不慈，欲彼成令器。
> 下我手中杖，墮我腹中淚。〔註84〕

康熙十七年（1678），吳三桂病卒，反清的勢力已是強弩之末。清兵於次年正月攻取岳州、長沙，後又取湘陰、衡州諸地。清廷的統治策略也有所改變，爲籠絡漢族知識分子，於戊午年（1678）正月詔舉博學鴻儒。並於次年三月廷試博學鴻儒，取中彭孫遹等五十人。清王朝的兩手策略日漸奏效，形勢朝著有利於自己的方向發展，統治日趨鞏固。這一年，57 歲的黃生屏居山林，終日以詩書相伴。詩書成爲他生命的寄託，精神上的慰藉。到了年終歲末，他借詩酒娛情，慨歎人生已過大半，時光似水流逝，「坐擁書園又歲除，閑憑詩酒送居諸。須知去日多來日，未必今吾勝故吾。稚子只思嬉爆竹，家人相勸進屠蘇。春光一度催桃李，兼與山翁染白鬚。」

當許多漢族士大夫紛紛告別隱居生活，應徵博學鴻儒，準備出仕新朝成就一番事業的時候。黃生仍舊是隱居山林，歸然不動。之所以如此，並非出於對自己才華的不自信，反而正是他風格獨標、迥異他人之處。因爲在他看來，卓犖有識之士，如果一味汲汲求仕，反而會爲人所賤。而且世人往往眞假難辨。才俊之士即使走出山林，也很少會被賞識，會眞正有用武之地。與其如此，不如避居深山、韜光養晦、芬芳自賞。其《雜詩》託物言志，心迹自明，「識眞古所難，是非久相眩。良玉固爲寶，眾人所稀見。咄哉和氏子，抱玉竟自衒。三獻足

〔註84〕《一木堂詩稿》卷三。

三刖，哀哀淚如霰。精誠徒懇款，眞贗誰能辨？昧彼孔父言，待價勿求善。汲汲至君門，宜爲世所賤。」〔註85〕

　　己未之歲（1679），歙地的戰爭終於得以完全平息，老百姓的生活也相對穩定下來。黃生度過了一段時間平靜的生活，無須再爲躲避戰禍而四處奔走。是年元日，一元復始，萬物復蘇，春機盎然。家鄉也處處呈現出政通人和的喜慶氣象。其《己未元日》一詩對此予以著力刻畫，「歲朝交慶贊，相遇喜聲多。造化猶元氣，民風暫太和。土膏含淺潤，溪綠染新波。更喜蓬蒿徑，春禽特地過。」〔註86〕

　　康熙十八年（1679）的秋天，在家鄉動亂平息之後，黃生簡單地修葺整理了村西許氏廢棄的荒園，然後定居在此，作爲安身之所，並命名爲「吾廬」。這處在別人看來破敗簡陋的地方，黃生發現了別樣的風致：庭除寬敞，群山環抱，綠蔭點綴，四季景色宜人。《卜居》三首云：

　　　　本性愛清曠，不樂塵俗居。蓄茲人外心，歷載不得紓。
　　　　今秋棄舊宅，傴俛就新居。所卜非一處，人事多不孚。
　　　　許氏有荒園，僻在村西隅。一朝落我手，儌券成須臾。
　　　　廢圃三四畦，老樹八九株。人棄我則取，雅懷與眾殊。
　　　　暫爲別業主，孰謂非吾廬。

　　　　陋巷與高門，達人等一視。凋牆非我泰，採椽非我鄙。
　　　　茲堂昔靚麗，週年頗就毀。臥內無門扉，樓居少梯阤。
　　　　今來卜宅者，未免煩葺理。土木集眾工，斧斤日聒耳。
　　　　畫版坼丹青，移此將補彼。牆角堆亂磚，四壁幸資壘。
　　　　喧雜雖可厭，所望寧干止。

　　　　荒僻遠人事，適從吾所好。有堂可讀書，有樓可登眺。
　　　　群峰遙寫翠，朝夕逞妍妙。堂前白玉蘭，春月花四照。
　　　　舍旁蔭高梧，炎天解煩躁。西圃梅老瘦，歲寒幸同凋。
　　　　更喜跎腰柳，煙絲弄波悄。四時備勝概，野興適吟嘯。

〔註85〕同上。
〔註86〕《一木堂詩稿》卷七。

昔人構園林，易主豈先料。傳此舍閱人，敢爲來者告。

〔註 87〕

新居附近的花草樹木、亭臺樓閣在黃生眼裏是那麼的親切自然、具有美感和詩意，成爲他心靈的棲息之地，在《園居十詠》中「鶴巢、古修堂、延霄樓、花榻山房、藟圃、玉蘭、古桂、老梅、梧桐、二柳」等景物成爲了他吟詠的對象。

新居雖是草草修茸，仍讓黃生費功費時頗多。但是搬入新宅後，他或是悠閒地欣賞秋日勝景，瀏覽山間風光；或是擁坐書屋，飽讀滿架典籍；或是信步郊外，率意吟哦；或是與妻子同歡，親朋團聚……無不感到快意瀟灑、心曠神怡！如《入宅》五首云：

草草營居室，區區蔽雨風。雖云尚眞率，亦頗費人功。
山色落窗外，秋聲入樹中。高懷逢勝賞，聊爾慰詩窮。

地僻全違俗，樓高更面山。晴光浮網戶，曉色媚煙鬟。
風物秋偏好，登臨日不閒。畫屏天外展，瓦枕竹床間。

茂先三十乘，吾亦五車餘。身外曾無事，齋中坐讀書。
天將縱蕭散，人自笑迂疏。寄語軒裳客，馳驅我不如。

巷陌稀人迹，柴門自在開。秋牆喬木出，晴閣遠山來。
散步閒尋句，科頭信舉杯。園葵冬可灌，汲水課童孩。

貯月閒閒地，圍花短短垣。營成新小隱，卜得舊荒園。
妻子同歡喜，親朋頗過存。一枝聊止息，萬物在乾坤。

〔註 88〕

「今春暫林棲，茅屋始吾有」（《南村》），定居下來後，年近花甲的黃生雖然仍要爲衣食而奔波勞碌，「家貧少田園，衣食在奔走」，但是因爲可以享受到鄰里之間相互往來、談笑風生的生活樂趣，歡喜自不待言，「鄰里敘契闊，一過南村叟。欣然各道故，飲我一杯酒。談話無俗言，古今不離口。春風懷爲開，夜雨坐遂久。」更爲重要

〔註 87〕同上卷三。
〔註 88〕《一木堂詩稿》卷七。

的是，「吾廬」給壯心不已的黃生提供了一處安身立命之所。在這方狹小的天地之中，他堅守自己的信仰，致力於文化學術事業，手不釋卷，遍觀群書，奮筆疾書，勤耕不輟。通過吟詠詩歌、編纂詩集、增訂史籍等孜孜不倦的工作，心靈也得到了最大的安慰和滿足。多年後，族人黃筏（字可堂，號虛船，歙潭渡人。）過訪黃生的「吾廬」舊居時，覩物思人，寫下《過家扶孟先生吾廬舊居為作吾廬歌》一首，對當年蟄居此地的黃生幽微曲折的心靈世界作了探尋：

> 吾廬幽棲多苟簡，橘剌藤梢常掛眼。屋內二酉泥丸封，風雷六丁時晲矕。主人前身陸秀夫降晲云，日落虞淵曾手扶。再生復見滄海改，千秋公論藏葫蘆。井中鐵函心中史，豈願人間抄萬紙。獨有一卷冰雪詩，不忍覆瓿投溷裏。無端棗梨成魑妖，筆精墨怪幻鴟梟。昆明劫灰一炬火，零珠斷璧付煙銷。從此吾廬廬還在，剗盡杜蘅與蘭茝。黑風吹雨壓荊扉，花茵書帶無光採。當年擁几對南山，臥古酣今肆訂刪。閣可草玄雲入牖，溪流花浣碧成灣。慧眼唯逢蔣太史，並馬長安弔易水蔣超名虎臣後入峨眉為僧。靈均詞賦素心交，詩瓢贈答飛霞綺。徵歌曾賦廣陵濤，放眼長懷鍾阜高。藍田作硯椽作筆，俯見小儒真二豪。歸來仍對吾廬竹，一林寒煙萬條玉。叩門不少問字人，誰為先生謀饘粥。先生久隸上界仙，丞書原貯琅嬛巔。神物終歸天上去，蘇耽鶴返是何年。爾來重向吾廬過，唯有春禽相倡和。書倉灰冷光焰平，後人頑鈍堪相賀。堪相賀，返結繩，騧禍相近猶小懲。吾廬雖破，猶有蓬頭歷齒之雲仍。〔註89〕

然而在黃生移居之後，洪舫、汪存等老友卻相繼故去。洪、汪二人與他是數十年的性命之交，多次在一起參互考訂杜詩，研討學問。但是《杜詩說》尚未付梓，而友人已駕鶴西去，相繼零落，黃生傷感寂寥之情倍增。

康熙十八年（1679）秋，己未望日，閔麟嗣所纂的《黃山志》完

〔註89〕《歙事閒譚》第77～79頁。

成。是書由吳山僧弘濟益然閱定。程守（字非二）、吳綺（字薗次）、吳聖修（字專公）、江銘勳（字尚一）、趙吉士（字天羽）、汪士鋐（字扶晨）、黃元治（字自先）、汪楫（字舟次）、江闓（字辰六）、程謙（字山尊）、吳苑（字楞香）、吳之騄（字耳公）等人參閱。卷七《賦詩志》選取黃生《望爛柯峰》、《狎浪閣》、《文殊臺看鋪海》《黃山》《山中懷古》等詩。〔註90〕

　　黃生聽聞《黃山志》完成，欣然創作了《閱黃山新志因成長歌》：

　　　我昔遊黃山，因雨殊草草。未盡登臨興，已識黃山好。今之新志試一披，身在此間心已飛，飛飛直上天都頂。恍似扶筇再至時，一石一峰仔細閱，一岩一洞窮曲折。石筍矼邊目為眩，散花塢裏叫欲絕。禮月塔，望仙橋，窺海門之閌閬，登蓮華之岧嶤。煉丹臺上朝軒帝，陛下至今幾萬歲。再拜跪求不死方，小臣欲度人間世。飲丹液兮，食松花；餐沆瀣兮，服赤霞。身生毛羽能輕舉，六六峰頭即是家。神為輪兮尻為馬，回頭倏忽還鄉社。卻似遊仙枕上回，此身元在山窗下。〔註91〕

　　黃山是歙地名山，也是黃生頂禮膜拜之地。他曾多次登臨，探幽訪勝。黃生藉此詩表達了他對黃山秀美奇絕風光的讚美之情。

　　隱居鄉村的黃生家庭生活每況愈下，備嘗生活的艱辛與痛苦。其中原因不外乎自身年老體衰無法從事繁重的田間勞作、家中老弱不齊、人多地少等。作為一介書生，他空有「恒心」而無「恒產」，身無分文而心憂天下。然而這些無法被鄉人理解，反被譏笑為迂闊古板。面對家人饑腸轆轆，要為吃飯而發愁的家庭窘況，他確實有些慚愧和無奈。《慚愧》、《索米行》等詩較細緻地記述了這一段時間潦倒

〔註90〕《自序》（清閔麟嗣著，劉尚恒、王佐點校《黃山志》，黃山書社1990年版）：「閔麟嗣纂於康熙十八年秋己未望日。」另，《黃山志定本》卷七《賦詩志》選黃生詩「黃起溟《望爛柯峰》《狎浪閣》《文殊臺看鋪海》《黃山》《山中懷古》」。

〔註91〕《一木堂詩稿》卷五。

的生活。

但是，具有強烈的文化使命感、始終與困苦生活作頑強鬥爭的黃生依舊是生活的強者。在沉重的家累、艱難的生活面前，他雖飽經風霜、歷盡滄桑，但卻沒有氣餒，反而更加胸懷豁達，執著於理想，隱忍堅毅，守藏用拙，孜孜矻矻地從事著寄託了生命意識和人生信仰的學術文化事業。《溪上古藤歌》是他思想及生活態度的眞實寫照，「溪邊古藤大如斗，輪囷不記何年有？松柏森森凡幾株？左盤右絡紛纏斜。潦倒龍鍾不自持，霜皮黛色相因依。風濤助作潛蛟舞，月影還驚宿鳥飛。落落蟠根奈汝何？寄身他樹漫婆娑。方知養拙全生者，飽歷風霜免斧柯。」〔註92〕

艱苦的生活沒有能夠銷蝕黃生的志氣，使之精神不振。恰恰相反，他更是傾心於文化學術事業，品嘗著文學創作、學術研究所帶來的別樣況味。這其中，既有創作的苦澀與艱辛，「詩草高於屋，何人見苦吟。肺肝自知已，蟲鳥有哀音。耽癖難焚硯，求名恥碎琴。收藏付兒子，權作滿籝金。」（《偶茸舊詩有慨》）也有成功後難捺的興奮與喜悅，「四壁吟聲破，霜林宿鳥騰。詩成難抑按，半夜起吹燈。」（《詩成》）

1681 年（康熙二十年）元日，大雪紛飛。在新年紛紛揚揚的大雪中，黃生迎來了自己的花甲之歲。有感於增春添壽，他特作詩一首以紀之：「山家風景入新年，已覺芳菲著樹妍。特放瓊葩開歲首，未容桃李占春先。輕黏鐵幹鋪梅粉，細傍銀塘作柳綿。惟有青山將野老，共增新白上華顛。」（《辛酉元日大雪》）

此年正月，鄭經病卒，其子克塽繼位。七月，清廷任命施琅為福建水師提督，做好了進攻臺灣的準備。十月，在清兵合力圍攻之下，吳世璠被迫自殺。至此，吳三桂所挑起的藩亂，歷經八年，最終平息，清廷的政治統治更加鞏固。但是，這一年對黃生而言卻仍

〔註92〕《一木堂詩稿》卷四。

然是飽受磨難的一年，他不幸身染重疾，遭受病痛的煎熬，以至於身體消瘦，形容枯槁。如其所云：「彈指聲中一歲過，那堪身作病維摩。形同野鶴神還王，影比寒梅瘦較多。眼見百年隨逝水，誰同七發起沉疴。春來萬物生顏色，願與群芳共太和。」(《辛酉除夕》)但是，即使在病中，他對家中雜事、社會俗務仍沒有過多關注，念念不已的仍是自己一直鍾情的文學創作，「道念未容塵念雜，詩魔偏較病魔強。」(《病中生朝》)

1683 年（康熙二十二年癸亥）六月。黃生的詩集《一木堂詩稿》在族侄黃芹的幫助之下得以付梓。黃生少時就開始創作詩歌，一生基本上沒有間斷，「九歲題詩今老翁，半生吟嘯比秋蟲。」(《門侄探思爲予刻詩因贈》)此次校刻的《一木堂詩稿》是他歷經多年，錙銖積纍而成，有詩十一卷，詞一卷，是他的嘔心瀝血之作。這些作品是他顛沛流離生活的實錄，記載了生活中的諸多磨難；也是他心靈歷程的直接反映，留下了思想變遷的深刻印記；更是他精神上的慰藉與寄託，給予了他巨大的精神力量。每當生活困厄、思想苦悶之時，他總是通過吟詠詩歌傾訴情感，宣泄不平。雖然「幾多浮慕誰能好？空有虛名不救窮」，但是，詩歌創作、學術研究畢竟是他生活的強大精神支撐。正因爲一直在從事這些有意義的活動，他才感到自己不是在渾渾噩噩，虛度時光，蹉跎歲月，而是有所作爲，時刻與先賢的精神默然相通。他堅信：付出一定會有收穫，自己終將會得到後人的公正評判，「品藻任從身後定，精神默與古人通。」有鑒於此，黃生對《詩稿》十分珍愛，並且自恃甚高，表現出高度的自信，「世以詩人目我，我即以詩人應之。」〔註93〕這些昌言無忌、立意高遠的詩作，在黃生看來，恰恰就是自己生命價值的直接體現。

年逾花甲的黃生不顧自己年老體弱，一面集中精力著書立說，一面傾力於傳道、授業、解惑。曾應洪源洪谷一邀請前往教授其族

中子弟。在教學的過程中，黃生強調要遵循正確的路徑。他認為：對學習詩歌而言，初學者一定要尋找到「古詩必宗漢魏，近體必法唐人」〔註94〕這一學詩的津梁。因為這猶如「匠者之繩墨，射者之彀率也」，不可或缺。1685年（康熙二十四年乙丑），六十四歲的黃生應學詩友人之請特地精心選編了《唐詩摘抄》一書。是書遵循「務約，務精，務顯易」的原則選擇唐詩近體，深入淺出，言簡意賅，彰顯了黃生的基本詩學思想。該書問世以後，深受學詩者的歡迎，對後世影響深遠。康熙辛丑之年，紫峰程志淳特地刊行。後來，乾隆年間的歙人朱之荊對此書亦十分看重，「置諸案頭，每清晨細玩味之。」〔註95〕

　　黃生的道德文章堪稱楷模，因此，他受到了遠近名士的推重。歙縣知縣靳治荊曾多次邀請黃生與閔麟嗣、程守、吳菘、汪士鈜、王不庵等人至府衙飲酒賞花，賦詩抒懷。〔註96〕黃生也利用參與文人雅士的聚會，與他們開展創作上的交流，以開闊視野、提高詩藝。鄉居期間，他還和老友汪洪度、王友棠、吳瞻泰兄弟一起，早晚切磋，交流析疑，相互研討杜詩。天道酬勤，黃生評論杜詩的著作在學術界獲得了廣泛讚譽，反響較大。1688年（康熙二十七年戊辰）秋，其族侄葉千等人攜帶《杜詩説》至松江拜訪張彥之，請他為《杜詩説》作序。張彥之對黃生的為人甚為瞭解，知「白山先生家黃山白嶽之間，擁書萬卷，校讎檢閱，日不暇給，性喜著書。」〔註97〕於黃生的氣節品格更是十分仰慕，其云：「鉅鹿昆陽之戰亦不足彷彿其雄武，海內才人竊為黃先生其可仰視耶？」〔註98〕對黃生這部嘔心瀝血之作《杜詩説》，洮侯先覩為快，在「殫日夕之力以捧讀」之後，高度評價了該

〔註94〕《唐詩摘抄序》，《唐詩評三種》第3頁。
〔註95〕朱之荊《唐詩摘抄序》，《唐詩評三種》第8頁。
〔註96〕靳治荊《暮春小集凝清書屋同用花字王不庵閔賓連黃扶孟汪秋水栗亭吳綺園諸子》，〔清〕鄧漢儀輯，《詩觀三集》，康熙慎墨堂刻本。
〔註97〕張彥之《杜詩説序》，《潭渡黃氏族譜》卷十，清雍正九年刊本。
〔註98〕同上。

書，認爲這是一部迥異超凡的評杜力作，「近日說杜詩諸家幾數十百
種，黃先生之說杜詩殆有逾焉。」〔註99〕

　　黃生十分熱心地方文化事業，曾積極參與修撰方志，借修志去蕪
存精，保存文獻典章制度，寄寓文化理想。由於飽讀詩書，學識淵博，
著述宏富，所以他在當地享有崇高的學術聲譽，備受地方耆舊尊重。
1690年（康熙二十九年庚午）四月，他受聘參與修撰《歙縣志》。這
是當地歷史上第四次大規模的修志活動，集中了眾多地方名流、縉紳
雅士。參與修撰者分工如下：

　　　掌修：歙縣知縣靳治荊

　　　總修：國子監祭酒吳苑、翰林苑編修許承家、江南道御史
　　　　　　鄭爲旭、廣東道御史阮而徇、戶部山東主事江薇、
　　　　　　中書科中書程澓

　　　副總修：歙縣教諭王輅、歙縣訓導邢日如

　　　分修紳士：唐鴻舉、吳之騄、黃琯、王棠、吳菘、吳聖修、
　　　　　　　　汪士鈜、汪洪度、吳秋士、吳瞻泰

　　　參訂：夏駧烏程、錢柏齡華亭、蕭翰錢肅、茅兆儒錢唐、
　　　　　　楊廷顯華亭

　　　繪圖：吳逸〔註100〕

　　黃生等人從旁搜廣詢、增損舊編，到正式編寫，共歷時六年，
「始於甲子知縣事之初，迄於庚午陽月」〔註101〕，最終高質量地
完成了此次續修任務。

　　1695年（康熙三十四年），黃生首倡集資刻江天一遺集。〔註102〕

<hr>

〔註99〕　同上。
〔註100〕　《歙縣志》，康熙二十九年刻本。
〔註101〕　曹貞吉《歙縣志序》，康熙二十九年刻本。
〔註102〕　汪世清認爲此事發生在康熙三十二年癸酉（1693）。是年黃生72歲。
　　　　　其實，應在1695年。據《江先生遺稿徵刻小引》（《江止菴遺集》，《歙
　　　　　事閒譚》第177～178頁）記載：「先生死後，門人洪祚守其遺文數百
　　　　　篇，於寇氛兵燹之餘，前後手錄凡三過，老而且死，乃囑其子毓健世
　　　　　守之。今距江先生死且五十年。先生稿凡八卷，計紙八百餘，鳩工剞

黃生欽佩這位鄉賢慷慨赴難、寧死不屈的高風亮節，平日裏遇到烈士遺作，總是積極購買收藏。在他看來，江天一的作品具有永恒的價值。因爲道德文章是統一的，江天一的文章正是他高尚人格的體現，充滿浩然正氣，完全可以彪炳千秋，流傳萬代。黃生評價曰：

> 先生大事已千秋，遺墨猶堪射斗牛。
> 率士詎當存報主，書生志豈在封侯？
> 星辰河嶽人間世，節義文章第一流。
> 珍重魯公爭坐帖，零珠斷璧後人收。

　　（《偶見江文石先生遺迹因購得之》）

　　1696 年（康熙三十五年）黃生已是 75 歲的高齡。是年二月，他耗費多年心血創作的《杜詩說》得以再版。歸隱三十多年，黃生對杜詩的研究始終沒有懈怠，曾與洪方舟、程公如、曹次山、汪幾希多次研討考訂杜詩。諸友已逝，《杜詩說》始成，黃生自然增添了幾分傷感。

　　至此，歸里之後的黃生閉門著書已長達三十餘年，研究與創作頗有收穫。在門侄黃芹（探思）等的全力襄助下，黃生《一木堂詩稿》（十二卷）、《文稿》（十八卷）、《內稿》（二十五卷）、《外稿》（三十卷）等著作也先後得以付梓。〔註103〕

　　1696 年秋，黃生走完了他七十五年的人生歷程。〔註104〕黃生的

剜，約金兩百有奇，可以卒事，謹告於同里名賢長者醵金資助等語。後署「後學黃琯、方熊、王壽徵、汪士鈜、項斗文、唐鴻舉、汪芹、吳嶽、汪鴻度、吳菘、吳秋士、吳之騄、王棠、方琪薲、吳芝澤、汪洋度、吳瞻泰、汪熙禎、吳楚、吳巽、胡庭鳳、程藝生、程嚐、吳啓鵬、洪嘉植、洪澤、洪其範、洪璟、洪公儀、洪雲行、洪力行、洪濯公具。」因江天一就義於順治乙酉年（1645）十月八日。故由「今距江先生死且五十年」可以推斷首倡集資刻江止菴遺集當在 1695 年。

〔註103〕　《潭渡黃氏先德錄》，《黃賓虹文集·雜著編》第 423 頁。

〔註104〕　朱觀《國朝詩正》（康熙五十四年鐵硯齋刻本）選吳亦高詩有《寄挽黃白山先生》七律一首。詩云：「春風一面再無由，凶耗驚傳丙子秋。已斷人緣交最寡，不辭天爵古還修古修先生堂名。青杉久脫成鐵鳳，白石高歌自飯牛。門外板橋煙水闊，夢魂愁渡似西州。」此詩可證黃生卒於是年秋。詩後有朱觀評曰：「白山先生與予交稱莫

一生曾經歷社會的滄桑巨變，但是他保持了高尚的民族氣節。同時，在艱難困苦的條件下，他毫不氣餒，不屈服於貧窮，矢志不渝地從事詩文創作、學術研究，終於在文化事業方面頗有建樹，爲後人留下了豐厚的精神財富。黃生前是不幸的，他既經歷家國淪亡的巨大的精神上的苦痛，又不得不與生活搏鬥，爲生計而奔波；但又是幸運的，不懈的努力與巨大的付出使他在文化學術事業方面做出了卓越的貢獻。他那心繫民生、大義凜然的精神品格始終爲後人所景仰。當時及後來之人紛紛題詩哀悼。許士佐《哭黃白山業師》云：

> 矯矯南山樹，託根堅以厚。一旦逢摧折，數也遘陽九。先生江夏望，譽早隆山斗。青袍曾兩棄，浮雲藐何有。恥爲媚世顏，硯田嘗自守。素性愛淳樸，吾廬惟半畝。吾廬齋名辛勤事探討，誦讀而尚友。奇句參曹劉，雄文駕韓柳。煌煌《一木堂》，不脛四方走。有《一木堂集》盛行於世論詩至唐人，心契浣花叟。箋注何高超，匡衡是其偶著《杜詩說》。臨池逸興發，龍蟣紛纏糾。生平所著述，俱足等瓊玖。泰岱既傾頹，鄰里罷舂臼。寒颷淩穗帳，冷月下窗牖。無力慚侯芭，未能謀不朽。招魂徒有些，哀歌淚盈手。化鶴返何年，望望空回首。〔註105〕

近人許承堯擷取黃生的主要事迹，從道德品質、學術成就及其影響等方面對黃生的一生做了如此概括總結：「潭濱寒柴圃，圭竇薛蘿深。金賕江監紀，書傳戴翰林。細篆倉頡字，微會杜陵心。樸學開荊莽，賢孫費討尋。」〔註106〕

> 逆，於其殁也。曾挽以詩云：『忘年交最契，故里日盤桓。老去名逾盛，貧來興不闌。關河成遠別，聚散感無端。忽而傳長逝，含悲催肺肝。』語雖情切，然未若茲作之飄逸絕塵也。」

〔註105〕　許士佐《埜耕集》。
〔註106〕　《明末歙五君詠五首》其五，《疑庵詩》第194頁。

第二章　交遊考論

　　黃生晚年以爲「書不可不盡讀，友不可不盡交，天下之名山大川不可不盡遊」。在他的一生中，交遊十分廣泛。由於黃生性格耿介孤傲，不趨炎附勢，所以在他的交遊圈中，除族中子弟、學生之外，更多的是與其性情相契、志趣投合的文人雅士，而與清朝達官顯宦交往不多。黃生所交往的人物對其性格的形成及文化學術成就的取得產生了較大影響。有關黃生的交遊情況，學界關注不多。故考論力求其詳，盡可能地引用排列材料。對於黃生關係密切、影響較大的人物，盡量予以考訂。

黃爾俊

　　黃爾俊，字偉士，黃生族弟。〔註1〕從《一木堂詩稿》中黃生爲偉士所作多首詩歌可見出二人的交往十分頻繁，關係非同一般。在鄉居團聚的日子裏，偉士常常是黃生出行的同伴。如，黃生作有《同偉士少參祠看松作》一詩。偉士還是黃生府上的常客，經常造訪。這從黃生的《二日偉士過訪》一詩可以見出。甚至有時候，二人還會秉燭夜談。《一木堂詩稿》卷三有《偉士見過夜話》一詩，「臘雪照歸裝，春鶯啼別曲。離居曠懷積，握手新歡續。乍歸人事稠，未暇披欵愊。

〔註1〕參見《杜詩說‧訂刻姓氏》，康熙十八年刻本。

昏夜來叩戶，雙影共燈燭。深談意始馨，更索新詩讀。試起謀中廚，難爲泛蟻綠。飲子一杯茗，庶以見眞樸。瓶梅共餘清，話邊香薪薪。」偉士出門遠行之際，黃生總是戀戀不捨爲他送行。黃生曾作有《送偉士之京口》一詩。

在離別的日子裏，兩人仍然信箚往來，消息相通，「幽蓬斂性故交疏，豈有寒暄到索居。樓月正含千里思，江風忽送一緘書。逃禪剩蓄新苗發，著述空成老蠹魚。鄉里鄭生時見過，疏狂罵坐總如初。書中兼詢慕倩近狀」（《以詩代書寄答偉士弟》）。黃爾俊返鄉時，黃生更是十分欣喜，創作了《喜偉士弟歸里》。在黃爾俊痛失次子，遭遇人生不幸的時刻，黃生強忍著自己幼女早殤的痛苦，[註2]創作了《偉士傷其次子寄示》給予他精神上的撫慰。

黃 文

黃文，字章含，諸生，潭渡人，居定陽。工書畫。黃生族侄。與弟葉千均從黃生問學，交往頗多。《一木堂詩稿》中有多首詩歌記載黃生與他們兄弟二人的交往。如《喜章含葉千二侄見過》、《送章葉二子定陽赴試》、《雪中過章含兄弟》、《同章葉二子沙堤看桃花章子得詩七字因用爲起句》、《寄章葉二子》、《同章葉二子詠庭中老梅》等。

黃生與章含之間也有一些單獨的來往，《一木堂詩稿》卷十一有《問章含》一詩：「歲暮蘭江一棹遲，山梅岸柳待春時。歸來相見無他語，先問行囊幾首詩。」章含喜得貴子，黃生還特地賦詩表示祝賀，《一木堂詩稿》卷十一有《寄賀章含得子》二首。

章含過世，黃生寫下《挽章含侄》二首，表達痛惜之情。黃生還特意囑咐葉千把章含的遺稿寄給他留作紀念。《一木堂詩稿》卷七《送葉千之定陽囑以乃兄章含遺稿見寄章子死後降乩自言已證仙品》云：「追隨已半年，此別更凄然。爲送龍山客龍山在定陽，翻思鶴背仙。傷離出谷鳥，放溜下灘船。到日收遺草，因風幸一傳。」

〔註2〕 參見《一木堂詩稿》卷七《哭女殤》。

黃生曾收到葉千寄送的長歌，因當時飽受病痛的煎熬，所以他直到第二年春天才回贈《去秋賤降葉子遠惠長歌時在病中不能作答今春始成一律奉寄》詩一首。詩中透露了他對章含戀戀不忘、無比思念之情。

在《一木堂詩稿》卷七《寄懷文章仙子時同令弟葉千客定陽》詩中，黃生再次緬懷章含，黃生還曾用詩歌爲故去的章含畫像，寄託哀思，「這漢本姓黃，名文字章含。可知前世喚作李四與張三。昧卻自家面目，永劫受他輪轉，筋斗幾千番，眼下黑窣窣，前路白漫漫。命根除，業鏡破，愛河干。從此寸絲不掛，自在得蕭閒。記取臨行一句，跳出娘生皮袋，不被識神瞞。兩頭俱不住，亦莫住中間。」（《又題章含身後小影》）

葉　千

葉千，章含弟。黃白山學生。二人師生情意篤厚。黃生曾選錄、批評同時人近體詩，並親手抄寫成《植芝堂今體詩選》教授葉千。戊辰秋，葉千攜帶黃生的《杜詩說》拜訪張洮侯。張氏欣然爲之作序。[註3] 有關二人的其他方面的交往，《一木堂詩稿》中也多有記載。如《雪中過葉千》、《送葉千》、《賦得岩灘西臺送葉千侄赴浙》、《去秋賤降葉子遠惠長歌時在病中不能作答今春始成一律奉寄》、《葉千又行矣去住兩難爲情因抹小景送之並繫一絕》等。

黃　芹

黃芹，字採思。黃生族侄。少從黃生學習，其書得黃生眞傳，遒勁有力。黃生《一木堂詩》十一卷，詞一卷，黃芹爲之刻於康熙癸亥。黃生有《門侄採思爲予刻詩因贈》記載此事。正是由於黃芹出資襄助，《杜詩說》才得以出版。黃生的《一木堂詩稿》（十二卷）、《文稿》（十八卷）、《內稿》（二十五卷）、《外稿》（三十卷）等著作也都是在

[註3] 《凡例》，《杜詩說》第 1 頁。

探思的全力支持下，才得以先後付梓。〔註4〕《一木堂詩稿》尚有《送探思侄上楚》《送探思之漢上》二首詩歌記載他們之間的交往。

黃君澤

黃君澤，黃生族兄。黃生之子曾蒙其關照。黃生特作詩表達謝意：「吾家老哥子，矮屋不言貧。薄俗殊今日，高情到古人。病身孤館夜，旅櫬遠山春。多謝周全力，天涯一愴神。」（《寄謝君澤族兄》）

黃　琳

黃琳，字玉韻，黃生三弟，早逝。《重訂潭濱雜誌・苦吟》中記曰：「諱琳者害病，志不婚宦，好苦吟。寓於杭，與其地詩人朝夕唱和。未幾，病卒。有《韞齋遺稿》，吾父序之。存於家，後吾父欲徵刻本族諸公所著之詩，如鄭宅之《貞白家風錄》已作啓而號召無人事遂不果。」黃生有詩《撿笥得三弟琳遺稿泫然賦此》悼念。他還將黃琳遺作加以整理，合訂成編。如《一木堂詩稿》卷十一《合訂二子詩感賦三首》詩《小序》云：「弟玉韻琳，吳悅敬一，皆才而夭。弟嘗為吳童子師，得嘔血而死。吳後死。定陽寇變，因取其遺稿合訂之。」

黃野夫

黃野夫，黃生族人。黃生《黃野夫六十初度》云：「同宗復同甲，同爾閱滄桑。意與春秋遠，身經日月長。饑來採薇蕨，臥處到羲皇。百歲看朝槿，還尋不死方。」〔註5〕

黃肇都

黃肇都，號魯男，黃生族曾祖。黃生《百歲翁挽詞族曾祖魯男翁年百有一歲》：「百歲仍過一，及茲還太虛。大年逢世亂，無造憶生初。物

〔註4〕　《潭渡黃氏先德錄》，《黃賓虹文集》第 423 頁。
〔註5〕　《一木堂詩稿》卷七。

化終漸滅，人間一蘧廬。蒼松與朝菌，今日復何如。」〔註6〕

黃宗義

　　黃宗義，字師逸，號蓮坡，歙縣潭渡人。著《鄉音正字》上下卷，一一推原周秦古書，按以方言。當時從黃生遊，得其漢學門徑。又著有《印齋近體詩》。是集有《寄答白山先生二首》云：「黃山山下白山翁，千里新詩寄楚鴻。江上干戈方偃息，煙塵何處覓仙蹤。」「避迹村西遠市居，園荒梅瘦竹蕭疏。只因不合時宜甚，白髮寒窗老著書。」另有《春夜詞二首》云：「翠幃繡被珊瑚枕，春夜歡來忘漏水。日上紗窗倦未醒，參差一半梅花影。」「暖入被池天欲曙，夢郎又著征衣去。覺來殘淚尙闌干，含笑回身就郎訴。」白山先生評此詩云：「七字字字有景。」〔註7〕

又　癡

　　又癡，黃生族叔。生平事迹不詳。黃生《一木堂詩稿》卷二《哭又癡家叔》云：「吾叔性倜儻，揮金不知數。惠心濟貧乏，仁粟逮親故。生平好結客，堂上九流聚。書畫及絲竹，眾技皆涉趣。圍棋更所癖，終日陳奕具。小子忝群徒，最辱青眼顧。見待殊子侄，實以國士遇。受施不能報，感激寸心貯。年來息荒廬，相望渺雲樹。忽傳邗上信，歘爾遊岱去。聞此摧五內，痛哭秋陰暮。輕財財易盡，蕭索異前度。雖售倉公術，不免原子寠。旅食儀楊間，炎涼眼難覷。悠悠感人情，忽忽入泉路。」

屈紹隆

　　屈紹隆，字介子，更名大均，一字翁山，廣東番禺人。諸生。棄爲僧，名今種，字一靈，後復爲儒。爲屈原後。少丁喪亂，長而

〔註6〕同上。
〔註7〕《歙事閒譚》第142頁。

遠遊。其所跋涉者秦、趙、燕、代之區；其所目擊者宮闕陵寢、邊塞營壘廢興之迹，故其詞多悲傷慷慨。著《書外》、《易外》、《嶺南文獻》諸書。

屈大均是黃生一生交往時間最長、交誼最深的友人，對他的思想影響最大。順治十七年（1660），兩人相識於揚州。張彥之曾記述黃生和屈大均初次相遇時的情景：「（黃生）與廣東翁山屈子相遇於淮海之間，典裘沽酒，高詠唱和，兩人之意氣旁若無人，歌乎烏烏，鉅鹿昆陽之戰亦不足彷彿其雄武……」〔註8〕二人一見如故，頗爲投契，從此開始了長達三十餘年的交往。黃生特賦《贈一靈上人即屈大均後反初服》詩一首相贈。分別之後，黃生又寫下《雪夜懷一公》寄託思念之情：「布衲擁寒鐵，長干古寺深。殘燈對木佛，密雪灑香林。野徑斷行迹，何人聞苦吟？竹窗同寂寞，此夕最關心。」康熙八年，永曆二十三年己酉（1669），屈大均與黃生別於維揚，黃生作有《送屈翁山歸粵》二首。屈大均亦有酬答之作《寄答新安黃生》：「淮清橋畔雨花間，人至江南自不閒。負爾黃山兼白嶽，秋來又掩水雲關。黃生洪仲吾知己，分手維揚已十年。黃在黃山洪白嶽，洪今已沒有誰憐？因君更自憶方舟，白手風霜苦燈秋。淚與飛花吹不盡，門前添作一溪流。洪仲當年著述多，憑君收拾與詩歌。黃山此日多山鬼，泣抱遺書向女羅。」1670 年冬，王壯猷女，屈翁山繼室王華姜病逝。黃生聞此噩耗，提筆寫下了悼亡詩《挽屈翁山內子王華姜十絕句》。〔註9〕

康熙十年（1671），屈大均四十二歲。是年二月，其編海內人士所作悼亡詩文及序、傳、誄、墓誌銘等爲《題悼儷集》七集哀悼妻子王華姜。黃生《一木堂詩稿》卷八有《題悼儷集》記錄此事，「屈華夫攜妻王氏歸粵中才半歲，王卒。梓諸公表誌挽誄爲一集，遠書相寄。予挽以十絕復題律詩一首。」〔註10〕

〔註8〕 《杜詩說序》。
〔註9〕 《一木堂詩稿》卷十一。
〔註10〕 汪宗衍《屈大均年譜》，《屈大均全集》第八冊，第 1918 頁。

　　康熙十六年，黃生又寫下《讀屈翁山九歌草堂集因憶》三首。
〔註11〕康熙二十八年，在二人相識三十年之際，六十歲的屈大均作
《答黃扶孟》二首：「新安耆舊在人間，不住黃山住白山。司馬已
能千賦熟，大春那得《五經》閒？喬松自愛龍鱗老？哀鳳誰慚稚子
斑？念我白頭依膝下，賦詩頻寄臥雲關。與君心結廿年知，刪述垂
名歲月遲。太白狂歌人欲殺，少陵儒雅不能師。長生但向文章得，
不死何須藥餌持？待我雲峰三十六，饑來亦復一茹芝。」〔註12〕

　　屈翁山在他的文章中也多次提及黃生，對其文采抱負讚賞有加。
如《答汪栗亭書》曰：「況黃山者，巉岩瘦削，半若奇松，上有三海
門之奇，下有兩湯池之勝，而足下昆仲，若於鼎、文治，及同人蝕庵、
扶孟、虹玉諸子，……文采風流，懷才抱道，皆可以發我神明，而資
問學之不逮者乎」；「千秋大業，病中盡可有為，以苦吟而居二豎，以
酬唱而愈膏肓，與蝕庵、不庵、扶孟、賓連、於鼎、綺園、右湘，一
觴一詠，五則『五君』，六則『六逸』，七則『七賢』。潛口之限，阮
溪之隩，何在而非愈頭風，消肺氣之所乎？」〔註13〕

　　又，《復汪栗亭書書》云：「僕有老母黃今年八十有四，足下其多
集資賢士大夫詩文圖畫攜來，為稱壽之具，尤僕之所禱祈盼望，而不
可必得者。幸與柴丈、非二、虹玉、於鼎、扶孟諸君謀之，幸甚，幸
甚。」〔註14〕

吳嘉紀

　　吳嘉紀，字賓賢，號野人。清泰州人。明諸生，絕意仕進，隱居
海濱。家貧，能忍饑。有志節。破屋數間，不蔽風雨，因題曰「陋軒」。
專工於詩歷三十年。其詩風骨遒勁，多反映鹽民、災民等疾苦，又所
遭不偶，每多怨咽之音。周亮工嘗盛稱其詩，又善書法。《清史稿》

〔註11〕《一木堂詩稿》卷七。
〔註12〕汪宗衍《屈大均年譜》，《屈大均全集》第八冊第 1973 頁。
〔註13〕《翁山文鈔·卷九·書》，《屈大均全集》第三冊第 407～408 頁。
〔註14〕同上第 482 頁。

卷四百八十四有傳。黃生慕其高節，作有《寄懷吳野人江子常從野人遊》一首：「海濱有高士，素懷在樂饑。樂饑但高歌，金石聲其辭。自我歸山中，十載相與暌。偶讀新知詩，如瞻故人眉。芳蘭與芝草，臭味無參差。置卷望停雲，悠悠深我思。」〔註15〕

樸　庵

姓名及生平事迹待考。黃生有酬答詩《避暑竹閣四言六章和樸庵》：「於以納涼，於竹之中。浴碧洗翠，贈我以風。」「閣小於舟，竹碧於浪。枕書高臥，任其蕩漾。」「移床就樹，視影東西。我勝古人，寢食於斯。」「清境易孤，誰與獨處。嘯月吟煙，櫛風沐雨。當暑不箑，我則受福。蝶驚夢寒，蠹蝕字綠。」「有竹一龕，有詩六章。子勿復誦，我心已涼。」

洪　仲

洪仲，一名舫，字方舟。自署名邗上羈人。室名苦竹軒，安徽歙縣洪源人。與黃生、屈大均、韓畕友善，常研討評解杜詩。爲人豪邁不羈。室中常奉屈三閭、杜少陵木主，朔旦詣而禮之，慨然有慕其人。著有《苦竹軒詩》、《苦竹軒杜詩評律》、《唐詩二字解》等。

洪仲一生與黃生相交至厚。在黃生的《一木堂詩稿》中有多首詩歌都是爲洪仲而作的。有記錄送行情景的，如卷一《送洪二》、《邗上晤方舟又別》三首；有記述黃生與洪仲之間彼此投書問候的，如卷八《寄洪方舟》、《得洪子書》、卷六《別方舟後卻寄》等；還有記載黃生聞見洪仲歸來時的欣喜之情的，如卷六《洪仲歸》、《洪子至自舊京》、《喜洪子作伴還鄉》；還有的詩歌描繪了黃生與洪仲等老友過訪相聚的歡樂，如卷六《與幾希方舟互過作》、卷七《方舟招予看木蘭花病不果赴報以一律》、卷八《過方舟》等。

洪仲與黃生都十分鐘愛杜詩，平時二人談詩論文，切磋學問，感

〔註15〕《一木堂詩稿》卷二。

情頗爲投契。如卷八《與洪仲談》所云：「交友難同調，生平獨許君。眼高行萬古，心靜領奇文。閣夜雞聲雨，城秋雁背雲。兩人終日語，只被太虛聞。」

黃生與洪仲還是貧素之交、患難之交。如《一木堂詩稿》卷五《貧交行贈洪子》一首。當洪仲過世時，黃生萬分悲痛。寫下《哭洪方舟》四首以示紀念。〔註16〕

黃生經過洪仲的故居，寫下緬懷老友之作《過方舟故居》：「重泉一別已經春，今日登堂哭故人。滿地苔花因久雨，一棺鼠迹是凝塵。千秋之業渾閒事，六十餘年總幻身。欲與論心呼不起，嬌兒送客倍傷神。」〔註17〕

二人研討杜詩的情形，黃生仍然歷歷在目。如《一木堂詩稿》卷七《懷友四首》（其一）云：「同學愧先鞭，情親三十年。論文常不下，相視或逌然。泛梗蹉跎裏，停雲想望邊。離群一衰白，努力賦歸田。」

黃生移居之後，仍會常常懷念與洪仲、汪幾希等知己斟酌杜詩、談論禪理的時光。如《一木堂詩稿》卷八《移居後追悼一二亡友》：「梧柳蕭疏喜地偏，故交回首見無緣。移家空去數弓近汪幾希歿於去歲，即世新從半月前洪方舟。獨樹荒村思入詠洪嘗與予論定杜詩，黃花翠竹想談禪汪通禪理。所居慢自開三徑，可奈求羊隔下泉。」

洪舫亦有詩記載與黃生之間的交往，如《黃白山說有章含葉千二子見余杜詩評律而喜之兼有詩見懷感賦》：「彈罷水弦暗自傷，知音千古對蒼茫。江干入夢惟詩聖，海畔論心向覺王。野雀歸船偏送唳，梅花廢苑不凝香。潭濱卻廢相思句，肯信人間有二黃。」〔註18〕

汪　存

汪存，字幾希。爲人精通禪理。故上舉黃生詩有「黃花翠竹想談

〔註16〕《一木堂詩稿》卷三。
〔註17〕同上卷八。
〔註18〕《植芝堂今體詩選》，清抄本。

禪」之句。汪存亦十分愛好杜詩，曾與黃生參互考訂杜詩〔註19〕。黃生《杜詩說》卷十二評說杜甫《元日寄託韋氏妹》、《秦州雜詩》其四、《雲山》、《石鏡》、《別常徵君》、《武侯廟》等詩時，多次引用汪幾希的說法。《一木堂詩稿》中也有多首詩歌記述他們之間的交遊情況。如卷六《送汪幾希兼寄洪方舟》、《過汪幾希》、《與幾希方舟互過作》、《送汪幾希之吳門》、卷七《寄答汪幾希》等。汪存六十歲壽辰，黃生作《汪幾希六十初度》（《一木堂詩稿》卷七）一詩記敘他們彼此之間多年的友情。詩云：「弱冠同遊校，於今已杖鄉。黃農忽然沒，歲月覺蒼茫。蔬食耽禪味，匏冠像古裝。高懷謝浮世，開眼閱滄桑。」「稱祝吾從眾，迎賓子在門。還思母難日，躬禮法王尊。花散經臺雨，風飄露柱旛。知君年六十，孺慕至今存。」

汪存與黃生稱得上是「白首故交」，一朝辭世，噩耗傳來，黃生老淚縱橫，感歎「白首故交今已矣，不堪老淚一沾衣。」（《聞幾希訃音》）

吳瞻泰

吳瞻泰，字東岩，安徽歙縣人。諸生。為大司馬吳成鱗長子，少留心經術，思為世用，入省闈十五，終不遇，乃慢遊齊、魯、燕、冀及江、漢、吳、楚、閩、粵等地。詩品日高，然以詩人名，非其志也。所著有《陶詩彙注》、《杜詩提要》等。吳瞻泰多次與黃生共同研討杜詩。黃生《杜詩說·凡例》云：「近詞英吳東岩，稍出其秘笥，以五言律詩示余，惜余選成次到，故摘其評於十二卷，是皆為予他山之助也。」

程自玉

程自玉，字公如，號申持子，歙臨河人。《遺民詩》卷十五云：「自玉少為明諸生，遭世變，隱於醫四十餘年，未踐郭門。讀書樂

〔註19〕《凡例》，《杜詩說》第 1 頁。

道，爲文古奧，然不以文自鳴。著《慰頭書》以見志。又有《手貴
說》、《蟻語》、《腐丈夫傳》。邑人黃琯爲序而傳之。」〔註20〕

　　黃生曾爲程自玉書作序，並曾與其參互考訂杜詩。二人互有詩歌
酬贈：《一木堂詩稿》卷六有《答贈程三公如》《過程公如》等詩；程
自玉《潔明堂存稿》有《贈黃生》云：「相識衣冠日，論文邗水前。
共期青學志，莫負紫陽巓。世法三千丈，詩箋一萬年。君來高枕話，
拜揖未周全。」《廣陵別黃生》云：「廣陵深惜別，君未賦歸歟。立雪
仍驅硯，邀云誰下車。嚴城勞市犬，戰舸駮江魚。日就軒轅惻，松根
禱共鋤。」另有《黃白山像贊》云：「少壯力行，人倫實義。晚年勘
入，古聖靈閟。際陸沉而德心不渝，歷坎坷而坦履不易。適性怡情，
安貧樂志。忘人忘我，牽其眞；不忮不求，浩其氣。是皆早可對影衾
者，而高可質諸天帝。至著述滿家，縑素滿世。治經而綜四部之雅，
故篆刻而遊六書之餘藝。吾於其無所不爲之中，嘗得其有所爲之意。
生我者父母，知我者程子。嗚呼！程子已矣。吾誰與徜徉乎？暮年之
杖履白山。」〔註21〕

朱　觀

　　朱觀，字自觀，號古愚，安徽歙縣人。著有《松蔭堂草》，輯有
《國朝詩正》、《歲華紀勝》等集。朱觀稱黃生爲「莫逆之交」。其所
輯《國朝詩正》選吳亦高（字天若，號旅齋，歙縣人）詩，有《寄
挽黃白山先生》一首：「春風一面再無由，凶耗驚傳丙子秋。已斷人
緣交最寡，不辭天爵古還修_{古修先生堂名}。青衫久脫成饑鳳，白石高歌
自飯牛。門外板橋煙水闊，夢魂愁渡似西州。」朱觀評此詩曰：「白
山先生與予交稱莫逆，於其歿也，曾挽以詩云：『忘年交最契，故里
日盤桓。老去名逾盛，貧來興不闌。關河成遠別，聚散感無端。忽
爾傳長逝，含悲催腑肝。』語雖情切，然未若茲作之飄逸絕塵也。」

〔註20〕《程自玉詩》，《歙事閒譚》第1080頁。
〔註21〕參見汪世清《黃生年譜》（未刊稿）。

　　《一木堂詩稿》亦有詩對二人的交往記載。如，卷三《和朱古愚飲水詩》云：「是蚓飲黃泉，是蟬飲秋露。清濁各異好，豈不由所處？泌水可樂饑，淳母豈吾慕。願言一瓢飲，相期保貞素。」卷七《送朱古愚下漸江》云：「當年謝皋羽，慟哭向荒臺。山鬼乘雲下，江濤湧淚回。乾坤留正氣，草莽伏英才。送爾嚴灘棹，因風寄一哀。」

邵長蘅

　　邵長蘅，一名衡。字子湖，號青門山人。清武進人。燦子。十歲補弟子員，後因奏銷案被黜，以山人終其身。益肆力詩古文辭，與同里鄒祗謨、董以寧等相劀切。康熙間遊京師，與施閏章、汪琬、陳維崧、朱彝尊等相過從，聲名甚著。復入太學，試吏部，大學士宋德宜譽為「今之震川」，拔第一，例授州同知，不就。再應順天鄉試不中，遂歸不出。晚客江蘇巡撫宋犖幕甚久。性坦易，寄情山水。學識廣博，通音韻。古文與侯朝宗、魏禧稱鼎足；詩學唐宋，七古、七律尤冠諸體。有《青門簏稿》十六卷、《旅稿》六卷、《剩稿》八卷。《清史稿》有傳。

　　《一木堂詩稿》卷七有《過邵青門沽酒摘扁豆作》一首、《興化史翁以探親至邵青門其姪婿也》二首。另卷十一有《題邵青門扇畫作水鄉景》一首。

邵　生

　　邵生，姓名及生平事迹待考。黃生《一木堂詩稿》卷三有《過邵生》云：「書聲出茅屋，中有童子師。授經有餘力，藝花以自怡。秋來競顏色，紅翠相離披。隙地不數武，瓜棚延涼颸。客至具茗飲，因之坐移時。」另卷十一有《溪漲送邵生》云：「苦雨經旬惱腐儒，門庭蕭寂散生徒。不知溪漲高三尺，浸到床頭書卷無。」

葉　氏

　　葉氏係王門烈婦，生平不詳。黃生《一木堂詩稿》卷三有《王門

烈婦葉氏挽辭》一首：「百年無忠臣，千室無孝子。里婦能殉夫，烈
聲常在耳。人道本同倫，冠弁遜笄珥。至性夙所稟，不關誦書史。書
史重名義，本爲後人砥。讀書徒論世，曷嘗反諸己。識字常苦多，不
如勿識字。結髮一從夫，恩義不可解。倬彼葉氏姝，爲婦知婦禮。勉
夫遠服賈，冀雪喪貲恥。非無兒女情，欲令大人喜。奈何數更奇，以
身殉客邸。烈婦聞此信，粒食不入齒。揮手謝家人，無勞奉湯水。地
下得相從，吾志長畢矣。書信中路返，逝者不及視。乃翁拆書閱，囑
累詞娓娓。上言勤生計，下言愼行李。一語不及私，端淑信無比。乃
翁執書慟，婦賢有如此。公舉呈有司，風聲表宅里。鄙夫內感激，興
歎在倫紀。芳名天壤間，烈婦長不死。」

曹潛山

曹潛山即曹宸。黃生曾應其邀請爲其先人曹翔宇作詩七首。詩
名爲《讀曹翔宇先生言行錄詩》，載《一木堂詩稿》卷三。詩前小序
云：「癸亥孟夏，潛山曹子宸枉駕古修堂，以曹氏家乘並尊公翔宇先
生言錄見示，求所以表章先烈者。爲草一傳，載成古詩七章，用志
高山仰止之思。」

黃生還曾與他一起去拜佛。《一木堂詩稿》卷六有《元日同曹子
禮佛福緣庵》：「春衣人賀歲，名紙滿城喧。初日照邗水，新雲出海門。
所交偕靜者，隨喜步閒原。雙樹一瞻禮，餘生是佛恩。」另卷四有《甕
牖軒詩爲曹潛山作》：「誰云一軒陋，曠然等太空。誰云甕牖小，日月
光無窮。言有潛夫子，著書在其中。儒行師孔孟，古道懷羲農。羲農
未覺遠，開眼睹鴻蒙。攘攘朝市塵，不入靜者胸。」

曹應鵬

曹應鵬，字僧白，號煙翁、瓠公，江南歙縣人。著有《虎墩稿》。
曾自評其詩云：「枯木寒雅，別有生趣。」〔註22〕

〔註22〕《詩觀二集》。

曹應鵰患病之時，黃生曾投詩慰問。詩云：「屏迹君人外，離居我巷南。維摩方示疾，彌勒與同龕。短榻月三尺，妙香經一函。遙憐臞似鶴，詩癖未宜耽。」（《寄曹先輩時臥疾彌勒庵名鵬字僧白號瓠公》）僧白去世，黃生有《哭曹先輩》詩一首「一夜光芒掩，淒涼處士星。心心銅馬帝，字字鐵函經。久覺生如寄，常求醉不醒。夜臺歸寂寞，差勝遠膻腥。」

曹應鵬亦有詩念及黃生：「浪遊眞已倦，始欲構園扉。鶴瘦分煙去，帆寒背雁歸。酒於飲後盡，山在夢邊微。賴有同情者，風塵兩布衣。」〔註23〕

何雪漁

何震，字主臣、長卿，號雪漁，徽州婺源人。一說爲休寧人。〔註24〕擅篆刻，風格古樸端莊，結構獨到，刀法卓絕。與著名篆刻家文彭（號三橋）齊名，並稱「文何」，馳名於世，後人曾推何雪漁爲「徽派篆刻」的先驅者。另有《七十二印譜不分卷》。

《一木堂詩稿》卷四有《何雪漁所鐫古銅印歌》。詩前小序云：「舊有虛白齋小銅印，旁刻『雪漁子贈』四字。甲寅寇亂，失去久矣。近復得之，因爲作歌。」

謝紹烈

謝紹烈，字承啓，歙縣謝村人。博綜典籍，隱居自廢，善書畫，爲人所寶。〔註25〕吳嘉紀有《弔謝承啓》云：「疾風揚沙礫，原野黯無輝。蕙葯方不辨，志士將安之。舉手謝丘園，褰裳行險巇。跼蹐至摧敗，憂來發狂癡。狂癡天地間，羞作弱男兒。膏明祇自煎，杼急多亂絲。稻粱在籬下，雀飽黃鵠饑。徒然如精衛，神哀形體疲。

〔註23〕《送無言出邗城兼懷房孟》，《詩觀二集》。
〔註24〕翟屯建《徽州篆刻的興起與發展》，《徽學》第二卷，安徽大學出版社2002年版，第171～172頁。
〔註25〕《康熙中十場志》，《吳嘉紀詩箋校》第194頁。

滄海何時涸。白日但洗弛。勞苦願未酬，老死令人悲。」楊積慶由此認爲「謝事頗晦昧，他書未傳，得此詩，可徵其曾與光復而未償其志向，鬱鬱以歿。」〔註26〕

　　黃生有《謝顛歌》《贈謝承啓山人》兩首詩論及謝承啓。對其遭山河之變後佯狂避世的人生取向及能詩工書的藝術才華稱羨不已。《謝顛歌》云：「古來奇士誰最傳？前有張顛後米顛。二顛之名已千載，今時世上復見謝顛在。此翁少年本不顛，讀書志欲摩青天。一朝陵谷遭變遷，悲憤抑鬱不可宣，佯狂袒跣走且躓，索酒舉盞吞長川，飲酣市上任意眠。朱門華屋多掉臂，青樓白社常盤旋。道旁小兒齊拍手，謝顛謝顛眞老醜。衝道頗遭官長怒，罵坐亦逢俗士垢。豈知此翁才俊逸，短句長歌立揮筆。書成棄去不復知，家家藏貯還成帙。大書小字落雲煙，得者何曾與一錢。高情放浪形骸外，奇氣縱橫江海前。莫恠俗中人，不識亦不憐。定知墨迹留後世，會與南宮長史稱三賢。」《贈謝承啓山人》云：「謝公人共棄，楷法世終傳。家遠黃山下，途窮白眼邊。狂來多罵坐，醉裏即逃禪。末俗宜嗔怪，遺民在葛天。」

孫　卿

　　孫卿，生平事迹不詳。黃生《一木堂詩稿》卷五有《壽孫卿歌》云：「神龜千歲遊蓮葉，蒼松白尺生茯苓。可憐大塊同無知，至今蠢爾以壽名。孫卿今年年四十，稱觴敬祝俗所急。山中煙甲芝五色，海外神丹仙一粒。我存古道在相知，眾人皆祝我獨規。四十無聞聖所戒，人生努力貴及時。君不見楚之三閭大夫，君不見漢之司馬子長，文與天地兮同壽，賦與日月兮齊光。人生百年不快意，木槿朝榮夕還瘁。古來不朽惟文章，一世二世千萬世。君之才大心轉小，今日詞人似君少。高適五十始爲詩，君年四十詩先好。神智日老詩日眞，不勝今人勝古人。後此十年期於君，攜手共踏天都雲。此時把酒誦君詩，酒酣

〔註26〕《吳嘉紀詩箋校》第 194 頁。

長嘯天爲低。藏之丹崖石室，直與三十六峰共磨滅，笑殺容成浮丘二小兒。」

程　封

程封，字伯建，號石門，臨河人，儀徵籍。官雲南知縣。所著有《蒼螺集》。《一木堂詩稿》卷八有《新樂行署見故人程石門題壁因次其韻程時以雲南幕僚代觀歸途經此》云：「碧雞使者朝正去，素壁新題翰墨光。借問西南乘傳客，何如三十侍中郎。秋回洱海蠻煙黑，春別宮城御柳黃。萬里一官仍拓落，故山猿鶴待歸裝。」

詹光宿

詹光宿，字仲房。黃生《一木堂詩稿》卷五有《還金樓爲詹氏作諱詹光宿字仲房》云：「還金樓，還金樓，還金高誼如山丘。金錢入手霎時盡，此樓之名直垂百代與千秋。世人見金不見義，白晝公然攫都市，何況遺金滿一囊。人遺我得等天賜。噫籲嘻！物無主，心有主，苟非吾有，一毫莫取。聖賢此事本尋常，庸人孺子徒張皇。轉思五月披裘叟，但不知名名愈長。」

詹　子

詹子，定陽人，生平事迹不詳。黃生《一木堂詩稿》卷七有《寄答定陽詹子》三首：「山中無客至，雪下有詩傳。自愧衰年叟，虛名到汝邊。霜清黃海月，煙幕定陽天。何日論文樂，披襟斗酒前。」「壯年詩酒興，紅袖拂花箋。名士同高會，佳人上畫船。流光如電沫，勝事已雲煙。此日灰心處，蒲園學老禪。」「舊業已卻廢，移家借一枝。幽偏塵事少，蕭散野情宜。地白月先得，園香花及茲。何當勤遠客，高詠到茆茨。」

吳蓉城

吳蓉城，安徽歙縣人，家居揚州。生平不詳。黃生在揚州時曾館

於其家長達十載，曾賦詩讚歎其母。詩序云：「古時高僧及有道之士臨終多垂玉箸，蓋養邃致然。若平人則未之前聞。至女流益罕覯矣。吾友吳君蓉城之母封孺人趙氏。歿時乃觀斯異。人疑母平昔未嘗持齋奉佛，何以至此？予以爲不然。夫其仁慈賦性，則純德蘊於先天，寬大居心，則苴滓不攖泰宇，又奚必抱元守一如全眞，觀空習定若沙門，始足徵其所養之邃哉！因作詩讚歎希有。吳君令新城迎母就養，恪遵慈訓。惠鮮懷保民歌。杜母不知本於母之母也。事詳封孺人行述。茲不悉贅。」（《玉箸行》）

　　黃生返鄉後，蓉城還多次來書邀請。黃生有詩酬謝。其一載《一木堂詩稿》卷七題爲《吳蓉城欲予一出至是幾三見招矣》。詩云：「知君常念舊，幾度遠相招。老去愁奔走，山中耐寂寥。鹿麋惟在野，鷹隼自摩宵君司訓清河將有縣令之擢。欲作彈冠慶，深慚鬢髮凋。」其二題爲《寄謝吳蓉城予館吳氏近十載茲復以書見招》。詩云：「相識滿傾蓋，交情久始眞。感君懸榻意，仍及杜門人。遠道舟車懶，衰年几杖親。殷勤託雙鯉，緘淚報江濱。」

吳隱君

　　吳隱君，生平事迹不詳。《一木堂詩稿》卷八有《遙贈吳隱君吳所居名商山》：「聞說商山有逸民，於今黃綺不稱臣。吟詩酌酒青燈夜，散帙圍棋綠水濱。老鶴並巢松作侶，流雲四照石爲鄰。鄉園遙羨多秋興，無數煙霞惹角巾。」

方　生

　　方生，生平事迹不詳。《一木堂詩稿》卷五有《壽方生歌》云：「富不過陶朱，貴不過金張，壽不過彭祖，世人所願盡於此，餘事焉足相誇詡。吾黨方子磊落人，英才俊氣無其倫。席門每多長者轍，樽酒常留座上賓。揮毫灑墨紛如雲，賦詩飲酒不記春。只今春秋才四十，仲秋之月生辰及。月露吹香桂花濕，稱觴獻壽諸賓集。就中落落有狂生，放歌不顧俗士驚。亦不祝君以陶朱之富，亦不祝君以金張之貴，亦不

祝君以彭祖之壽。但期君以千秋萬歲不朽之令名。子非俗中人,聞歌笑舉觥,主賓痛飲莫辭醉,惠山泉酒開泥須倒六百瓶。」

鄭元勳

　　鄭元勳,字超宗,影園,號惠東,先世歙人,祖景濂,鄭重子,占籍江都。元勳舉天啓四年鄉試。庚,江淮大饑,約族人捐麥十餘擔,爲粥於天寧寺,以食饑者。構影園,以集天下名士。崇禎十六年進士,明亡,破產招集義旅,高傑將攻揚城,揚人疑其黨傑,露刃圍之,遂及於難。杭世駿爲作傳,見《道古堂集》。

　　《一木堂詩稿》卷六《影園鄭超宗先生舊物》詩云:「鄭莊今隔世,置驛想當年。東道風騷主,良辰花月筵。屏帷如入宅,舟楫擁登仙。盛事嗟何及,吾生後昔賢。」

鄭　濱

　　鄭濱,字聖涯,號南山。黃生《一木堂詩稿》卷七《中林郎事》詩三首提及鄭聖涯。題下云:「主人爲鄭聖涯妹倩。」詩云:「鄭莊元好客,相約訪衡門。近水鋪棋局,開軒命酒樽。杏泉通地脈,釣石走雲根。便欲爲鄰舍,漁樵共一村。」「中林一夜雪,蠟屐不能歸。溪繞青羅帶,山橫自玉圍。話深杯共把,興至酌頻揮。坐覺高情煖,溶溶襲客衣。」「晶晶無塵地,冥冥不夜天。秖疑春似海,不道酒如泉。近浦漁舟凍,危巒鳥道懸。淹留成勝事,共識主人賢。」

鄭　旼

　　鄭旼,原名旻,字慕倩,又字遺甦,號慕道人。歙人,家多藏書,尚理學,工詩善畫。甲申後,易僧服,隱於狂疾。或有言觸往事者,輒慟哭不休,或望空三拜。簪紱中人有願近昵者,亦哭以拒之。或先避去,或堅請不出也。既卒,其友湯燕生爲作傳。所著有《拜經齋》、《致遠堂》、《正己居》等集。

　　鄭旼對前朝忠心不已的人格，黃生十分敬慕，特意爲他賦詩一首。詩云：「忠臣墓上生秋草，生氣猶於點畫形。慢與墨池藏法寶，卻瞻雲翰落華星。風規故自存行押，名字終當照汗青。雷雨作時須保護，篋中多恐有神靈。」（《又爲鄭遺甦題》）黃生對鄭旼十分掛念，《一木堂詩稿》卷八有《以詩代書寄答偉士弟》一詩問及鄭旼近況：「幽蓬斂性故交疏，豈有寒暄到索居。樓月正含千里思，江風忽送一緘書。逃禪剩蓄新苗發，著述空成老蠹魚。鄉里鄭生時見過，疏狂罵坐總如初書中兼詢慕倩近狀。」

鄭　圻

　　《岸園集》中有《鄭木瘿傳》：「木瘿名圻，字牧千，歙貞白里人。幼聰敏，讀書過目成誦。稍長，習舉子業，無所就輒去，一意爲詩。當國初，里中前輩，衡宇相望，如青岩許君、白山黃君泊鄭遺甦諸人，皆以詩文書畫名一世。木瘿爲遺甦高弟，嘗訪青岩於石雨山中，流連竟月。白山性孤介，落落難合，亦重木瘿，引爲忘年交。後漢陽張公來丞吾郡，招木瘿入幕，日索詩數十章，木瘿勉應之。以是遍遊齊魯燕趙，老歸里中。同邑汪息廬、程松門、黃碻夫諸人，皆深相推重。年七十餘。有《木瘿詩抄》若干卷。」〔註27〕木瘿善寫淡墨山水，工詩。其詩沉酣三唐，旁及宋元，有得於嚴羽味外之旨。〔註28〕

　　鄭木瘿與白山爲忘年交。《木瘿詩抄》有《送白山先生之廣陵》五律一首云：「老作揚州客，繁華刺眼新。斷鴻悲旅夢，遺事問家人_{謂令弟}。淒絕《蕪城賦》，遲回東海濱_{謂吳野人前輩}。竹西文物盛，冠蓋怕相親。」〔註29〕

〔註27〕《歙事閒譚》第 263 頁。
〔註28〕《皖人書錄》第 906 頁。
〔註29〕《歙事閒譚》第 785 頁。

程嘉燧

程嘉燧，字孟陽，號偈庵、松圓詩老。歙縣長翰山人，僑居嘉定。工書畫，詩尤名世。性嗜古書器玩，尤曉暢音律，善畫山水，兼工寫生。與錢牧齋交最久。著有《松圓浪淘集》、《耦耕堂集》、《偈庵集》等並法帖數十卷。

《一木堂詩稿》卷八《追和程孟陽先輩丁巳元日今歲再值丁巳》云：「金華人勝春盤菜，不入蕭然物外心。節下逢迎投足懶，雪中高臥閉門深。畸人自昔難爲俗，前輩於今豈易尋。還向缸頭擁詩卷，剩從千載覓知音。」

孫枝蔚

孫枝蔚，字叔發，號豹人。三原（今陝西淳化縣）人。世爲大賈。李自成起義時，枝蔚散家財，求壯士以與之抵抗，爲闖軍所敗。隻身走江都，因家此。居董相祠旁，名其居曰「溉堂」，遂以詩名。詩詞多激壯之音。康熙中舉鴻博，以老疾辭，授中書舍人。著《溉堂集》。《清史稿》卷四百八十九《文苑》有傳。

黃生《一木堂詩稿》卷六《塢齋詩爲孫八豹人作》云：「風雨亂嗜嗜，琴書共一齋。孽生貧婦計，飛走幼兒偕。頗覺喧蓬戶，那嫌污筍鞋。掃除天下志，匡坐未全乖。」

龔賢

龔賢，又名豈賢，一字半千，又字半畝，號野遺、柴丈人，又號蓬蒿人，江蘇昆山人，流寓江寧。山水得董北苑法，亦仿梅花道人筆意，常自寫小照，作掃落葉僧狀，因名所居爲「掃葉樓」。顛倒用小印印於幀末，而不署名。酷嗜中晚唐詩。搜羅百餘家，中多人未見本。曾刻廿家於廣陵，惜無力全梓。著有《草香堂集》、《半畝園詩草》。

黃生與龔賢交往較多，引爲知音。《一木堂詩稿》卷六有《是

名返毗陵龔賢去高郵洪仲在歙》提及的三位知己，其一即爲龔賢。詩云：「知己有三子，今茲各一方。人間俱短褐，身外只空囊。歲晚念松竹，天寒多雪霜。林棲將旅食，客思共茫茫。」《一木堂詩稿》還有《邗上見野遺時方舟亦至》、《廣陵怨和野遺韻》、《尋龔野遺》、《同龔處士憶剩上人》、《寄龔野遺》等詩敘及二人之間的交往。

康熙二十八年秋龔賢去世。次年春，黃生有《喜右湘汪子見過兼送之白門》五律二首。第二首末聯云：「因君寄雙淚，灑向白門春」。黃生注曰：「傷龔野遺也。」〔註30〕另，《一木堂詩稿》卷七有詩懷念龔野遺：「老友今何在？金陵返故居。難尋江上夢，空檢篋中書。舊內秋風起，鍾山紫氣疏。只應課兒子，瓜圃自攜鋤。」（《懷友》其一）

漸江上人

漸江上人，俗姓江，名韜，字六奇，號鷗盟，晚年空名弘仁，歙人，明諸生。少孤貧，性癖，以鉛槧養母。一日負米行三十里，不逮期，欲赴練江死。母大殯後，不婚不宦，遊幔亭，皈報親寺古航師爲圓頂。書法初師宋人。爲僧後，嘗居黃山、齊雲山。山水師雲林。王阮亭謂新安畫家多宗倪黃，以漸江開其先路。畫多層巒陡壑，偉峻沉厚，非若世之疏林枯樹，自謂高士者比。以北宋丰骨，蔚元人氣韻，清逸蕭散，在方方壺、唐子華之間。當時士夫以漸江畫比雲林，至以有無爲清俗。既而遊廬山歸，即怛化。論者言其詩畫俱得清靈之氣，係從靜悟來。與查士標、汪之瑞、孫逸，稱新安四大家。〔註31〕黃生有《贈漸江上人》一首稱譽漸江孤傲性格、高士情懷。詩云：「故鄉多難後，曾謁武夷君。去落一冠髮，來攜滿袖雲。世氛瓢笠外，野性鷺鷗群。畫隱高人事，名應異代聞。」〔註32〕

〔註30〕《研村詩》卷三。
〔註31〕《古畫微》，《黃賓虹文集・書畫編》第 226～227 頁。
〔註32〕《一木堂詩稿》卷六。

成時法師

　　成時法師，號堅密。俗姓吳，安徽歙縣人。少為諸生，年二十四，出家。於禪、密二宗參訪略遍。及見藕益大師，遂終身依止，卒傳其道。康熙十七年十月十五日寂於江寧半峰。〔註33〕《一木堂詩稿》卷七有《寄堅公兼懷訊天界寺諸禪友》二首及《懷友》一首論及釋成時。《寄堅公兼懷訊天界寺諸禪友》二首云：「故山難習定，駐錫古長干。院靜香時度，春深花自殘。塵中人事變，方外布袍寬。王謝烏衣巷，應同夢幻觀。」「昔年因訪友，樸被動經旬。入戶松花滿，開園筍味眞。律寬無酒禁，僧樸似山鄰。別後長相憶，題詩訊故人。」《懷友》云：「牟尼珠在手，早歲照迷途。身隱應歸佛，時難不用儒。隨緣雙屨闊，露坐一峰孤。何日同林下，焚香洗缽盂釋成時堅密。」

剩上人

　　函可，字祖心，號剩人，曹洞宗三十二世道獨溝弟子。俗姓韓，名宗騋，明禮部尚書韓日纘之子，廣東博羅人。乙酉南都破後，函可與顧夢遊等交接，欲有所溝通以謀事。函可當時著有私記國變之史的《變記》，被洪承疇捕獲，下刑部獄，減死戍瀋陽。不久，其弟宗騋等三人、叔日欽、從兄如琰父子，均從張家玉、陳邦彥等起義而闔家殉難。函可有「地上反淹淹，地下多生氣」之吟，「每以洟泄苟全，不得死於家國，以見諸公於地下為憾」，載述見於屈大均《廣東新語》。在遼陽，函可得居關外之宗室敬一主人（高塞）等禮遇，開壇七大剎，收徒六七百之多。並立「冰天詩社」。函可著有《千山詩集》、《剩詩》等。黃生有詩憶云，「遠謫殊方去，生還念已空。坐禪當漢月，吹角任胡風。不作遼東鶴，徒看塞上鴻。吟詩有知己，淚落四天中。」（《同冀處士憶剩上人》）

〔註33〕《淨土聖賢錄》卷六。

語浪上人

　　語浪上人，生平事迹不詳。《一木堂詩稿》卷八《寄答語浪上人》云：「柴門雪凍不曾開，天外遙飛法雨來。靈運欲參廬阜席，江淹難擬惠休才。塵中蝸角爭才歇，夢裏龍山到幾回。長把君詩吟過日，相思還對一庭梅。」《憶龍山詩》序云：「龍山去常邑三十里，古來不通人迹。自邇年語浪上人爲開山，遂成勝境。予慕其處因賦是詩。」詩云：「龍山信幽絕，古昔何冥冥？浪公好事者，獨往得異境。幽澗歛雪色，削壁遲日影。石矗虎豹怒，藤虯蛟龍梗。一室嵌中峰，數里到絕頂。鑿翠苔級懸，接竹岩溜永。耳目俱闃寂，紛雜不煩屏。宴坐白雲生，梵唄清夜迴。寒梅與老桂，香氣時沆洗。空門可息心，勝地勞引領。何當理輕策，一往探遐景。言從支許遊，妙義發深省。塵網尚未捐，懷抱空囧囧。」

眉庵和尙

　　眉庵和尙，生平事迹不詳。《一木堂詩稿》卷七《贈眉庵和尙》序云：「眉庵和尙，隨緣至予里，初駐錫里之梅花庵，庵僧甚焉。予以太史蔣公舊知之故，請師止黃山樓，結夏及期，言別贈詩誌感。」另，是卷還有《喜眉師再到》一詩：「再到生歡喜，他方有勝緣。黃金堪布地。白社欲開蓮。只少分身法，能棲幾處禪。別來消息好，漫向俗人傳。」另，《眉公曾以被絮寄予處今多偶以代匱及此來索予云待自製始可奉璧耳》一詩云：『可笑窮檀越，經多乏木棉。借君新白氈，覆我舊青氈。不怕嚴霜重，方高靜夜眠。慈悲應乞我，聊學脅詩禪西方有脅尊者脅已脅不著席得名。」

周　斯

　　周斯，字二安，溧陽人〔註34〕。《詩源初集》選其《題肇峰精舍寄雪疊隱明恒覺三上人》、《與羽士話丹術》、《題融雨上人》等詩。《詩

〔註34〕《杜詩說・訂刻姓氏》，康熙十八年刻本。

觀初集》卷十一載黃霖（字雨相，號南岩，江南休寧人，江都籍。）
《西亭詩・冬日送周二安北上》：「寒月關山白髮新，瀨江才子一移民。
路經青兗千峰雪，風卷黃河幾尺塵。燕市悲歌原舊俗，叢臺豔舞見荒
磷。好尋劉白言災異，禾黍江南又水濱。二安高蹈，卻能留意古今，詩能娓
娓道出。」

《一木堂詩稿》卷六《贈周二安處士》云：「此老眞迂僻，多年
著素冠。身雖生末世，志欲挽狂瀾。一代存書法，千秋付史官。名山
藏稿草，珍重後人看。」

汪 濬

汪濬，字秋澗，亦名湛若。與程慕倩交好，能畫，清初亡命走
江淮，吳野人有詩贈之，必徽人，休歙未詳，亦逸民。〔註35〕

《一木堂詩稿》卷六《贈汪秋澗》云：「廣陵兵火後，白骨嘯秋
煙。野鳥銜不盡，何人過惻然。掩將城下土，大費杖頭錢。貧士能爲
此，文王覺汝賢。」《汪秋澗四十初度》云：「湖海足徜徉，年才四十
強。圖書青雀舫，詩酒白雲鄉。草色風初煖，鶯聲日正長。醉來休屈
指，三萬六千場。」

蔣嘉會

蔣嘉會，字次葵，號蘇門，歙縣蔣村人。能詩。倪匡世《詩最》
卷八選其詩三十三首，有《九日家五翁招飲同黃黃生分賦》云：「幾
時杯泛月，開樏又重陽。酒共眉俱白，人如菊姓黃。湘簾移處席，銅
鴨坐邊香。何必登山飲，方能入醉鄉。」

黃生《一木堂詩稿》卷六《九日飲蔣氏宅》：「主人親種菊，留客
賞重陽。入院靜如野，開簾香滿堂。鼎蒸龍腦熱，杯逐蟹螯長。此日
悲秋客，蒼茫隔醉鄉。」

〔註35〕《黃賓虹文集》第 173～174 頁。

程　壯

　　程壯，字幼文，號芝堂，歙縣人。倪匡世《詩最》選其詩五十五首。有《宿上方寺送黃房孟遊武林》七律一首：「錦纜迢迢別竹西，虎林龍井草淒迷。傷春且醉餘杭酒，泛月遙尋越女溪。南渡山河空馬鬣，西湖花柳尚鶯啼。天涯詩酒登臨客，彩筆青琴到處攜。」又有《霜降五日過一木堂期次日泛菊兼讀蔣次葵詩》：「松菊森堂隅，秋氣淒已半。久為塵煙牽，及此竟夕玩。戶牖含陰晴，霜露變昏旦。蟋蛄鳴草間，蕭索衰林亂。高吟對郢曲，卓犖真奇玩。微悰豁然開，鬱憂因之散。恍惚杯酒餘，白雲滿空館。」〔註36〕

蔣　超

　　蔣超，字虎臣，號綏庵，又號華陽山人。清金壇人。順治四年進士，廷試一甲第三名。授弘文院編修。八年主典試浙江，所拔多知名士。康熙六年督學北畿，用論策取士，以古學振起士習。復遷修撰。生平刻苦讀書，酷嗜書法。晚年研修釋典，手錄數百卷。秉性廉靜，不近名利。秩滿辭官後至維揚，次金陵長干僧舍。溯湘漢入川，居成都金沙寺，後上峨眉山，寓伏虎寺。前在館時撰《峨眉山志》十七卷，至此又補《峨眉志餘》一卷。康熙十一年返成都病卒。有《綏庵詩稿》一卷。〔註37〕蔣超與黃生相交至厚，在黃生的友人中可稱得上是「至契」的一位。蔣超對黃生也特別看重，曾延請至自己的幕府。黃生《賦得倚樹看山處》記載他陪同蔣超外出的情形。其《小序》云：「督學蔣公於易州署中縛樹為樓，延眺太行一帶山色，額以五字。其居官簡靜，率此類也。」

　　蔣超退出官場，皈依佛門，與黃生的規勸有一定關係。如《一木堂詩稿》卷六《寄謝蔣虎臣太史》二首《小序》云：「公任督學，力矯時弊，不慊群情。故予有歸休之諷」。

〔註36〕參見汪世清《黃生年譜》（未刊稿）。
〔註37〕《江蘇藝文志·常州卷》。

　　《一木堂詩稿》卷八《和華陽山人辭世偈即蔣公修撰也》七律二首亦記載了黃生規勸蔣超歸隱之辭。詩前序言云:「先生自辛亥請假出都,足不入里門。攜一衲二童遍尋海內名勝。後遊峨眉,止伏虎寺。示小疾,書辭世偈,擲筆誦佛而化。先生於世緣淡甚。雖宦達如一苦行頭陀,固信其爲再來人也。先是督學京畿,予客幕中者二稔,後別去。書謝公,且勸其休致。中有云:『閣下官太冷,腸太熱,囊太澀,手太寬。西掖梧桐,恐非鸞鳳久棲之地。儘早圖高舉,攜青鐵硯,開綠野堂,則千秋之業捨公誰屬?』先生不徑庭其言。報書云:『辱教言言肝膈,非眞實知我如門下。不作此言,倘僥倖生還,當棄妻子入山學道,千秋事業,全副讓公矣。』時亦謂先生漫答其書云爾。詎期胸有定見,竟踐斯語。且預知逝期,手草行略一通,言其祖母嘗夢渠是峨眉僧轉世。臨崖撒手,葉落歸根。先生雖辱引余爲知己,予實自愧知先生不盡。聊和原韻,用志弗諼。」

　　聽聞蔣超出家的消息,作爲人生知音的黃生爲他能從官場解脫感到欣慰,特爲其作《聞蔣太史棄官浪遊》一首。詩云:「蔣公性恬淡,縉紳一寒士。妻子常凍餒,啼號不入耳。有錢輒揮霍,急人如急己。宦遊苦蹭蹬,入官少憑倚。蕭然野鶴姿,插足鵷鷺裏。守道乖時尚,物議頗見訾。賤子忝素交,諷公早知止。別來候再期,果聞脫冠纏。芒鞋不到家,放浪在山水。將乘范蠡舟,或著謝安屐。神龍本無首,安能見其尾?眾人笑拙宦,我獨爲公喜。高翔寥廓間,矰繳豈能擬?」

　　蔣公圓寂,黃生《一木堂詩稿》卷八有《聞太史蔣公示寂於峨眉》二首悼念:「翰苑才名三十年,煙姿霞骨自翩翩。騎驢野客同尋寺,放鶴高僧共泛船。解組徑遊方外去,歸根已驗再生緣。憶君遙望峨眉月,萬古清光夜夜懸。」「廊廟江湖只戲場,半生宦海一空囊。交親有急留金帶,小婦無炊典繡裳。捨宅舊曾爲梵宇,清齋常喜近空王。前因不昧臨行偈,撒手依然到上方。」

江念祖

江念祖，字遙止，必名從弟，清初歙縣人，家武林。善畫山水，得石田眞訣，字畫皆力摹古。《一木堂詩稿》卷六有《揚州遇先君故人江遙止復送歸武林》云：「一辭州縣舉，身老白雲陲。暫別林逋墓，來瞻董子祠。幅巾存古意，硯席動先悲。淺士沾襟血，憑君寄水湄。」

王　艮

王艮，字不庵，原名禕，字無悶、雄右。號龍梅上人。本籍歙縣，寓居太倉。自其祖龍山及父貫一世傳理學。年二十，讀《易》山中，豁然會心，有《易贅》之作。闡發《中庸》、《春秋》、《周禮》，上自天官地志，以及兵機、戰陳、玉函、金匱之書，騎射、擊刺之法，靡不畢究。所與遊皆當世名儒，如夷山虛墾張長公、蔣山傭、史漢水諸君子，每不遠千里相切磋。著有《葛巾子》內外集及《鴻逸堂稿》。兼通禪理。黃生嘗與其論定杜詩。

《一木堂詩稿》卷七《寄龍梅上人即王不庵祝髮居吳下》云：「伊昔奇男子，今爲老比丘。續騷多憤鬱，悟道乃焚修。欲訪支公塵，難乘范蠡舟。孤懷寄天末，雲水共悠悠。」

史　翁

史翁，號石肝，江蘇興化人，生平事迹不詳。《一木堂詩稿》卷七有《興化史翁以探親至邵青門其姪婿也》二首：「水國微茫裏，山鄉杳靄中。如何雙草屨，忽到一漁翁。」「親戚多年別，鄉園舊業空。相逢無世態，猶見古人風。」

姜貞毅

姜貞毅，名埰，字如農，自號敬亭山人、宣州老兵，山東萊陽人。崇禎四年辛未進士，官禮科給事中。以建言廷杖下獄，謫戌宣城衛。

入清不仕，與弟垓卜居吳門以終。有敬亭集十一卷。〔註38〕《一木堂詩稿》卷八有《故給事姜貞毅公挽辭》。《小序》云：「公諱埰，字如農。萊陽人。崇禎末以言事左官宣城。亂後僑居吳下。臨歿遺令反蓁蔭所，以生時未蒙賜環之命故也。門人故舊私易名貞毅。」詩云：「先朝遠謫犯天顏，荏苒風塵未賜環。烏鵲自驚棲不穩，龍髯一墮邈難攀。偷生暫作荊蠻客，飲泣長懷侍從班。地下乞求寬雨露，纍臣猶在敬亭山。」〔註39〕

是 名

是名，字凡夫，常州武進人。《一木堂詩稿》卷六《是名返毗陵龔賢去高郵洪仲在歡》云：「知己有三人，今茲各一方。人間俱短褐，身外只空囊。歲晚念松竹，天寒多雪霜。林棲將旅食，客思共茫茫。」

汪士鋐

汪士鋐，安徽歙縣人。原名徵遠，字扶晨，一字栗亭。工詩、古文辭，兼工書畫，康熙中曾召對行在。平生喜交遊，篤風誼，曾歸汪沐日喪，為之營葬，與雪莊僧極友善。著有《四顧山房集》、《谷玉堂詩續》、《黃山志續集》。

汪士鋐有《晚秋大令靳公招集衙齋分得礨字同賓連程蝕庵黃黃生吳綺園諸子》五言一首：「楓林秋氣佳，寥空潔庭宇。霜風破叢菊，籬花韻環堵。公堂曠幽襟，列席縱揮塵。雅座足清論，新聲屏名部。相期文字歡，浩浩性情古。美饌羅玉琱，佳瓶泛凝乳。論討開奧窔，往往驚聽覩。夜涼松影深，氣暄梅蕊吐。慇睗無足憂，一時沾化雨。」〔註40〕

<hr>

〔註38〕《清詩紀事》第 1129 頁。
〔註39〕《清詩紀事初編》第 154 頁。
〔註40〕〔清〕汪士鋐《栗亭詩集》，清康熙刻本。

程守　曹次山

　　程守，字非二，號蝕庵，歙縣人。著有《省靜堂詩》。曹次山，字曹苓，號蕊庵。〔註41〕據程守《省靜堂集》中《同曹次山過黃文郁房孟昆弟用字》云：「卜夜要游子，忻忻燭不頹。濃霜先俟日，晚菊自交梅。僕健酤重至，賓稀畫一開。柝聲眞未絕，隱動戰場哀。」〔註42〕可知，二人與黃生曾有交往。另，曹次山還曾與黃生參互考訂杜詩。〔註43〕

汪洪度

　　汪洪度，字於鼎，號息廬、松明山人。安徽歙縣人，寓江蘇維揚。明諸生。善屬文，工詩。受業於王士禎。士禎為其定全集，賞其《建文鍾篇》，云「中有史筆」。靳治荊修邑志，延洪度專志山水。著有《息廬文集》、《餘事集》、《黃山領要錄》、《新安女史徵》，詞意雅飭。所作山水，平淡簡古，頗近漸江。書仿晉人，尤為時所重。弟洋度，字文治，並有才名。王士禎嘗曰：「松山二汪，身價比於儀、麇。」詩亦拔俗有逸致，書仿晉人，尺蹏便面，人爭重之。〔註44〕

　　汪洪度《息廬詩》有《懷黃扶孟》一首：「從來經易水，誰不念荊軻？有客自驅馬，秋風正渡河。回頭山色遠，直北角聲多。日暮思鄉井，躑躅發浩歌。」〔註45〕

汪　沆

　　汪沆，字右湘，號硯村，別號秋水，潛口人。性至孝。十歲而孤，即知力學，捧書而泣，曰：「童子養不逮親，慮不可以為人也。」年十五，入太學。喜與耆舊往還，鄧孝威、湯岩夫、鄭谷口，極稱

〔註41〕《杜詩說・訂刻姓氏》，康熙十八年刻本。
〔註42〕《詩觀二集》卷二。
〔註43〕《凡例》，《杜詩說》第 1 頁。
〔註44〕《吳嘉紀詩箋校》第 142 頁。
〔註45〕《國朝詩別裁集》卷三十二。

之。二十六喪母，哀毀成疾。刻意爲詩，有《研村詩》、《水香園詩》、《半豹堂詠物詩》。年未三十而卒。〔註46〕黃生有《喜右湘見過兼送之白門》五律二首：「寂寞揚雄宅，經時只閉關。雨階苔自厚，春樹鳥常還。幸子垂青眼，時來過白山。荒齋無展待，茗飲笑談間。」「敢學牆東老，惟存硯北身。那增離索苦？復送遠遊人。耆舊嗟無幾，交情意轉眞。因君寄雙淚，灑向白門春傷糞野遺也。」康熙二十九年，汪沆不幸去世，黃生有《小詩十絕奉挽右湘汪子不勝歌以當哭》：「凶信初傳恐不眞，載觀訃帖一傷神。如何抗志雲霄客，忽作修文地下人。」「絕歎顏回命不長，終童賈傳及三王謂王褒、王弼、王勃也。豈知千古文人恨，又到潛溪汪右湘。」「秋林葉葉染成頹，不抵香閨血淚盈。自愧安仁非賦手，難爲寡婦述哀情文選寡婦賦乃潘岳爲友人任子咸妻作。」「多男約略似陶公，黃口嬰兒總角童。不待向平婚嫁畢，撝來遊岱太匆匆。」「洗桐澆竹有閒情，水石煙霞分外清。最是篝燈人未寢，梅花香裏讀書聲。」「轄投陳孟連宵靜，書擁君山萬卷多。從此朱門開白日，荒園無客再經過。」「少年愛與老成遊，岩夫谷口最綢繆。羅浮仙客神交外謂屈翁山也，亦有新詩遠唱酬。」「遠寄交情到白門，才揮雙淚送君行。何期鬼伯催人急，秋柏春華總不論君之白門，余送以二律有云「耆舊嗟無幾，交情憶轉眞。因君寄雙淚，灑向白門春」謂糞野遺歿於去歲，汪子亦余友也。」「場後歸來未面君，紅箋銀鹿與相聞。不堪轉眼成遺筆，屈指今朝甫一旬。」「流水空山太古音，總知彈入美人心。自從一失鍾期後，摔破松窗白玉琴。」又有《哭汪右湘》五古一首：「猗猗中谷菊，濯濯春月柳。芳華豈不美，脆質苦難久。老懷易生悲，矧茲哭良友。良友年幾何？二十僅餘九。負此英俊姿，人中實罕有。司命一何舛，鋤苗乃植莠。斯人反無祿，檢夫長壽者。年來荷青眼，幸不嗤老醜。於情與我親，我肝爲子剖。示以所著書，重之等瓊玖。窮仰惜埋名，未能不脛走。欲謀入梨棗，

〔註46〕《歙志》，《歙事閒譚》第 330 頁。

永永傳不朽。鄙人性迂拙，荷子意良厚。斯言今已矣，朋儕豈能又？手書空在篋，不忍再開取。人生貴知己，相值誠不偶。先我遊岱嶽，老淚滿襟袖。高天不可問，悵悵回白首。」另有《再哭汪右湘四首》：「弱質操家秉，多才亦有妨。雖然迎刃解，未必善刀藏。細務皆親蒞，眞精已暗傷。一朝逢疾作，參求豈堪嘗。」「綠水香中集，梅花窟里居。群賢常四座，萬卷尙三餘。勝賞時無缺，清吟日不虛。後人偏速化，司命意何如。」「世事誠難解，人心每不然。蹠蹻翻上壽，顏冉竟無年。玉樹悲埋土，秋琴痛絕弦。天公如可詰，欲寄碧雲箋。」「背恨無三甲，胸徒富五車。日斜驚鵩鳥，歲晏忽龍蛇。神與形相離，生隨知有涯。不勝知己淚，臨老更如麻。」〔註47〕

靳治荊

靳治荊，字熊封，號雁堂，大興人。任歙縣縣令期間，曾主持修纂《歙縣志》，並與黃生等地方名士交往較多，有《暮春小集凝清書屋同用花字王亦庵閔賓連黃扶孟汪秋水栗亭吳綺園諸子》詩一首：「晼晚芳春候，稀疏小院花。群賢能遇我，即事亦殊嘉。燭散將昏影，杯浮未落霞。有人耽僻處，遙隔數峰斜春心澹宕。」〔註48〕

靳治荊《黃文學生》一文記載了他與黃生的交往經過：「黃生字黃生，白山其別號。黃之姓著於歙，賈四方者居多。白山棄諸生，隱而不出。食貧著書，無所求於當世者也。余謂令此地，豈可不一見其人。相知有語之者，貽詩云：『自憐野鶴性，不敢近階墀。』蓋於一出。久之，偕汪子右湘來，儼然古貌，衣冠不加飾。具薄酌相款乃去。越日，以所著《一木堂稿》見示，稿分內外篇。內篇言性理，外篇其雜作。文皆眞實不浮，足裨名教。余爲序而歸之。及余從關中東來，白山墓草已宿。傷哉！昔蔣虎臣先生視學畿輔，曾

〔註47〕以上挽詩見《汪右湘先生哀榮錄》，轉引自汪世清《黃生的生平和交遊》（未刊稿）。
〔註48〕《詩觀三集》卷十三。

邀閱文。意蔣公能致白山乎，亦可以知其人矣。」〔註49〕

　　另，靳治荊離任歙縣縣令前曾爲黃生《一木堂四部稿》作序。〔註50〕

王仲儒

　　王仲儒，字景州。清興化人。貴一子。順治十八年（1661）與丹陽蔡芬定交。康熙二十一年（1682）與冒襄、鄧漢儀等會海陵寓館。二十二年入閩。二十六年在興化會孔尚任，三十四年在揚州張潮處會通州李堂。有《西齋集》十八卷。〔註51〕王仲儒有《送黃白山歸黃山》云：「翩然揮手故山來，幾度追隨遂卻廻。濁俗波流身老厭，高帆霜滿歲殘開。龍潛天來雲爲海，蛙亂池中劫有灰。探藥休教減詩興，軒轅此日亦空臺。」〔註52〕

孫　綏

　　孫綏，字文侯，安徽休寧人。著有《棲鳳閣詩》。〔註53〕黃生《詩塵》卷一云：「二十年前，凡友人惠詩，類摘其佳句，寫成一帙。後爲一友人探囊而去，並拙稿失之。猶憶其中孫君名綏，字文侯，休寧人。」

洪谷一

　　洪谷一，名琮，字瑞玉，洪德常（字常伯）之子，歙縣人。《一木堂詩稿》卷十有《洪谷一學憲招遊萬花谷》云：「別業依青嶂，新陰滿綠天。相招因故舊，及此幸周旋。眺聽多幽趣，高深得自然。茅堂臨石磴，蘭沼引山泉。賓主苔岑合，階庭玉樹連。鶯聲如欵欵，荷葉正田田。已極論文樂，還賡既醉篇。彌年曠清賞，竟日接芳筵。把

〔註49〕靳治荊《思舊錄》，《昭代叢書》丙集卷四十三。
〔註50〕靳治荊《一木堂四部稿序》，《雍正潭渡黃氏族譜》卷十《序》附載。
〔註51〕《江蘇藝文志》第829～830頁。
〔註52〕《西齋甲戌詩》，王仲儒《西齋集》，康熙夢華山房刻本。
〔註53〕《詩觀二集》。

袂高情見，開懷勝地偏。煙霞雖可戀，難穩謝公眠。」

　　洪谷一四子雲行（字雨平）、五子時行（字待臣）讀書黃山白龍潭時，與黃生亦有交往。黃生有《送洪雨平待臣昆季歸黃山白龍潭幽居》七古一首：「白龍之潭龍所宮，眾水遠會踰千峰。懸崖直下一百丈，怒雷掀掣無秋冬。金沙白石清見底，垂綸探之不可窮。山僧爲言天欲雨，白氣潭中初一縷。須臾膚寸合濃雲，下方卷起天河注。洪家兄弟皆好奇，讀書但讀周鼓與秦碑。軒轅秘籙藏古洞，欲入黃山試一窺。山有潭兮潭有龍，雷雨都藏鱗甲中。他日雙飛上天闕，如識爲霖澤物功。」〔註54〕

程　叟

　　程叟，生平事迹不詳。《一木堂詩稿》卷一有《山有松三章》。題下云：「壽程叟也。」詩云：「山有松，其下維菭。樂只君子，友於兄弟。友於兄弟，以篤於其子。」「山有松，其下維莎。樂只君子，德音不瑕。德音不瑕，以保其室家。」「山有松，其下維杜。樂只君子，受天之祜。受天之祜，以永其純嘏。」另《一木堂詩稿》卷二有《挽程叟》二首：「百年會歸盡，奄化誰復免。獨有親知情，銜悲不能遣。夢想平生姿，笑言若在眼。如何即長夜，相去日以遠。送君歸空山，山雲日夕滿。雲去有時還，故鄉何時返。」「世人愛逐臭，此翁獨好潔。衣服如新濯，飲饌必精設。爐焚嶺外香，茗煮澗中雪。行年餘七十，未嘗受點涅。晚皈淨土門，念珠手不輟。超然出五濁，四大等幻滅。我聞第一義，是法無差別。念念在離垢，眼中復加屑。屍林蓮花國，隨喜盡禪悅。即此平等心，便成大解脫。」

徐　生

　　徐生，生平事迹不詳。黃生《一木堂詩稿》卷二有《悲徐生》云：「徐生已下泉，其詩尚在世。淵源自王孟，深會作者意。子本青雲人，

〔註54〕汪士鈜《黃山志續集》，據康熙本影印，《安徽叢書》第五期。

孤衷何靜寄。若木初揚輝，短景忽西墜。鬼伯固有權，人命本無蔕。皓皓嶺上霜，淒淒谷中蕙。新才早發硎，反招造物忌。老眼對遺編，臨風灑青淚。」

第三章　著述考略

　　黃生一生淹貫群集，覃研學術，根柢奧博。據《一木堂詩稿・自序》知其治學曾經歷三個階段，即「少學時文，壯學古文辭及詩，中年而學道。」尤其是在厭倦塵世、歸里隱居之後，黃生「破千金之產買經史子集不下數千卷，足不下苔者三十餘年」〔註1〕。擁書萬卷，終日閉戶苦讀，一意著述，最終取得了豐碩的成果。黃生的創作興趣除早年的時文以及詩文之外，還主要集中在兩個方面：一是爲了矯正時代學術之弊，用力於樸學，倡導經世致用之學，「專治樸學，懲明儒之空疏無用。其讀書以通大義爲先，惟求經世之務。」二是他「因痛宗社之變，好研究古今事迹成敗，地理山川厄塞，以爲匡復之圖」，〔註2〕試圖從歷史興衰成敗、地理發展變化中尋繹規律，以有裨於政治、文化的復興。

　　黃生一生著作等身，著述範圍遍及經史子集。但是，因禁燬散佚等原因，後世之人往往對其著述情況缺少全面的瞭解，難以識其全貌。如清代爲遏制反清思想，強化政治統治，採取了嚴格的文禁措施。對文化學術著作而言，只要違背牴觸朝廷的所謂正統思想，即予以禁燬。即使編輯《四庫全書》這樣的煌煌大典，當政者亦有寓禁於徵，

〔註1〕張彥之《杜詩說序》，《潭渡黃氏族譜》卷十，清雍正九年刊本。
〔註2〕《皖人書錄》第682～683頁。

一統思想文化之意。黃生的著作未能幸免於難，曾遭禁燬。其有關著作於乾隆間遭禁燬情況，曾有人專門論及，茲錄下備考：

姚觀元編《清代禁燬書目》列示遭禁圖書並論及原因：「（軍機處奏准全毀書目）《一木堂詩稿》黃生撰；（應繳違礙書籍各種名目）《一木堂詩集》黃生著。補遺一：《一本堂詩稿》一本（查《一本堂詩稿》係黃生撰，詩中有語氣狂悖處，又有屈大均所作，應請銷毀）」

孫殿起《清代禁書知見錄》：《一木堂詩稿》十二卷　天都黃生撰　康熙間刊　第十二卷《詩餘》

孫殿起《清代禁書知見錄外編》：《一木堂外稿》十七卷　歙縣黃生撰　舊鈔本（《義府》五卷《論衡》七卷《識林》五卷）〔註3〕

由上可知，黃生著作在乾隆年間之所以遭禁燬，是因為「有語氣狂悖處」，及曾提及明季遺民屈大均等。而這些恰恰是黃生真實性情之流露，也是其著作思想價值之所在。

關於黃生著作及其流傳情況，大致有以下幾種說法：

其一，《康熙徽州府志》認為黃生所著有「《一木堂詩稿》十二卷、《文稿》十八卷、《內稿》二十五卷、《外稿》三十卷。所輯有《一木堂字書》四部，雜書十六種。所評有《古文正始》、《經世名文》、《文筏》三十卷、《詩筏》二十卷。《杜詩說》十卷。」

黃生後人黃賓虹的說法與《康熙徽州府志》基本一致。其《黃生·黃呂》一文云黃生著有「《一木堂詩稿》十二卷、《文稿》十八卷、《內稿》二十五卷、《外稿》三十卷，輯有字書四部、雜書十六種，評有《古文正始》、《經世名文文筏》三十卷、《詩筏》二十卷、《杜詩說》十卷。《一木堂集·詩稿》，乾隆中禁燬。所評輯諸書多散佚，僅存《字詁》一卷、《義府》二卷、《杜詩說》十卷，採進四庫書中。」〔註4〕黃氏與《康熙徽州府志》的說法稍有出入之處在於：黃氏把《康熙徽州府志》記錄的的《經世名文》、《文筏》這兩種著作視為一種，即《經

〔註3〕　《清代禁燬書目（補遺）清代禁書知見錄》。
〔註4〕　《黃賓虹文集》第328頁。

世名文文筏》三十卷。另，黃賓虹把《康熙徽州府志》所說的《一木堂詩稿》稱作《一木堂集・詩稿》。

其二，《安徽通志館列傳稿》卷二《黃生傳》云：「生所著尚有《杜詩說》十二卷，仇兆鼇多採以入注。而《三禮會龠》、《三傳會龠》、《一木堂詩稿》十二卷、《文稿》十八卷、《內稿》十五卷、《外稿》三十卷及所輯有《一木堂字書》四種，《雜書》十六種均佚不傳。其《一木堂集》乾隆間奉旨銷毀之。」《安徽通志館列傳稿》與《康熙徽州府志》的說法差異之處在於《安徽通志館列傳稿》增加了《三禮會龠》、《三傳會龠》這兩種著作。另，《安徽通志館列傳稿》認爲《杜詩說》爲十二卷、《內稿》爲十五卷，而非《康熙徽州府志》所說的十卷、二十五卷。

其三，徐世昌《清儒學案》卷二十四《白山學案》云：「黃生字扶孟，一字黃生，號白山，歙縣人。明諸生。淹貫群籍，於六書訓詁尤有專長。嘗著《字詁》一卷，根據奧博，與穿鑿者迥殊；又著《義府》二卷，凡經史子集以至趙明誠《金石錄》、洪適《隸釋》、酈道元《水經注》所載古碑、陶宏景周子良《冥通記》訓詁及別教之書其古音古訓皆爲考證。論者謂其書不在方以智《通雅》之下。生平著述好以古人書名其書。又有《論衡》及《識林》二種、《葉書》一卷、《杜詩說》十二卷、《一木堂詩稿》十二卷、《文稿》十八卷、《內稿》二十五卷、《外稿》三十卷、《一木堂字書》四部、雜書十六種、《古文正始》、《經世名文》、《文筏》三十卷、《詩筏》二十卷，又有《三禮會龠》、《三傳會龠》等書。惜多不傳。」

《白山學案》中增列了黃生的幾種著作，即「《論衡》及《識林》二種、《葉書》一卷」，並認爲《杜詩說》是十二卷，《內稿》爲二十五卷。關於《內稿》和《外稿》，黃生友人靳治荊所著《一木堂四部稿序》曾經論及：

> 學以專家鳴，學斯隘矣。不以專家鳴，學斯泛矣。說者曰：
> 「與其泛也，寧隘。」余曰：「不然。君不觀夫《易》乎，

不過一乾坤之簡易，從而探賾而索隱，則人事纖悉、物理
詭變無不具備，畢綜貫通其際。斯何以能然？厥性有本之
故，江惟有本也。而爲沱、爲瀯。滄浪浸溢而爲九，蕩滌而
爲三，無非分江之體，而濫觴之源如故也；河惟有本也，
而爲二派、爲九曲、爲徒駭、勾盤、鬲津。太史之屬。無
非一河之注，而星宿之海自若也。若夫其間之畎澮爲溝瀆，
則紛然細也。爲風濤之卷舒，爲魚龍之出沒，則襍然幻也。
要而論之，舉非有本不能也。而白山黃子之書類是已。黃
爲歙之巨望，白山世其家學，尤爲洪源而濬流。顧其出處
也，不以見而以潛，則立言垂世能無汲汲。而黃子不然，
曰：「身既隱矣，焉用文之，彼區區者，姑藏之以待其人，
可耳。」余不敏，承乏其地。夫既訪而致之，挹其風徽而
不爲，發其弃藏，廣諸同志，以表彰之義何居？於是黃子
感余意，出其手錄一函，授其讀之。見其所謂《文稿》、《詩
稿》若干卷者，卓然大家之識而無與爭也；見其所謂《內
稿》若干卷者，淵乎性命之文而莫之易也。見其所謂《外
稿》若干卷者，細無不入，大無不包也。而黃子之學於是
乎見矣。它日之有誦其書而知其人者，亦於是乎在矣。而
又何隘與泛之足云。時余謬玷啓事，量移關中，匆匆爲裹
糧計，欲爲謀梓未得。故述概而歸之，此中耿耿莫能爲懷，
孰從而慰斯願乎？是在乎知黃子者。康熙壬申天中遼海靳
治荆纂。〔註5〕

靳治荆所著《黃文學生》一文云：「（黃生）以所著《一木堂稿》
見示，稿分內外篇。內篇言性理，外篇其雜作。文皆眞實不浮，足裨
名教。」〔註6〕

從靳治荆的記載，似乎可以做這樣的推斷：《一木四部稿》是由
《詩稿》、《文稿》、《內稿》、《外稿》組成的。而《內稿》、《外稿》又
合稱爲《一木堂稿》。其中《內稿》主要言性理，《外稿》內容則相對
龐雜。

〔註5〕 《潭渡黃氏族譜》卷十。
〔註6〕 靳治荆《思舊錄》，《昭代叢書》丙集卷四十三。

　　而近人許承堯則把《外稿》稱爲《一木堂外集》。認爲黃生《詩
麈》二卷正是其中的一部分。其《黃白山詩麈》一文云：「偶見黃
白山著《一木堂外集・詩麈》殘冊，分二卷：上爲《詩家殘說》，
爲初學者說也；下爲《詩學偶談》，答學詩者之問也。志載《一木
堂外集》三十卷，此僅其二。」〔註7〕

　　綜合以上說法可知，黃生的著述主要有以下幾種：《字詁》一
卷、《義府》二卷、《論衡》及《識林》二種、《葉書》一卷、《杜詩
說》十二卷、《一木堂詩稿》十二卷、《文稿》十八卷、《內稿》二
十五卷、《外稿》三十卷〔註8〕、《一木堂字書》四部、雜書十六種、
《古文正始》、《經世名文》、《文筏》三十卷、《詩筏》二十卷，又
有《三禮會龠》、《三傳會龠》等。或還有《一木堂詩式》。〔註9〕

　　除上述著述活動之外，黃生還曾參與修纂黃氏族譜。清雍正九
年刊本《潭孝里黃氏族譜・序》云：「吾族之譜始之者少參公，正
之者隱南公。至入國朝，本隱南公而續修之則白山公及今開局諸公
是也。」由是可知，隱南公重編黃氏族譜時，黃生參補。如族譜中
《貽安堂記》一文即爲黃生所撰。

　　黃生還著有《黃氏家乘》若干卷，後散佚。其子黃克（呂）在此
書末卷的基礎上，增益里中舊事合爲一編，定名爲《潭濱雜誌》。黃
崇惺《重訂潭濱雜誌序》記錄此事云：

　　　　康熙中，族祖白山先生纂《歙黃氏家乘》若干卷，未刊板，
　　　　而先生書亦散佚。崇惺嘗得其殘稿五冊，體例準史志，與
　　　　舊譜頗有異同，末一卷爲雜誌，皆佚聞瑣綴無類可附者。

〔註7〕　《歙事閒譚》第 564～569 頁。
〔註8〕　同上。
〔註9〕　許承堯《黃白山詩麈》一文云黃生：「所著尚有《一木堂詩式》，惜
　　　　未見。《歙縣志》亦有著錄。另，黃生的《唐詩摘抄》亦提到此書。
　　　　《唐詩摘抄》卷四評李白《秋下荊門》云：若翻案之法，人多知之。
　　　　其餘尚有數例，詳見《一木堂詩式》」；《唐詩摘抄》卷一云：「以上
　　　　諸法，見《一木堂詩式》。初學恐不能遽了，今姑述一粗淺之法，庶
　　　　幾易入。」

每條下有先生小印，蓋手定之本也。雍正初，續修譜牒則仍沿舊譜之例。於先生書雖頗採掇實不能盡用，又不立雜誌一門。於是先生之子克（呂）字鳳六者，取家乘末卷，益以里中雜事合爲一編，名之曰《潭濱雜誌》。潭濱者，黃氏所居村名，亦謂之潭渡，言先世自黃潭渡溪居此也。是編，里中頗有抄本。先君及從弟範文皆嘗手抄，今並失其本。今年族叔秋宜翁自楚中尋一本，爰更爲釐析，以先生家乘末卷原本爲《潭濱雜誌》上編，鳳六翁所增者，稍刪削之分爲中下二編而付之梓。〔註10〕

另，《重訂潭濱雜誌》下編《進主》記載：「白山先生有大宗祠《進主》規約一篇。此條蓋採諸彼，今規約文亦佚。其稿無由錄補。」

下面將黃生著作略加介紹，敍錄版本、館藏、著錄、存佚情況等。並適當摘錄黃氏著作的有關序言，以便對讀者有所裨益。

《三禮會龠》《三傳會龠》各一卷

《安徽藝文考》群經總義、《安徽通志館列傳稿》、《皖人書目》、《續修四庫全書總目提要（稿本）》著錄。

是書見《續修四庫全書總目提要（稿本）》。

《字詁》一卷

《中國古籍善本書目》經部、《安徽藝文考》經部小學類、《安徽文獻書目》、《皖人書目》、《販書偶記》、《安徽館藏皖人書目》、《徽州文獻綜錄》著錄。

是書有以下版本：《四庫全書》本，二冊，乾隆中葉由戴震推薦，被採入《四庫全書》；《字詁義府合按》本，道光二十三年，黃生族孫黃承吉由文宗閣過錄四庫本，並加以按語，刊爲《字詁義府合按》；《指海》本，道光時錢熙祚刊《指海》時，亦從《四庫全書》收入《字詁》和《義府》），夢陔堂全集本、安徽叢書本亦據黃承吉《字詁義府合按》本影印；清孫傳鳳抄本，國家圖書館藏；清劉氏

〔註10〕《重訂潭濱雜誌》。

嘉蔭簃抄本，上海圖書館藏；清道光刊本附《義府》二卷、清道光刻本，四冊，安徽省圖書館藏；清道光二十二年（1842）刊本附《字說》、清道光十六至二十二年錢氏守山閣據借月山房彙抄版重編增刻本，國家圖書館、上海圖書館藏；清末江洲黎氏重修本、光緒三年歙西黃氏刊行《增注字詁義府合刊》本〔註11〕；《叢書集成》本，據《指海》本排印；包殿淑點校本〔註12〕。

　　按：黃生淹貫群籍，研核音訓，多有創解，於六書訓詁尤有專長。所撰《字詁》一卷爲札記體訓詁專著。書中選收經史群書語詞122個，每字一條，側重於音形義之辨識，於六書多所發明。《四庫全書》將其列入經部小學類。是書闡發六書義新而理當，根柢奧博不爲剽盜。如《四庫全書總目提要》云：「是編取魏張揖《字詁》以名其書，於六書多所發明，每字皆有新義，而根據博奧，與穿鑿者有殊。」「（其）考訂最爲精覈。蓋生致力漢學，而於六書訓詁，尤爲專長，故不同於明人之剿說也。」近人章太炎盛讚此書「其言精確，或出於近世諸師之上」。清人劉文淇爲本書作跋稱：「夫訓詁之學，於今日稱極盛，而先生實先發之。」〔註13〕

《義府》二卷

　　《四庫總目》雜家三、《中國古籍善本書目》經部、《安徽省館藏皖人書目》、《皖人書目》、《徽州文獻綜錄》著錄。

　　此書版本有《安徽叢書》第三期本附黃承吉《字詁義府合按》、《夢陔堂全集》本、《增注字詁義府合按本》、《指海》本、《叢書集成》初編本（安徽省圖書館藏）、《安徽叢書》第三期本附黃承吉《字詁義府合按》、清道光十六至二十二年錢氏守山閣據借月山房彙抄版重編增刻本（國家圖書館、上海圖書館藏）。

〔註11〕這兩種版本實乃黃承吉本之翻刻，並非「重修」，也無「增注」。
〔註12〕包殿淑點校《字詁義府合按》對原刊刻之訛誤脫衍有所校正。
〔註13〕《太炎文錄・說林下》。

按：黃生《義府》一書側重於名物典制的考證。分上下兩卷，共考釋詞語 314 條。凡經史子集以至趙明誠《金石錄》、洪適《隸釋》、酈道元《水經注》所載金石碑刻等於古音古訓皆有所考證。條目立意新奇，論據精詳，鈎深致遠，大多發前人所未發。《四庫全書總目提要》謂其書「於古音古訓，皆考究淹通，引據精確，不爲無稽臆度之談。」「雖篇帙無多，其可取者，不在方以智《通雅》之下也。」

《義府》二卷附《字詁義府合按》一卷

《安徽省館藏皖人書目》、《安徽文獻書目》、《徽州文獻綜錄》著錄。

此書有《安徽叢書》本（安徽省圖書館藏）。

《字詁義府合按》四卷（黃承吉按）

《西諦書目》、《皖人書目》、《徽州文獻綜錄》著錄。

此書有清光緒三年（1877）黃氏刊本、民國十九年（1930）石印本、民國《安徽叢書》第三期本。

《押韻便讀》五卷首一卷（黃沂音釋）

《販書偶記》、《皖人書目》、《徽州文獻綜錄》著錄。

是書有清康熙間刊本。

《葉書》（卷數不詳）

《四庫總目》子部雜家存目十、《皖人書目》、《安徽省館藏皖人書目》、《徽州文獻綜錄》著錄。

此書有《四庫存目叢書》本。

《一木堂文稿》十八卷

《安徽藝文考》別集十一、《安徽通志館·藝文考·集部提要》第六冊（民國排印本）、《皖人書目》、《徽州文獻綜錄》、《清人別集總

目》著錄。

　　按：是書《光緒通志》亦載，但無卷數。版本有清康熙刊本，與
《一木堂詩稿》十二卷曾於乾隆時遭禁燬。

《一木堂詩稿》十二卷

　　《安徽藝文考》別集十一、《販書偶記》、《安徽文獻書目》、《皖
人書目》、《安徽省館藏皖人書目》、《徽州文獻綜錄》、《清人詩集敍錄》
著錄。是書版本有以下幾種：抄本（國家圖書館藏），凡詩七百七首
餘五十四闋；清康熙二十二年序刻本（十二卷內詞一卷，安徽省博物
館藏）。此書與《一木堂文稿》十八卷曾於乾隆時被禁燬。此版本有
黃生《自序》云：

　　　丈夫在世，爲天下人中之一士，爲古今人中之一人，亟宜
　　知所以自待。其自待也厚，然後人之待之也不薄；其自待
　　也重，然後人之待之也不輕。僕不敏，少學時文，壯學古
　　文辭及詩，中年而學道。迄於今日，車將舍崦嵫矣，而卒
　　無所成就，將爲文人歟？不揚馬韓歐若也。將爲詩人歟？
　　不曹劉李杜若也。將爲道人歟？道是何物？人又何得以道
　　爲名？所事如此，其自待之薄且輕可知矣。而人亦竟不知
　　所以待我。門任採思一旦造而請曰：「先生年來韜光息影而
　　名顧不脛走四方。芹遊笈所至，都人士輒索先生詩，每愧
　　無以應。先生何惜出名山之秘，壽之梨棗，使芹得藉手以
　　應求者。豈非藝林之盛事乎！」余聞之笑曰：「嘻！是其詩
　　人我矣。夫余簏中陳煤腐楮，以道觀之，皆所謂閒言語者，
　　方憾未能盡付祝融，奈何更欲出傳於世。雖然，莊生有言：
　　『呼我以牛者，即應之牛；呼我以馬者，即應之馬。』世
　　以詩人目我，我即以詩人應之，亦奚不可？若夫屑屑然計
　　所待之輕重厚薄，是猶有天下古今之見存。其不爲漆園吏
　　所笑耶！」因稍擇可觀者，得若干首畀之，且識數語於簡
　　端。康熙癸亥季夏月六日白山學人黃生書於一木堂。

　　清初鄧漢儀《詩觀》三集卷之九選黃生詩十首，並有略評。依次

爲《登山至文殊院》（句末評：森然古鬱）、《聞黃山新志因成長歌》
（句中評：筆力豪放，虛極似李；句末評：才思如雲，不可覊制）、《賦
得竹西路》（句末評：純是初唐格調）、《送人遊匡廬》（句末評：純以
氣舉，色調復而高華）、《狎浪閣》（句末評：字字飛動）、《送朱古愚
下漸江》（句末評：氣雄識高，置身千仞）、《贈故將軍》）（句末評：
從盛唐脫化而出，非錢劉可及）、《採石磯謁太白祠》（句末評：風清
月白，詩心正逢）、《途中口占》（句末評：和柔可譜絃索）。鄧氏於文
末云：「一木老人負介性，曾勸蔣太史虎臣掛冠歸山，而朱子古愚則
其兒年之友。詩皆落落遠俗而風格自尊。余爲特賞。」〔註14〕

　　是書又名《一木堂詩》（一卷本）。《清詞別集知見目錄彙編·見
存書目》、《徽州文獻綜錄》著錄。有抄本（國家圖書館藏）。

《一木堂詩餘》一卷

　　《清詞別集知見目錄彙編·見存書目》、《徽州文獻綜錄》著錄。
是書版本有康熙二十二年刻本、《一木堂詩》稿本（上海圖書館藏）。
是書又名《一木堂詞集》（一卷）。《清詞別集知見目錄彙編》、《徽州
文獻綜錄》著錄。有抄本（國家圖書館藏）。

《一木堂詩式》（卷數不詳）

　　《歙縣志》、《歙事閒譚》、《徽州文獻綜錄》著錄。
　　是書版本不詳。

《唐詩摘鈔》四卷

　　《安徽藝文考》總集、《皖人書目》、《徽州文獻綜錄》著錄。
　　按：《唐詩摘抄》脫稿於康熙二十四年（1685），洪源木樨香處。
蓋白山館洪源時所作。惜黃生生前未能刻行。此書版本有以下幾種：
（一）清康熙六十一年（1722）是一山房精刊本。由徽州學人程志淳

主持鐫刻問世。又有康熙壬寅劉葆眞眉峰氏序。所選皆五七言絕律。
（二）清乾隆十五年（1750）南屛草堂刊本。由歙縣人主持人朱之荊
（字樹田）主持刊行。朱之荊此刻本「以是亦山房刻本爲底本，又從
傳抄本中輯佚增補七十餘篇，還將自己學習研究的心得體會，附於黃
生總評之後，作爲補注補評。還增收了休寧人吳修塢爲補充《唐詩評》
而撰寫的《唐詩續評》，該書專選初盛唐律詩，絕句和部分古體詩、
雜詩，共三百多首，使本書由最初刻本五百多首增加到八百多首，內
容幾乎擴大一倍。」〔註15〕（三）清嘉慶四年（1799）浣月齋刊增訂
本十六卷。由休寧人程鴻緒主持刻行。此刻本除照錄南屛本外，又增
入歙縣人吳智臨補充選評的唐詩多首。另有何慶善點校本，該本「以
是亦山房本爲底本，參校南屛本和浣月齋本及《杜詩說》、《詩塵》等
書。凡屬朱之荊從傳抄中補佚的詩，則在校記中一一點明。」〔註16〕

《黃白山唐詩摘抄》十四卷

　　《安徽省館藏皖人書目》、《安徽文獻書目》、《徽州文獻綜錄》著
錄。

　　此書有清刻本（四冊），藏安徽省博物館。

《增訂唐詩摘抄》十六卷

　　《安徽藝文考》集部別集類、《安徽文獻書目》、《安徽省館藏皖
人書目》、《徽州文獻綜錄》著錄。此書有清嘉慶四年（1799）浣月齋
刻本（六冊），安徽省博物館藏。

　　按：是書由程鴻緒增訂。程鴻緒字芝堂，號召琴。清休寧人，副
貢生。清康熙二十四年（1685）程志淳刊《唐詩摘抄》四卷。乾隆初，
休寧朱之荊得於同縣吳力，並得程氏訂正刊本，加以增刪，仍名摘抄，
附於黃選之後刊行。嘉慶初，版已殘缺失次，程鴻緒又加以校訂，題

〔註15〕《唐詩評三種》第 14 頁。
〔註16〕同上。

新安黃白山先生著。

《增訂唐詩摘抄》十卷《杜詩說句法》一卷《漢魏詩摘抄》四卷（朱之荊增訂）

《安徽省善本書目》集部、《徽州文獻綜錄》著錄。

此書版本有清乾隆十八年南屏草堂刻本（四冊），歙縣博物館藏。

《增訂唐詩摘抄》十卷

《安徽省館藏皖人書目》、《徽州文獻綜錄》著錄。

是書版本有乾隆十五年南屏草堂朱氏刻本（三冊，安徽省圖書館藏）、《續修四庫全書總目提要》（稿本）。

按：是編專選唐人近體詩。書凡十卷，以體次：卷一錄五言律詩一百八十有七首，卷二錄五言絕句八十有四首，卷三錄七言律詩一百十有二首，卷四錄七言絕句一百五十有五首。此為初集。卷五錄五言律詩一百三十有一首。卷六錄五言絕句五十有二首，卷七錄七言律詩七十有三首，卷八錄七言絕句二十有五首，卷九錄五言排律二十有一首，卷十錄七言排律二首六言絕句六首。

《增訂唐詩摘抄》四卷

《販書偶記》、《安徽文獻書目》、《安徽省館藏皖人書目》、《徽州文獻綜錄》著錄。

此書版本有乾隆十五年南屏草堂本。

《詩塵》二卷

《安徽藝文考》詩文評刊附《增訂唐詩摘鈔》後、《皖人書目》、《徽州文獻綜錄》著錄。

按：是書為手訂《一木堂外稿》三十卷中之二卷，版本有清雍正抄本（安徽省圖書館、福建師範大學圖書館藏）、嘉慶間刊本（《增訂

唐詩摘抄》後附）、賈文昭點校本。〔註17〕

是書分二卷：卷一題爲《詩家淺說》，爲初學者提供學詩之津梁。有小序云：

> 淺說者，爲初說也。詩之爲道甚廣，昔賢亦嘗備著其說，第初學無由遍窺。即窺之，亦難驟入。茲特徂陳崖略，聊爲下學津梁，如匠者之規矩，射者之彀率。至由淺入深，由工入巧，則尚有進於此者，是卷又其薈蹄也。

卷二題《詩學手談》，解答學詩者之疑惑。有小序云：

> 不佞妄負能詩之名，是故戶外之屨與郵中之筒，大半交遊中嗜痂者，謬以此事相質。余既不敢虛負其意，亦謬有以答之，時命學子錄成副本，積久得若干言。其所論或深或淺，亦粗亦精，初學倘有進步處，則是卷亦可觀也矣。

張寅彭認爲，從二序所言，兩卷似非作於同時。刊本各卷則無題，小序各置於卷末。又抄本末附司空圖《詩品》24則。其說詩大抵運以古文、時文之法，與同時之徐增爲近；又重聲律音節，亦是當時風氣。〔註18〕

是書又名《一木堂詩麈》（一卷本）。《安徽省善本書目》集部、《徽州文獻綜錄》著錄。有清雍正元年抄本（一冊），安徽省圖書館藏。

《載酒園詩話評》二卷補遺一卷

《販書偶記續編》、《安徽省館藏皖人書目》、《皖人書目》、《新訂清人詩學書目》、《徽州文獻綜錄》著錄。

是書版本有民國十九年（1930）石印本、民國二十年神州國光社影印本、《清詩話續編》本附《載酒園詩話》、賈文昭點校本〔註19〕。

〔註17〕賈文昭主編《皖人詩話八種》，黃山書社1995年版。
〔註18〕《新訂清人詩學書目》第15頁。
〔註19〕賈文昭主編《皖人詩話八種》，黃山書社1995年版。

《杜詩說》十二卷

《四庫總目》總目別集存目一、《清史稿藝文志》、清揚州吳氏測海樓書目、《安徽省善本書目》集部、《販書偶記續編》、《安徽文獻書目》、《皖人書目》、《杜集書錄》、《杜集書目提要》、《徽州文獻綜錄》著錄。

是書版本有三：一爲清康熙己未（1679）刻本。藏中國科學院圖書館，筆者曾調閱該版本微縮膠捲。是書共十二卷，八冊一函。題「天都黃生定」，「一木堂梓」。有黃生自序，末署「康熙己未仲冬白山學人黃生書」，並於《杜詩說目錄》後臚列「訂刻姓氏」如下：

張彥之洮侯雲間　張永澄梅岩雲間　洪舫思　徐之凱若谷三衢　徐長華少文定陽　屈大均翁山番禺　程自玉公如　洪舫方舟　張憲漢度雲間　姜遴萬青華亭　錢岳十青吳門　王文龍宛虹柯城　許箕巢友龐庵海昌　孫勤子未莪山濟南　汪存幾希　林雲銘西仲　吳苑楞香鹿園　唐鴻舉鴻扶磐庵　曹苓次山蕊庵　吳蘭芳友聲庵　汪洪度於鼎息廬　胡廷鳳樞巢　吳菘廷占綺園　洪球求玉逸谷　吳啓鵬雲逸酣漁　汪薇思白棣園　王煒不庵鹿田　汪士鉉扶晨栗亭　吳之騄耳公達庵　洪嘉植秋士菊廬　吳瞻泰東岩　吳元良公遂練澄　鄭濱聖涯南山　方熊望子　釋普信師古　程文邰卜三　洪躬行曾有未庵

以下受業：洪愼行思永　許士佐幹侯　昭朗令　芹採思　宗義師逸名璧連城　陸鍾秀採三　爾俊偉士柳下

以下同族：爾延訪臣　恪先賓在　文煜次張　以銓敍升　以逢際侯履輝汝含　以桑雪友　以裕則問　吉暹仲賓　以祉若周　鐸覺斯

二是清康熙三十五年（1696）一木堂刊本（安徽省博物館藏）。全書凡十二卷。共選杜甫各體詩 650 餘首。據是書《凡例》云「至家葉千攜過婁水張洮侯，序本書之首」，知該書原有張氏之序。此序後人多以爲失傳。《潭渡黃氏族譜》卷十《序》載有此文，特輯出備考：

　　詩自三百篇以來，興觀群怨，固非一端，有可解，不可解，
　　得後人之闡發辭說，可解者解之，不可解亦可解焉若杜子

美詩有云：「讀書破萬卷，下筆如有神。」則子美之詩，非讀書何能說之？不可解者，固不可說；可解者，亦何能以盡之哉。白山先生家黃山白嶽之間，擁書萬卷，校讎檢閱，日不暇給，性喜著書，非虞卿窮愁竊比，晚年以爲「書不可不盡讀，友不可不盡交，天下之大山名川不可不盡遊」，歷錢塘，渡大江，與（●）東（●）山（●）子相遇於淮海之間〔註20〕，典裘沽酒，高詠唱和，兩人之意氣，旁若無人，歌乎烏烏，鉅鹿昆陽之戰亦不足彷彿其雄武，海內才人竊爲黃先生其可仰視耶？乃先生之意終自欿然，於倦遊歸里之日，閉戶著書，抱膝高吟於三十六峰之下，以爲書可輕讀耶？杜子美之詩可輕說耶？破千金之產買經史子集不下數千卷，足不下苔者三十餘年，燃藜夜讀子美之詩，意見力量靡不窺其堂奧、伐骨髓，與友人云：「余於是而可以讀子美之詩而說之矣。」戊辰秋莫小阮、葉千、黃子從武林扁舟過，攜伯氏杜詩說見示，殫日夕之力以捧讀，皇皇乎大哉！言與千金之裘非一狐之腋，大廈之材非一丘之木，蓋非易言之也，切而不苟，詳而不縱，非破萬卷不能作杜詩，非破萬卷不能說杜詩。近日說杜詩諸家幾數十百種，黃先生之說杜詩殆有逾焉。雲間年家眷同學小弟九峰張彥之洮侯父書於觀海草堂。

　　三是黃山書社 1994 年 5 月出版的徐定祥點校本。此點校本「以一木堂刻本爲底本。校以仇氏《杜詩詳注》。凡與仇不同者，據仇本改正，並出校記。」

　　是書又名《杜工部詩說》（十二卷）。《四庫全書存目叢書》、《安徽省館藏皖人書目》、《北京大學圖書館藏古籍善本書目》、《北師大圖書館善本書目》、《安徽文獻書目》、《徽州文獻綜錄》著錄。此書有清康熙三十五年一木堂刻本（四冊）（安徽省圖書館、北京大學圖書館、北京師範大學圖書館藏）。按：《北師大圖書館善本書目》介紹該書：

〔註20〕空白處因「避諱」而刪去，若填補則應爲「（廣）東（翁）山（屈）子」。

「十冊，九行二十一字，小字雙行同，黑口，左右雙邊，無直格，封面鐫『一木堂梓』。鈐『張競仁』印，『黃節』印。」

《杜工部詩說》十二卷《杜詩概說》一卷

《四庫全書存目叢書》著錄。

是書有清康熙三十五年一木堂刻本（中國人民大學圖書館藏）。

《黃白山手寫並選評同時人近體詩》不分卷

《安徽文獻書目》、《皖人書目》、《安徽省館藏皖人書目》、《徽州文獻綜錄》著錄。

此書有抄本，安徽省博物館藏。

按：是書原名爲《植芝堂今體詩選》不分卷。筆者曾於安徽省博物館查閱該書。見首頁右上書「植芝堂」，下書「白山黃生選評」，鈐「黃生之印」陰文小方印。又有「葉千」陽文小方印，並許承堯「疑庵秘籍」藏書印。係黃葉千舊藏本。據許承堯考證，詩爲黃生選錄、批評，是爲課弟子黃葉千之書。書前有許承堯題記：

> 乙亥初，芭自滬返歙，得杭州復初齋書肆書目一冊，見有是書，注舊寫本，而直甚廉。疑爲白山先生遺著，急馳書購之；不日寄到，赫然白山先生手筆也，歡喜之至。且所選皆明清間詩，中多鄉人佚篇，尤爲可寶。白山論詩極精細，此卷中評論更語語愜心。藏書之黃葉千亦見集中。摩挲老眼，詫爲奇遇。書以誌吾晚福也。承堯。

> 先生所刊《杜詩說》卷首有手書自序，乙亥夏借得校之，乃知朱墨筆皆出先生手書，皎然無疑。葉千爲先生弟子，此殆手寫以授之者。昔人治學之勤，誨人之篤，於此亦可想見。承堯又記。

是書共二冊。上冊錄五言律詩 64 首，下冊錄七言律詩 47 首、七言絕句 5 首。評語總體上較爲簡略，或寥寥數語，或不予置評。詩歌作者依次爲：吳嘉紀（野人）、龔賢（半千）、汪洪度（於鼎）、屈大

均（一靈）、方文（爾止）、邢昉（孟貞）、王猷定（於一）、萬時華（茂先）、程嘉燧（孟陽）、顧夢遊（與治）、徐渤（興公）、謝三秀（君栗）、梁一儒（魯望）、黎遂球（美周）、徐穎（巢友）、萬日吉（雲國）、陳子龍（臥子）、吳偉業（梅村）、梅文鼎（昆白）、管鶱（星臣）、劉一梧（旅星）、蔣嘉會（次葵）、施閏章（尙白）、葉大緯（緯如）、吳統持（巨手）、王留（亦房）、程煥（石雷）、洪舫（方舟）、馮琦（琢庵）、萬壽祺（年少）、周肇（子叔）、吳啓思（濟公）、張恂（稚恭）、黃始（靜御）、范又蠡（小范）、湯燕生（玄翼）、陸圻（景宣）、王艮（不庵）、宋琬（玉叔）、唐堂（肯堂）、何偉然（仙臈）、林章（初文）、謝肇淛（在杭）、吳國倫（明鄉）、湯顯祖（若士）、譚元春（友夏）、徐士俊（野君）、潘之恒等人。〔註21〕

〔註21〕汪慶元《徽學研究要籍敍錄》亦介紹了此書，《徽學》第二卷，安徽大學出版社 2002 年版，第 380 頁。

下　編

第四章 《杜詩說》的產生及
其闡釋方法

第一節 《杜詩說》產生的時代背景與學術思潮

　　黃生「出入杜詩餘三十年，不敢漫爲之說」，最後「歷寒暑六也」，
終於完成了《杜詩說》的創作。《杜詩說》一書的產生並非偶然，是
在內部、外部等諸多因素的影響與催化下產生的。如，動盪社會的
衝擊、清初學風的浸染。另，時代文學思潮及黃生本人的文學觀念
也影響了《杜詩說》的創作。下面，試探討《杜詩說》產生的時代
背景及學術思潮等，以期全面認識此書的價值，深刻瞭解黃生的學
術思想。

一、社會政治背景及學術思潮的影響

　　黃生所處的 17 世紀，即所謂明清之際，是中國歷史上重要的轉
折時期。這一時期，明王朝的政治統治極端腐朽，江河日下。隨著
社會矛盾的空前激化，明末的農民大起義風起雲湧，以摧枯拉朽之
勢席卷了全國，最終摧毀了朱明王朝的統治。地處邊境的女眞族對
關內遼闊的疆域覬覦已久，憑藉其軍事實力的增強頻頻叩關，並趁
著明末發生大規模農民起義的機會大舉入關，直搗北京，建立了滿

清王朝。中國社會在很短的時間內，經歷了「天崩地解」、改朝換代的大變動。此期階級矛盾和民族矛盾相互交織，國家戰爭不斷，動亂頻仍，整個社會急劇動盪。在當時特殊的社會環境下，滿目瘡痍的社會慘景、顛沛流離的人生辛酸在黃生等遺民的心中留下了難以消除的創傷。而杜詩一方面因充滿愛國愛民精神，具有民族意識與人本情懷，從而引起了黃生等遺民思想上的共鳴，形成了濃厚的杜詩情結；另一方面，杜詩以直接書寫記錄民族災難、社會現實而體現出的「詩史」精神，也與黃生等當時的學者們達到了精神上的某種契合，喚起了他們的愛國情緒和憂患意識。於是，他們借研習、詮釋、評論杜詩，「澆自己胸中之塊壘」，寄寓故國之痛，吟唱黍離之悲，抒發憂世傷時的懷抱、關心民生的情感。這是黃生《杜詩說》產生的重要社會政治背景。

明清之際，一些有識之士在親身體驗了異族入侵、江山易幟的痛苦後，痛定思痛，開始對明朝滅亡做深刻的反省和總結。顧炎武、黃宗羲、王夫之等學者和思想家認爲明末空談心性的學風是禍國誤民的重要原因。自明中葉以來，王陽明心性之學拋開經學的優良傳統，大談心性，一味闡發義理，遊談無根，造成了學術界學風空疏、思想浮躁的狀況。如顧炎武所指出的，「今之君子則不然，聚賓客門人之學者數十百人，『譬諸草木，區以別矣』，而一皆與之言心與性，捨多學而識，以求一貫之方，置四海之困窮不言，而終日講危微精一之說。」〔註1〕學術風氣敗壞帶來的後果是傳統的訓詁注疏的經學日漸荒廢，知識分子不注重研究實際問題，「天下生員，不能通經知古今，不明六經之旨，不通當代之務」，形成學術危機，最終空談誤國。

有鑒於此，明末一些以經邦濟世爲己任的士大夫爲匡救時弊，轉變空疏虛浮的不良學術風氣，他們在抨擊空談心性的王學的同時，開始主張崇實黜虛、「汲古返經」，提倡經世致用之學。如，錢謙益提出

─────────────

〔註1〕《與友人論學書》。

「返經」的主張。他在《答徐巨源書》中說：「今誠欲回挽風氣，甄別流品，孤撐獨樹，定千秋不朽之業，則惟有反經而已矣。何謂反經？自反而已矣。」〔註2〕顧炎武提出「讀九經自考文始，考文自知音始。」〔註3〕並且具有了反理學的傾向，認為「古之理學也，經學也；今之理學，禪學也。」〔註4〕黃宗羲也強調「要以六經為根柢，問學者必先窮經，經術所以經世」。「返經汲古」思想開啟了清代學術徵實一途，也成為是明末清初學術思潮的主流。在顧炎武、王夫之、黃宗羲等人的倡導下，明末清初逐步興起了思想解放、抨擊理學、崇尚實學的思想潮流，學派競立，人物輩出，並且形成中國古代思想史上的又一次高潮，承前啟後，影響深遠。如近人謝國楨所評價的：「明末清初的學者，有先秦諸子百家的風格，有東漢黨錮堅貞的氣節，擺在歷史的進程上有與他們並駕齊驅的局勢，起著承前啟後、推陳出新的作用，從明、清以來封建社會黑暗的統治中，在人民群眾的思想和輿論上又發出光彩，可以說是在吾國歷史上的文藝復興時期，開了燦爛的花朵。」〔註5〕在清初「返經汲古」、關注現實學風的浸染下，黃生致力於文字聲義研究，所著《字詁》、《義府》二書考辨音義，訂正訛誤，考證名物典制，在當時學術界影響很大。黃生本人也成為清代訓詁學復興之先導。同樣，在崇尚實學、「經世致用」學術思潮的影響下，黃生完成了《杜詩說》一書。

二、時代文學思潮及自身觀念的催化

　　明代後期以前後七子為代表的復古摹擬文藝思潮相繼而起，影響甚巨。前後七子以「復古」為共同旗幟，提倡「詩必盛唐」，注重研習唐詩，奉杜甫為正宗。他們的思想備受詩人推崇重視，文壇宗尚唐詩之風蔚起。然而，許多文人也認識到：文因時代而變，而非

〔註2〕　《牧齋初學集》卷二十八。
〔註3〕　《顧亭林詩文集》卷四。
〔註4〕　同上。
〔註5〕　《明末清初的學風》第 1 頁。

泥古不化；文學源於人的心靈，而非蹈襲古人。前後七子一味強調
模擬剿襲前人作品，不免失之偏頗。他們開始質疑和批駁前後七子
的主張，如公安三袁提出「獨抒性靈，不拘格套」的「性靈」說；
李贄提出的「童心」說等。他們的主張導致了詩風的變革和興替，
晚明文壇一洗摹擬蹈襲之沉垢。然而，因有人專取公安派俳諧調笑
之語，致其落於俚俗。以鍾惺、譚元春為代表的竟陵派繼之而起，
在主張獨抒「性靈」的基礎上，更多的乞靈於古人，企圖矯公安派
俚俗之弊，結果墮入「幽深孤峭」一途。明清之際，在經世致用的
學術思潮的影響之下，明末清初的詩人尋找明王朝覆滅的原因，於
有明一代盛行的文學觀念進行了認真的檢討反思。他們既厭棄明七
子的膚廓空疏，也不滿公安、竟陵的淺薄窄仄，力圖衝破明末詩歌
的束縛，從自己的角度，不斷探索新的發展道路。杜詩因其積極的
現實內容、強烈的藝術感染力成為醫治明末清初詩壇痼疾的良方，
受到詩家熱烈推崇。清初詩壇出現了直接師法老杜的新的趨向。如，
詩本學陶、李的屈大均轉而表示要「始終奉少陵為宗。」〔註6〕受
杜詩的影響，清初許多詩人在經歷了家國之變以後，詩風都明顯發
生了變化，一反明中葉以來文壇上的形式主義和摹擬復古傾向，趨
於健康清新，大多反映現實民生疾苦，抒發時代興亡感慨。如顧炎
武的詩即被後世贊為「一代詩史，踵美少陵。」〔註7〕在時代文學
思潮嬗變的影響下，黃生形成了自身的文學觀念。這些觀念對《杜
詩說》一書的創作產生了一定的影響。黃生的《詩麈》、《唐詩評》
以及《載酒園詩話評》等著作集中體現了他的文學觀念。梳理這些
著作，可以發現，黃生的詩學思想主要涉及以下幾個方面：

（1）重詩品，貴人品

黃生十分重視詩品。他認為詩歌是詩人安身立命之所在，是「經
國之大業，不朽之盛事」。詩人要想使作品流芳千古，美名彰顯史冊，

〔註6〕《書淮海詩後》。
〔註7〕徐嘉《顧亭林詩箋注》卷首《凡例》。

首先必須要做到「立品」。「立品」是詩人的第一要務。如其所云：「凡
欲學詩，須先爲不朽計。若習覬時俗所尚，徒爲唱酬贈答之具，是
則枉用心思，濫費筆墨，不若不學之爲愈也。苟欲爲不朽計，第一
貴在立品。何也？作者必與古人爭勝，而後能成不朽之名。」並且
認爲，詩家立品要高，如高於流俗，迥異超拔，則可能與古人同列
於不朽。其云：「夫古人所以身沒而名不滅者，非徒以其詩也，其立
品必高於流俗，如雞群野鶴，如嶺上長松，雖有時爲庸眾之所非笑，
而其神情超曠，常不肯自命爲一世之人。此即詩家安身立命之處。
雖不蘄其詩之必傳，而後世之名必歸之。所以傳之者，不在其詩，
而在其詩之人也。是故詩之境曠，而拘者不得也；詩之道雅，而俗
者不得也；詩之思清，而濁者不得也；詩之韻悠揚澹蕩，而笨鈍者
不得也。去是數者，而後可與言詩，而後可與古人爭不朽之名。」
〔註8〕

　　黃生認爲，詩品往往是人品之表現，「必其人之性情風格具見於
其詩之中，而後人以詩傳，詩亦以人傳。」人的襟懷性情各有不同，
「或高如停雲，或曠如野鶴，或樸如陶匏，或韻如修竹，或潔如秋水，
或靜如空山」，但是，「皆可爲載詩之質，傳詩之具」，只要是高潔純
淨的人品，就可以借助文學作品向世人展示，得以彰顯。而人品低下
庸俗則是詩家之大忌，「最忌者，畀耳，鄙耳。」〔註9〕黃生還認識到，
詩品與人品，二者常常是統一的。一方面，人以詩傳，「世誦其詩，
而以爲如見其人者，必是人也夫，詩傳矣。」〔註10〕另一方面，觀詩
以識人，「詩以言志，故觀其詩而其人之襟趣可知。」〔註11〕正因爲
如此，加強道德積纍、完善人格修養對詩人而言十分重要，如人品低
俗，詩品自然不高，「苟戚戚於貧賤，則必汲汲於富貴。人品如此，
詩品便爲之不高，雖聲金石而詞錦繡，何足取哉！」

〔註8〕《皖人詩話八種》第53頁。
〔註9〕同上第75頁。
〔註10〕同上。
〔註11〕同上第125頁。

（2）慕唐人，薄宋人

白山論詩，追慕唐人而摒棄宋人。這一點在《唐詩評》、《載酒園詩話評》中表現得十分明顯。兩書中多有推崇唐人之語。如《唐詩評》卷一評《尋陸鴻漸不遇》一詩云：「唐賢不明贊人，而其人自高；今人專務贊人，而其人愈低。此亦豈宜藉口時代，而謂非筆墨之故耶？」《唐詩評》卷三評《使安次陸寄友人》一詩時盛讚所謂唐人筆墨，「八句寄訊門前五柳，意謂江南尚稱樂土，彼此兩兩相映，是反攻逆擊之法，而語俱極渾渾，猶是盛唐人筆墨也。」《唐詩評》卷四評《西施石》一詩時，認爲此詩之所以含蓄蘊藉，是因爲作品學習唐人，詩中包孕元氣，「詠西施石只就石上生情，不必說到入吳時事，此即唐人詩中元氣也；若後人涉筆，定作一篇吳越興亡論，其詩安得如唐賢包孕有餘乎？」

黃生鄙薄宋人之語隨處可見。《載酒園詩話評》卷上云：「宋人詩總不在話下，取而雌黃之，則其識趣已先陋矣。」「宋人盡所傷時憫時之作，無如力疲不能布格，手重不能遣調，蓋非其學識之不優，實其才情之不逮耳。」「宋人沾沾自喜，如夜郎之不知漢大。歐公盛德，亦不免爾爾。」《唐詩評》卷三評價《蜀相》一詩時，認爲宋人學唐只得其皮毛，而不得其精髓。黃生有言：「宋人專學此種，流爲議論一派，未免並爲公累耳，曰『自春色』，曰『空好音』，確見入廟時，低回想像之意，此詩中之情性也；不得其性情，而得其議論，少陵一宗安得不滅！」

（3）主氣格，尊風神

宋人及明前後七子強調「復古」，多提倡學古人格調，遵循古人法式，而不重視領會古人作品之風神，結果往往容易陷入形迹上的摹擬蹈襲，最終畫地爲牢，作繭自縛。黃生雖也主張師法唐人，但是他強調氣格與風神的統一。在《唐詩評》卷三評岑參《使君席夜送嚴河南赴長水得時字》一詩，黃生強調了風神格調兼具於詩歌的重要性，「此詩全首失黏，讀之殊不覺，由其風神格調之能引人入勝，此盛唐

身分，不可及也。」

　　黃生認為「氣格」是指詩歌勁健爽朗的外在形式，故他又稱其為「骨格」，而「風神」，他認為是指詩歌所蘊涵的內在情感。這二者對詩歌而言，一表一里，相得益彰，缺一不可。黃生《詩麈》卷一直接指出，專主氣格而不重視風神，是一種自縛手腳的矯枉過正之舉，「近代作七言律，亦有專主氣格，宗尚盛唐者。見非不卓，第矯枉過正，又如笨伯不能行動。」因為氣格與風神二者不可偏廢，「大抵氣格固不可廢，風神亦不宜減，此在虛實之間，善自消息。」只有兩者綜合運用，方能創作出一流詩作，「氣格以主之，風神以運之，斯七言之上乘已。」

　　在《唐詩評》卷三中，黃生借評王維《奉和聖製從蓬萊向興慶閣道中留春雨中春望之作應制》之作，再次批駁了後人舉氣格、廢性情的荒謬做法，「風格秀整，氣象清明，一脫初唐板滯之習。盛唐何嘗不妙！初唐遜此者，正是才情不能運其氣耳。後人厭其弊，並欲舉氣格而廢之，謬矣。」

　　黃生進一步認為，詩歌如果能夠「主之以骨格，運之以風神，調之以音節，和之以氣味」，四美兼備，則會達到審美的極至，「四者備而詩道無餘蘊矣。」（《詩麈》卷二）

（4）崇學古，求創新

　　黃生十分重視學古，主張學習古人成功的創作經驗，從古代優秀的作品中汲取營養。其《詩麈》卷二云：「為詩不學古人則無本。徒學古人，拘拘繩尺不敢少縱，則無以自立為後世必傳之地。此擬議以成變化，乃詩家之要論也。」

　　黃生還強調要處理好「正」與「變」之間的關係，在繼承的基礎上創新，「漢魏變《風》《騷》，而實本乎《風》《騷》。唐人兼變漢魏六朝，而實本乎漢魏六朝。生唐人之後而欲求變，厥功實難。何也？所變者不過其詞藻風旨故也。……是故正中有變，變而不離乎正，擬議之功，誠未易言。」（《詩麈》卷二）

　　黃生主張學古要遵循正確的途徑，即要學習唐以前的優秀作品，「以漢、魏、李唐爲主，則門戶正而骨格成。」他特別強調學習唐詩的重要性，認爲「詩道到唐而正，猶治道至周而止也。周監二代，故因革益儘其宜，後人雖欲求加於周之上，而有所不能矣。唐酌漢魏六朝，故風骨聲情備其美，後人欲軼出於唐之外，而有所不能矣。」(《詩麈》卷二)

　　在學古的同時，黃生在《詩麈》卷一中明確反對一味擬古，大力主張創新，強調自出機杼。黃生認爲匠心獨運之作，往往會有特別的藝術效果：「所謂出之胸臆者，非謂未經人用，創作自我也。即以杜詩而論，如『花重錦官城』花繁曰『重』，『月傍九霄多』，月滿曰『多』、『暫時花載雪』，花輕曰『載』，皆以人所常用之字，而用法與人不同，便覺有奇理，有別趣。此屬意匠經營之巧，非出自胸臆而何？」

　　在學古的問題上，黃生與「竟陵派」實屬兩途。「竟陵派」號爲「學古」，實以「求古人眞詩」糾公安派之偏。而「眞詩」的實質如鍾惺《詩歸序》所言，「眞詩者，精神所爲也。察其幽情單緒；孤行靜寄於喧雜之中；而乃以其虛懷定力，獨往遊於寥廓之外。如訪者之幾於一逢，求者之幸於一獲，入者之幸於一至。不敢謂吾之說即向者千變萬化不出古人之說，而特不敢以膚者、狹者、熟者塞之也。」由此可見，「竟陵派」主張的「眞詩」實爲強調抒發「幽情單緒」，追求「深幽孤峭」，沒有正確認識學古與創新的關係、沒有正確處理好「生」與「熟」的關係，最終走上偏狹的死胡同。黃生《詩麈》卷一有力地批評了「竟陵派」的做法，「今之作者，惟不能命意，徒求工於字句，故避熟趨生，避舊趨新，若知命意，則生即在熟之中，新不出舊之內。蓋立意不猶人，則神骨自超，風度自異，若區區在字句求新，神骨依舊凡下，氣度依舊猥衰，是猶村漢著新衣，何足令人改觀，徒增醜態而已。」

（5）尚性情，貴比興

黃生認識到「詩爲吟詠性情之作」，主張詩歌要表現詩人的眞情實感。只有如此，詩人才會與讀者進行心靈的交流，詩歌才能眞正打動讀者，引起共鳴。其《詩塵》卷二云：「人皆知詩爲吟詠性情之作，而不知性情之何以達於詩。只讀古人所作，述哀怨即眞使人欲泣，敘愉快即眞使人起舞，氣激烈即使人唾壺，意飄揚即使人如出天地。此即古人與後人相感發處。詩不到此，終非上乘。」

那麼詩人如何寄託自己的性情呢？黃生認爲詩人要借助「比興」的手法，引類譬喻，舉邇類遠，抒發自身獨特的審美體驗，傳達悠遠不盡的藝術韻味。在他看來，詩歌如能「比興深微，寄託高遠」，就是佳作，就是「《風》《雅》遺音。」其《詩塵》卷二云：「蓋詩之爲道，不論古今諸體，但能比興深微，寄託高遠，有得於性情，有裨於世教，即是《風》《雅》遺音。」

黃生看到，「詩家寫有景之景不難」，「所難者寫無景之景而已。此亦惟老杜饒爲之。」（《詩塵》卷一）詩人如運用「比興「手法，託詞於物，言在此而意在彼，往往可以傳達豐富的情感。而詩歌也正是因爲不拘泥於具象，於言外、文外追求韻外之致、味外之旨，才具有含蓄蘊藉、餘味無窮的審美蘊涵，才會給讀者留下廣闊的審美空間。黃生云：「且有言止而意不盡者，蓋言之所陳有限，意之所蓄無窮，以有限之詞，寫無窮之意，故其爲詩淵以深，幽然以渺，使人遇之言詞之外，而不得索解於文字之中。且古之作者，其源皆自《三百篇》而來。雖規制有殊，而興比賦之義則無或異，是故假物見端，依類託寓，言在此而義在彼。原夫詩之爲道，感人以聲不以辭，喻人以志不以事，是故婉約而多風，優遊而不迫，非熟讀深思，固不能測其旨之所在也。漢魏尚矣。」〔註12〕黃生認爲：對詩歌而言，吟詠性情，創造意境，都要處理好詩歌語言體制等外在形

〔註12〕《詩塵》卷一。

式。否則，將會損害詩歌的意境美，影響情感的表達，「其合者固在工字琢句之外，而不工字琢句亦未必能合也。若不講淵源，不諳體制，率意吟諷，而曰：吾以歌詠性情而已，惡用雕繪粉飾，喪其天真為？此近世道學先生所藉口，晦翁之詩正不如是。試取《感興》諸篇讀之，惟其力摹子昂，字矜句琢，氣度逼肖，故正學得而稱之。在正學已非通論，況執正學之一言，妄欲箝工詩者之口，非惟不知詩，亦並不知晦翁之詩，此道聽途說之士，何足與之深辯哉！」〔註13〕黃生還主張「意深語淺」。其云：「意貴深，語貴淺，意不深則薄，語不淺則晦。寧失之薄，毋失之晦。今人之所謂深者，非深也，晦也，此不知匠意之過也。」〔註14〕

（6）宗自然，講工巧

在對待詩歌自然與工巧的問題上，黃生認為「詩道以自然為上，工巧次之。」〔註15〕以自然為宗、無意為詩要求詩人具有一定的藝術天賦。其《唐詩評》卷四評李白《清平調三首》時云：「太白七絕，以自然為宗，語趣俱若無意為詩，偶然而已，後人極力用意，愈不可到，因當推為天才。」在黃生看來，妙合自然的「化工」境界是無須人工雕琢的，「自然之妙，無須工巧。高廷禮列子美於大家，不居正宗之目，此其微旨可見。五言如孟浩然《過故人莊》、王維《終南別業》，七言如崔曙《九日登仙臺》、李頎《送魏萬之京》、高適《送王李二少府》、劉方平《秋夜寄皇甫冉鄭豐》等達到自然高妙的境界的詩歌，都沒有人工斧鑿藻飾的痕跡，「皆不事雕繢，妙極自然者也。」

黃生認為作詩要想合於自然，後天的錘鍊必不可少。日積月累，勤學苦練，達到一定的火候，就有可能由技進道，「工巧之至，始入自然。」〔註16〕所以作詩還需講究字、句、章三法。黃生曰：「王元

〔註13〕《詩塵》卷二。
〔註14〕同上。
〔註15〕同上。
〔註16〕同上卷一。

美謂『章法之妙，有不見句法者，句法之妙，有不見字法者。』『此最上一乘法門，即工巧之至而入自然者也。詩家火候未至，豈能頓詣此境？故作詩不談章、句、字三法，非邪魔即外道。』《唐詩評》卷四評《長信秋詞》一詩時亦云：「後人作詩，流於率易，只是不知理會章法句法耳，亦知古人錘鍊之工，如此其至乎！」

　　黃生認為詩人後天的錘鍊應該合乎古人的規矩與法度，而不能捨棄規矩，自闢世界，「詩家千變萬化，不能出古人範圍。學者未能洞厥源流，窺其潭奧，遽欲自闢乾坤，別成世界，是將廢規矩而為公輸，去彀率而為后羿，猶之乎無詩已矣。」〔註17〕要合乎古人規矩，則應講究字、句、章法。黃生認為章法、句法、字法俱佳的作品往往能達到較高的藝術水準。其《唐詩評》卷一評《過香積寺》云：「幽處見奇，老中見秀，章法、句法、字法皆極渾渾。五律中無上神品。」《唐詩評》卷一評《春日尋澄川王處士》云：「全篇直敘。全篇幽澹雅潤，句法、字法、章法，無不入妙。若在盛唐，幾與右丞爭席矣。」

　　對於詩人而言，首先要辨字義。其《載酒園詩話評》卷上云：「字義不辨，輕評古詩，孟浪可笑。何其嗜臭如海夫耶！」黃生於《載酒園詩話評》卷上辨字義云：「此本用修之誤。予謂就本句論，似乎『點』字勝『照』字。若合二句讀之，『關山同一照，烏鵲自多驚』，語氣自相喚應。杜固以『月』比君，以『烏鵲』自比，可見作『點』字者，是擔板漢耳。」其次，要學習唐人鍊句之法。而「唐人鍊句，有倒裝、橫插、明暗、呼應、藏頭、歇後諸法。凡二十種。」〔註18〕後人如不明句法則所作很難與古人相媲美，「後人不能盡曉其法，所以句多率直，意多淺薄。不堪與前人較量工拙，其故實在於此。」〔註19〕字法用得妙，往往有助於句法。如《唐詩評》卷三評《春日旅遊》云：「起冒全篇。次句與李益『北風吹雁

〔註17〕《詩塵》卷一。
〔註18〕同上。
〔註19〕同上。

－127－

數聲悲』，只將『歸』字換『吹』字，句法便爾懸絕。前輩謂句法之妙，不見字法，此豈非字法之可見者乎？」《唐詩評》卷三評《送友人》一詩又云：「夢隨人遠，亦常意耳，著『誰言』二字，便翻出一層，『莫道秋江離別難』、『莫道野人無外事』，法亦如是。戴叔倫亦有『月明山水共蒼蒼』句，只二字不同，而神韻迥別，緣『蒼蒼』二字，非『寒』字與之相映，其意不出。孰謂句法之妙不由字法哉！」再次，要注意安排詩歌的章法。黃生認爲優秀的詩歌非常講究章法，並從整體著眼，予以經營安排。如近體詩即是如此，黃生於《詩麈》卷一云：「近體以起承轉合爲首尾腰腹，此脈絡相承之次第也。首動則尾隨，首擊則尾應，腹承首後，腰居尾前，不過因首尾以爲轉動而已。是故一詩之氣力在首尾，而尾之氣力視首更倍。如龍行空，如舟跋浪，嘗以尾爲力焉。」

黃生認爲詩猶如時文古文往往以起承轉合爲章法。其《詩麈》卷一《章法》論及此點：「詩之五言八句，猶文之四股八比，不過以起承轉合爲篇法而已。起聯當說破題意，次聯則承其意而下，第三聯則略開一步，尾聯則又收轉，與起聯相應，以完一篇之意。此處最不宜草草，結處有精神，前路雖平皆不足爲類。苟一結衰憊，前路雖工不稱完璧矣。」

由此可見，黃生對詩品與人品、詩歌的繼承與創新、氣格與風神、自然與工巧等問題大都闡述深入，看法辯證，已經形成了自己的一系列見解。黃生合理繼承前人的詩學觀念，立論較爲圓融。他一方面強調學習前後七子，崇尚唐人，以杜甫爲宗；另一方面，又合理吸收公安派的觀點，主張運用比興寄託，抒發詩人情感。同時，他又反對竟陵派抒發「幽情單緒」的偏狹做法。從強調詩品與人品的統一以及詩歌要有裨於世教等觀點來看，黃生的文藝觀是以雅正爲本的。這與他本人的出身、教養及所處的時代有一定的關係。但是，他全面否定宋人以及簡單地完全以時文古文之法比附詩歌則顯得有些偏頗。

第二節　《杜詩說》與徽州學人注釋杜詩的傳統

　　黃生《杜詩說》一書的出現與徽州學人注杜的傳統也有一定的關係。徽州歷來以自然環境獨特、人文底蘊深厚而著稱。明清時期徽商的崛起帶來了徽州社會文化的進一步興盛與繁榮。徽商四處闖蕩，經營生計，足迹遍及天下，在長江流域甚至出現「無徽不成鎮」的諺語。他們活躍在明清兩代的市場上，苦心經營，獲得了豐厚的商業利潤，叱吒商界達數百年之久。受新安理學的浸潤薰陶，徽商具有賈而好儒的特點。他們富裕之後不忘家鄉，紛紛捐資助學，興辦書院，促進了地方教育文化事業的發展。一時間徽州「人文蔚起，爲海內之望，鬱鬱乎盛矣。」〔註 20〕徽州文人結社活動頻繁，新安詩壇名家輩出，新安詩群異常活躍……注杜評杜的風氣也在徽州興起，並且歷時數百年之久，可謂源遠流長，經久不衰。其間，出現了趙汸、汪灝等一批註杜名家；湧現出各種杜詩校注本、選本，蔚爲大觀。徽州的地方志、別集、今人杜集書目著作（《杜集書錄》（周採泉著）、《杜集書目提要》（鄭慶篤等編著）及《清代杜詩學史》（孫微著）、《徽州文獻綜錄》（胡益民著））等涉及了徽人注杜情況，今加以整理，錄下備考：

《杜詩章指》六卷

　　宋江心宇撰。江心宇，字虛白，號天多，明德之子，宋婺源人。

　　〔著錄〕光緒《徽州府志・藝文志》。未見。

　　〔編者按〕民國《歙縣志》無《江心宇傳》，始末不詳。亦未知《章指》爲何書，姑存目於此。

《類注杜工部五言律詩》二卷

　　趙汸撰，鮑志定序（佚），都穆題識。或作三卷，又作四卷。書名一作《趙東山選五言律詩》，又題《趙子常選杜詩五律》，又稱《杜律五言注解》，又題《杜公部五言律詩》（無類注字樣）。高儒《百川

〔註 20〕萬曆《歙縣志》卷三。

書志》作《杜詩類選》。又有題作《翰林考正杜律五言詩選趙注句解》三卷本。此據明刻題名。

趙汸，字子常（1319～1369），懷寧人。黃澤門人，仕元爲樞密元都事，入明預修元史，究心《春秋》之學，學者稱「東山先生」。事迹詳《明史》卷二八二及《新元史》卷二三六《傳》。

〔著錄〕明趙美琦《脈望館書目》題《杜律五言注》；清錢謙益《絳雲樓書目》題《趙東山五言律詩》；清黃虞稷《千頃堂書目》題趙汸《五言律詩注四卷》；清瞿鏞《鐵琴銅劍樓藏書目錄》題《杜工部五言律詩》二卷本。存。

〔版本〕明正德九年（1514）鮑松刻，有董玘序。〔註21〕明廣平府何任甫刻本。見都穆題識。明嘉靖間七松居刻三卷本。明萬曆十六年（1588）吳懷保刻三卷本。〔註22〕明刻二卷本。明各地坊刻本。福建坊刻杜律虞注等。詳見周弘祖《古今書刻》。明劉須溪《批點杜詩》附刻本。明刻《杜工部五七律詩》二卷本。見《藝風藏書再續記》。清查弘道重編《虞趙二注》本。以上兩種爲趙虞二注合刻，參見後《杜律二注》條。清瞿鏞《鐵琴銅劍樓藏書目錄》：「《杜工部五言律詩》二卷，明刊本，題元趙汸注。前列《舊唐書·杜甫傳》一篇，舊有董文玉《序》已失。卷分上下。分朝省、宴遊、感時、覊旅、閒適、宗族、送別、哀悼、登眺、朋友、感舊、節序、天文、禽獸、題詠十五類，板刻楮印俱精，明刻中僅見者。按嘉靖中章美中《重刻杜律二注序》云：「關中舊本有虞趙二注本，最爲詳明，支分句解，掣旨探原，宛然朱子釋《詩》家法。此殆即關中也。舊爲懷清堂藏書。」〔註23〕

〔註21〕周採泉按：趙注最早之刻本應爲明洪武鮑志定序刻本，見虞趙二注查弘道序。此本在鮑松刻之前，今書既不傳，鮑志定序亦佚。

〔註22〕周採泉按：今人嚴寶善《販書經眼錄》（稿本）著錄《翰林考正杜律五言詩選趙注選趙注句解》三卷，亦爲明萬曆刻本，疑即此書。未知翰林爲何人，豈吳懷保自稱耶？書經嚴氏手出售，今未知流傳何處，姑附存於此。

〔註23〕《杜集書錄》第290～293頁。

《杜工部五七言律詩》二卷

又題杜律二注。各刻題名，卷數亦不一律。明趙汸注五律，明穆相重輯原輯闕名。穆相，字伯寅，三原人。

〔著錄〕清阮元《范氏天一閣書目》：《杜律二注》二冊。不注卷數及板行年代。繆荃孫《藝風堂藏書再續記》：《杜工部五七言律詩》二卷。《成都杜甫草堂收藏杜詩書目》。

〔版本〕明關中刻本。刻年不詳，爲二注之刻本最早者。明正德九年（1514）刻。成都草堂藏有殘本，或即關中本。明嘉靖七年（1529）陽曲尹廷槐刻。廷槐始末待考。穆相序。題作《杜律注解》。此本《趙注》在前，《虞注》在後，並將《虞注》遷於句下以一體例，詳見穆相《序》。以後《杜律二注》先後編次大致仿此。明嘉靖二十六年（1547）熊寶陽校刻。章美中序。明正嘉間龔雷雷，字明威，嘉靖貢生。刻《杜工部五七言律詩》二卷本。清康雍間刻本。此本爲查弘道所重訂，有所增補，作另書處理。〔註24〕

《趙虞選注杜律》六卷

清元虞集注七律據原題。明趙汸注五律，清查弘道、金集補吳啓元青霞、韓矩寄庵等參。弘道，字書雲，號亦山，休寧人。邑庠歲貢，著有《東山詩抄》。集，字鳳坡，桐鄉人。

〔版本〕清康熙五十六年丁酉（1717）敦本堂刻。清嘉慶十四年（1809）澄江水心齋據敦木堂本翻刻。清同治十二年（1873）刻。

《集千家注杜工部詩集》二十卷

玉幾山人，名曹道，休寧（今安徽省休寧縣人）。明嘉靖十五年（1536）前後在世。

是書爲明嘉靖十五年（1536）玉幾山人刊本。半頁八行，行大字十七，小字雙行亦爲十七，白口，四周雙邊，版心刻「杜集」，下刻卷次、頁碼。首刊王洙《杜工部詩史舊集序》、王安石《杜工部集

〔註24〕《杜集書錄》第293～296頁。

後集序》、胡宗愈《成都草堂詩碑序》、蔡夢弼《杜工部草堂詩箋跋》，次目錄一卷，詩二十卷，其詩排列順序，注文內容，與高楚芳本同，所缺者劉將孫序，劉辰翁總論及《杜工部年譜》。二十卷後又有《集千家注杜工部文集目錄》及文集三卷，後又有《集千家注杜工部詩集附錄》一卷，所載有元稹《唐杜工部集墓誌銘》，《新唐書‧杜甫傳》。

〔版本〕《集千家注杜工部詩集》，二十卷，文集二卷，附錄一卷，明刊本。八冊。《集千家注杜工部詩集》，民國十二年（1923）沔陽盧氏慎始基齋影印明刊玉幾山人本，十二冊。湖北先正遺書第八十七至九十八冊。

《杜工部詩選》六卷

明王寅選，閔朝山校刻。寅，字仲房，一字淮儒，歙縣人。諸生，嘗為僧，還俗後，參戚繼光及胡宗憲幕，工詩，自署「布衣王野」。事迹民國《歙縣志》。按：《明史‧忠義傳》之「王寅」，死倭難者為錢塘人，同姓同名，而又同時，易致混淆。〔註25〕

〔著錄〕《北京大學圖書館藏杜詩書目》（寫本）。存。

〔版本〕明閔朝山刻。

《虞本杜律訂注》二卷

明汪慰撰。慰，字慰心，歙縣人。官江西南昌照磨。

〔著錄〕孫殿起《販書偶記續編》。

〔版本〕無刻書年月，約萬曆間精刊本。書存，未見。

《杜律五言補注》四卷

《千頃堂書目》作《辨注》，吳氏《測海樓書目》作《李杜詩辨注》五卷。明汪瑗撰，潘之恒序。瑗，字玉卿，歙縣人。明萬曆間諸生，博雅工詩，與弇州、滄溟友善。著有《楚辭注解》、《巽麓草堂詩

〔註25〕《杜集書錄》第 308～310 頁。

集》等，事迹詳見民國《歙縣志・詩林傳》。

〔著錄〕清《千頃堂書目・李太白五言律詩辨注》下注云：「以李詩之合唐律者爲正律，合古律者爲變律，故曰《辨注》，與《杜律詩注》並行。」孫殿起《販書偶記續編》。存。仇注未引。

〔版本〕明萬曆三十年刻本；萬曆四十二年（1614）新安汪氏刊本；一九七四年臺灣大通書局據明萬曆四十二年新安汪氏刊本影印《杜詩叢刊》本。

《杜律緒箋》二卷

又作《杜詩緒箋》六卷。明程元初撰。元初，字全元，歙縣人。著有《詩詞曲賦葉韻》等。當爲萬曆間人。

〔著錄〕明祁承爜澹生堂藏書目，《杜詩緒箋》六卷。未見。仇注未引。

《杜詩訂注》一卷

一作二卷。明汪慰撰。慰，字善之，婺源人。明中葉時人。杜履待考。

〔著錄〕清光緒《婺源縣志》。明祁承爜《澹生堂藏書目》作《杜律訂注》二卷。未見。《仇注》未引。

《集杜詩》

方式玉撰。方式玉，字玉如，歙縣岩鎮人。工詩畫。順治中，以貢授鹿城訓導。鹿城雅樂盡缺，式玉修舉之，刊爲圖，悉如闕里。著有《涉江草》、《醉翁石照》等集。見《江南通志》及府縣志。又項復陽《昆山志稿》云：「式玉性至孝，尤友愛其兄侄，善畫工詩。順治壬辰，授昆山訓導，見堂前古石，作《拜石詩》二章，名人和之成帙。力請祀歸太僕有光蔡中丞懋德於鄉賢祠。著有《集杜詩》一百二十首，妙出天然，爲世所稱。」

〔著錄〕《江南通志》、《歙事閒譚》。

《集杜》不分卷

張潮撰。張潮，字山來，一字心齋，歙縣人，流寓揚州。康熙初歲貢生，入資授翰林院孔目。才富雋逸，讀書頗多，好爲俳諧之文。

《杜詩說》十二卷 〔註26〕

《苦竹軒杜詩評律》六卷 〔註27〕

《杜還》二卷

附《杜工部家世》。首載周亮工《讀張葛民先生注杜》。次列《杜還讀約》及《自述》。清張羽撰，周亮工鑒定。羽，字葛民，號鄉閣主人，新安人。清初布衣。

〔版本〕清康熙間刻本，現藏南京圖書館。

《杜詩提要》十四卷 〔註28〕

《杜詩箋注》

卷不詳。清鄭旼撰。旼，原名旻，字慕倩，歙縣人。易代後更名，寓無君之痛。時畫蘭，有印曰「鄭所南後身」。

〔著錄〕民國《歙縣志·藝文志》。未見。仇注未引。

《知本堂讀杜》二十四卷

汪灝撰，重刻時易名《樹人堂讀杜》二十四卷。汪灝，字紫滄，休寧人。康熙壬午（1702）獻賦召入內廷，明年，賜進士，總武英殿纂修事，與詩人查慎行同爲隨從詞臣。嗣以戴南山集案被累鐫秩，以纂書有功得免死。著有《知本堂集》、《隨鑾紀恩》等。光緒《徽州府志·文苑》有傳甚略。

〔著錄〕《清史稿·藝文志四》：《知本堂讀杜》二十四卷；清丁丙《八千卷樓書目》書名、卷數同上。浙江圖書館藏《杜詩書目》、《成

〔註26〕上文已論，此略。
〔註27〕此略，下文將詳論。
〔註28〕同上。

都杜甫草堂藏杜詩書目》、孫殿起《販書偶記續編》所藏均為《樹人堂讀杜》，唯安徽省博物館知本堂、樹人兩刻均有庋藏。

〔版本〕清康熙四十三年（1704）知本堂刻，清道光十二年（1832）銀城休寧舊稱麥浪園刻。改題樹人堂。

〔序跋〕清汪灝《自序》略云：「知本堂者何？今天子（指康熙玄燁）御書賜灝額也。讀杜詩而繫之知本堂者何？灝之讀杜，授自先大人，讀於里居，讀於山巔水涯，讀於舟車旅次，讀於直廬禁省，讀於扈從沙塞內外之間，而總歸之知本堂者，慕君恩，爰以名集，匪直杜也。不箋且注，而只『讀』之者何？杜陵去今九百餘年矣，名賢素學，注之箋之者，既詳且精，灝於數者俱不能，且懼穿鑿傅會，失作者之心，聊讀之云爾。灝以書生，獻賦行在，所蒙召試宮廷，屢試稱旨，因得與科名，備史館，兢兢勤職，業日讀書，以仰答主眷。私衷竊欲於世所共尊眾好之書之詩，以次漸讀，而讀杜為之先夫三百篇後，詩盛於唐，唐詩杜為最。杜之精蘊，隨讀者之識以為淺深；隨讀者之機以為觸發；隨讀者學力之所至以為廣狹。而要其大旨所在，確不可移。公一生忠愛至性，往往於數虛字中，流露真意，皆有左驗。譬若山川回曲，入者多迷，逮夫登高眺望，脈絡井井，向背迥殊，人人共見。杜詩具在，則杜詩本文中之左驗具在，不必起九京而問也。……休寧汪昊紫滄氏序於扈蹕北巡熱河之直房中。」〔註29〕

《杜詩訂注》十卷

汪濟民撰。汪濟民，清歙縣人，生平事迹不詳。《江南通志》卷一百八十五《人物志・列女・完節四》稱「汪濟民妻潘氏，歙縣人。早寡，守節，嘗刲股療姑疾。」並稱其為康熙間人。著有《杜詩訂注》。

〔著錄〕光緒《徽州府志・藝文志》，佚。

《李杜詩選》四卷

清閔奕仕，字義行，歙縣人。事迹待考。

〔註29〕《杜集書錄》第 210～214 頁。

〔版本〕清康熙二十年（1681）寫本。舊藏李氏墨海樓，現藏浙江圖書館。

《杜詩本義》二卷

首自序，例言，賦比興圖。清齊翀撰。翀，字羽豐，號雨峰，婺源人。乾隆二十八年（1762）進士。著有《雨峰全集》。

〔著錄〕清揚州吳氏《測海樓書目》。孫殿起《販書偶記》。存。

〔版本〕清乾隆四十七年（1782）雙溪草堂刻。原刻入雨峰全集。

《杜詩義法》八卷

清吳蔚光撰。吳蔚光（1743～1803）字悊甫，號執虛，自號竹橋，晚號湖田外史，世居安徽休寧，四歲隨父遷江蘇昭文（今常熟）。乾隆四十五年（1780）進士，選翰林院庶吉士，改禮部主事，不久即以病假歸，退閒修下二十餘年，潛心讀書著述，並將家中書樓命名爲「素修堂」，擅長古文，詩詞尤佳。著述甚富，有《古金石齋詩前後集》六十卷，《素修堂文集》二十卷，《小湖田樂府》十四卷，《杜詩義法》四卷，《唐律六長》四卷，《寓物偶留》四卷，《毛詩臆見》四卷，《春秋去例》四卷，《讀禮知意》四卷，《方言考據》二卷，《洪範音諧》二卷，《詩餘辨訛》二卷等。生平見法式善《例授奉直大夫禮部主事吳君墓表》、張維屛《國朝詩人徵略初編》卷四七、《常昭合志稿·人物傳》《碑傳集補》卷十一。

〔著錄〕《光緒重修安徽通志·藝文志》，佚。《杜詩義法》八卷，《安徽藝文考》集部詩文評類；《常熟藝文志》，佚。

《杜詩考證》

淩賡臣著。淩賡臣，字以耒，歙縣人。乾隆舉人。

〔著錄〕《安徽藝文考》集部別集類、《光緒重修安徽通志·藝文志》，佚。

《杜詩精義》

卷不詳。清江紹蓮撰。紹蓮，字依濂，歙縣人。嘉慶十國子監學

正。著有《梅賓詩抄》等。紹蓮著作等身。尚有《唐詩醇雅》等多種，均未見刊本。

〔著錄〕民國《歙縣志・藝文志》。

《杜詩評選》一卷

許紹曾著。許紹曾，字探梅，歙縣人。咸豐間官兵部郎中。工詩，著有《南海詩鈔》。

〔著錄〕民國《歙縣・藝文志》，佚。

《評杜詩》一卷

鄭氏撰。鄭氏，清太平人。陳淑聖室。

〔著錄〕《清閨秀藝文略》、《販書偶記》續編。

在眾多的徽人注杜著作中，黃生的《杜詩說》尤其引人注目。它的形成受到了徽地注杜風氣的影響。清初，受地域文化傳統的薰陶，歙地許多讀書人愛好杜詩，經常聚集在一起品評論釋，參互考訂。其中，比較突出的代表有黃生、洪舫、吳瞻泰、汪幾希、曹次山等。黃生在《杜詩說凡例》中記載當時交流情況云：「亡友洪方舟與余三十年性命友朋，於杜詩中間與程公如、曹次山、汪幾希參互考訂。」在濃厚的氛圍下，大家就杜詩學的諸多問題展開論爭，暢談心得。在集體的討論中，彼此取長補短，促進了杜詩學的交流與發展，形成了《杜詩說》、《杜詩評律》、《杜詩提要》等一批承前啟後、影響深遠的重要成果。

第三節　《杜詩說》對宋代杜詩學及錢注杜詩的反思

杜詩以表現內容的廣闊性及思想的豐富性，自問世以來，一直受到歷代詩人、學者的重視與研究，並由此形成了一門專門的學問——杜詩學。中唐以下至宋元明清，杜詩學的發展形成了兩次高潮：一是

宋代。宋代出現了前所未有的盛況，杜詩研究蔚爲風氣，在校勘、輯佚、評點、年譜考訂等諸多方面用力甚勤，而作注的本子更是不勝枚舉，號爲「千家」。但是，宋代注杜亦有不重詩意闡發，多穿鑿附會的特點，爲後人所詬病。明末清初時期，杜詩學迎來了又一次高潮。此一時期，杜詩學成果累累，名家輩出，異彩紛呈。名著有《杜詩箋注》、《杜工部詩集輯注》、《杜臆》、《杜詩詳注》等。若以影響之大而言，則首推錢謙益《杜詩箋注》。但是，對於此書的得與失，學界也是仁者見仁，智者見智。

學術成就的取得及特色的形成，除了對前人包括同時代人的研究成果繼承吸收之外，更重要的是要建立在批判的基礎之上。黃生的杜詩研究即是如此。其《杜詩說》一書一方面對宋代杜詩學只注重梳理杜詩字句典故而忽視闡釋整體詩意予以大力批判；另一方面於錢注杜詩的研究成果，予以合理揚棄。

宋人注杜拘泥於黃山谷「無一字無來歷」之見，有時會忽視對詩意的把握。這一做法無異於膠柱鼓瑟，流弊叢生。清初的學者對此進行了批判。如錢謙益《注杜詩略例》稱：「杜詩昔號千家注，雖不可盡見，亦略具於諸本中。大抵蕪穢舛陋，如出一轍。其彼善於此者三家：趙次公以箋釋文句爲事，邊幅單窄，少所分明，其失也短；蔡夢弼以捃摭子傳爲博，泛濫踳跤，昧於持擇，其失也雜；黃鶴以考訂史鑒爲功，支離割剝，罔識指要，其失也愚。」〔註30〕黃生同樣也表達了對於宋人詮釋杜詩錯誤做法的不滿。他在《杜詩概說》中稱：「後之注者，讀書既不多，又不能闕所不知，往往郢書燕說，甚者乃僞撰故事以實之。杜公之眞面目，蔽於妄注者不少。至其爲評，不能深悉公之生平，不能綜貫公之全集，且不融會一詩之大旨，是故評其細而遺其大，評其一字一句，而失其全篇，則公之眞精神，汩沒於俗評者實多。」黃生以爲，宋人穿鑿附會的強解僞造往往會遮蔽杜公的眞面

〔註30〕《錢箋杜詩》卷首。

目，埋沒眞精神，可謂流毒不淺。

黃生認爲「杜詩多爲宋人誤解，宜學之不得門也。」而宋人注杜謬誤嚴重的有這樣幾家，「杜詩莫謬於虞注，莫莽於劉評。如黃鶴、夢弼之類，紕繆雖多，然其名不甚著，人亦未嘗稱之，惟劉與虞，公然以評注得名，反得附杜公不朽，最可恨也。」〔註31〕針對宋人注杜的偏差，黃生在《杜詩說》中予以一一批駁：

卷六評《擣衣》一詩云：「趙謂全首皆託爲戍婦之語，非也。《豳風》、《小雅》之勞還，率皆代念其室家之情，此詩意正如此。君聽空外之音，則知用盡閨中之力。知用盡閨中之力，則知深苦長別之心矣。念久戍而恤人情，非上人之事耶？趙以『君』字爲婦指夫，益謬。此詩纏綿婉轉，期於極情盡致而止，故雖用虛調，而不害爲佳律。」

卷十二評《避地》一詩云：「此篇見趙次公本，題云：至德二載丁酉作。據所題年份與詩意參考之，似在鄜州時作。公以八月還鄜州，至十月廣平王收復東京，十二月上皇至自蜀，『行在』字，『神堯』字，皆謂上皇也。《千家注》編此於梓閬諸詩之間，則以爲指代宗幸陝之事。然詳結句『神堯舊天下，會見出腥臊』，則非安史之亂不足以當之。其誤審矣。」

爲了矯正宋代杜詩學的弊端，黃生特意倡導孟子的「以意逆志」說，主張鑒賞者以己之意迎取詩人之志，闡發詩意，探究杜甫本心。「以意逆志」說避免了宋人盲目考證和拘泥於形式的毛病，有助於揭示杜詩的審美蘊涵與情感特徵。

錢謙益（1582～1664），字受之，號牧齋。晚年自號蒙叟、絳雲老人等，江蘇常熟人。所著《錢注杜詩》又名《杜工部集箋注》、《錢牧齋先生注杜詩》等。凡二十卷，順治十八年（1661）撰成。是書產生後，在學界影響很大，掀起了清人大規模箋注杜詩的風氣。錢氏注杜開創了清代詩歌詮釋方法的新途徑。其最重要的特色就是以史證詩，詩史互證。即把考證史實與闡釋詩歌緊密聯繫起

〔註31〕《杜詩概說》。

來，詩史互參，通過考察史實探明詩人心迹，發揮詩歌旨意。由於錢氏學問閎博，熟諳唐史，故其以詩證史考訂精審，多有創獲，糾正了舊注諸多訛誤。史學家陳寅恪評價錢氏曰：「牧齋之注杜，尤注意詩史一點，在此之前，能以杜詩與唐史互相參證，如牧齋所爲之詳盡者，尚未之見也。」〔註32〕詩史互證在《錢注杜詩》一書中比比皆是。而錢氏對《洗兵馬》一詩的箋注，可稱得上是詩史互證方法運用的典型範例。注杜諸家多以爲該詩主旨是歌頌唐帝國中興的局面，如浦起龍所說是「忻喜願望之詞」〔註33〕，獨錢氏箋注曰：「刺肅宗也，刺其不能盡子道，且不能信任父之賢臣，以致太平也。首敘中興諸將之功……，諸將之能事畢矣，故曰『整頓乾坤濟時了』。收京之後，洗兵馬以致太平，此賢相之任也。而肅宗以讒猜之故，不能信用其父之賢臣，故曰『安得壯士挽天河，淨洗甲兵常不用』，蓋至是而太平之望益邈矣。嗚呼傷哉！」錢氏箋注緊緊聯繫史實，並以此爲依據，知人論世，洞悉前後曲折，揭露了唐肅宗「隱而未暴」之逆狀。此注引據詳明，卓有見地，探得杜甫之眞心。今人胡小石對此給予了極高評價：「昔錢牧齋作《草堂詩箋》，深得知人論世之義，高出諸注家。其於《洗兵馬》一篇，即發揚玄、肅當時宮闈隱情。」

　　但錢氏注杜詩，對於某些箋釋，過於求新，過於求深，不免有穿鑿附會之處。如清人鄧之誠《清詩紀事初編·前言》中云：「事事徵實，不免臆測。」

　　《錢注杜詩》問世以後，影響巨大。受《錢注杜詩》啓發，許多學者都採用詩史互證的箋釋方法注解杜詩。黃生服膺錢注，其《杜詩説》一書多有效法。《杜詩說》卷十一評論《聶耒陽以僕阻水書致酒肉療饑荒詩得代懷興盡本韻至縣呈聶令陸路去方田驛四十里舟行一日時屬江漲泊於方田》一詩時云：「近錢牧齋注杜集，引據該博，矯

〔註32〕《柳如是別傳》第993頁。
〔註33〕《讀杜心解》卷二。

偽□訛，即二史之差謬者，亦參互考訂，不遺餘力，誠爲本集大開生面矣。」但是他對錢箋杜詩不是迷信盲從，而是採取了合理揚棄的態度。

黃生《杜詩說》所引錢牧齋語有二十多處，主要包括以下幾個方面：

一、對錢氏鉤稽考證的歷史事實，黃生擇善而從。錢氏最大的成就就是考證史實。黃生對錢氏的考證則是有選擇地接受。《杜詩說》卷一評《幽人》云：「惠洵，錢牧齋謂即逸詩《送惠二過東溪》者，或然。」卷二評《太子張舍人遺織成褥段》云：「錢牧齋云：史稱嚴武累年在蜀，肆志逞欲，恣行猛政，窮極奢靡，此詩特藉以諷諭。」卷五評論《衡州送李大夫七丈勉赴廣州》云：「虞山箋注，推考公爲舒王外孫之外孫。此目勉爲丈人行，蓋亦中表之尊屬也。」

卷六評《不見》一詩時，黃生對錢氏的考證則是先抑後揚：「錢箋云：白初臥廬山，爲永璘所迫致，公憐其因此得罪，故七八云云。……余初閱虞山箋注而是其說，後覺其不然而抹之。茲更重閱，則仍主是說，而推廣其意如此。注杜之難，於此益信。」

卷十評《行次昭陵》一詩時，黃生提供旁證以增強錢氏考證的可信度：「錢牧齋引《祿山事迹》，有黃旗助戰、石馬汗流事，謂此詩作於收京之後。『災猶降』指天寶之亂。『指麾』、『蕩滌』，頌收復之功。若天寶初，安得先舉昭陵石馬事耶？」

卷十二評《諸將》（其一）時，黃生聯繫杜甫的其他作品，進一步深化錢氏的看法：「曹次山曰：錢虞山謂『豈謂』二句，乃俯仰感歎之詞，非以是爲謀國不臧而有所彈刺也。此謂杜公無責諸將借助迴紇之意，似矣。然《留花門》一詩，專爲迴紇而發，又《北征》詩敘此事云『聖心頗虛佇，時議氣欲奪』，其意亦與『獨使至尊憂社稷』句相應，想當時肅宗深恃此兵爲恢復計，雖時議有所不惜，夫朝廷以諸將不足而恃此兵，非諸將之罪而何哉！」

卷十二評《題柏大兄弟山居屋壁二首》其一時，黃生將錢氏的考

證與其餘注家比較，見出錢氏之精審：「近牧齋箋注，又辯中丞乃茂琳，非貞節，合新舊諸紀傳，詳加考覈，以訂其誤。貞節似即茂琳子弟輩，注家但知有貞節，不知有茂琳，則踵《舊書》帝紀之訛也。嗚呼！」

卷十二評《秋日寄題鄭監湖上亭》一詩時，黃生引用史料補充錢氏說法：「虞山箋注辯高唐在雲夢，蓋爲《司馬相如傳》孟康注所誤。余因取《文選·高唐賦》讀之。賦云：『楚襄王與宋玉遊於雲夢之臺，望高唐之觀。』又云，昔者先王嘗遊高唐，夢一婦人云云。又，《神女賦》云：『楚襄王遊於雲夢之浦，使宋玉賦高唐之事。』乃知高唐與巫山近，而去雲夢遠，王與玉特登臺望見高唐雲氣，玉因述先王夢神女事。懷王自遊高唐，襄王自遊雲夢，初非一處，後世傳訛，尚有以巫山之夢屬之襄王者，於何怪雲夢、高唐合爲一處而不辨哉！此詩之意，蓋欲下峽赴江陵與鄭相聚。」

二、對錢氏於杜詩文字句義考辨詮釋的成果，黃生加以合理吸收。如：卷四注《喜達行在所三首》、《歸燕》、《江亭》、卷六注《搗衣》、卷八注《秋興八首》有關字句均從錢本。

黃生還在錢注的啓發下，精研覃思，求得了杜詩眞義。卷十二注《故武衛將軍輓歌》云：「『赤羽千夫膳』，諸家多以『赤羽』爲箭，謂軍中射獵以給食。予思及揚雄《蜀都賦》『風毛雨血』四字，赤羽略近此義，而未敢確以爲是。後閱錢、顧諸本，『羽』，一作『雨』，爲之大快。『赤雨』即『雨血』之變文，夫復何疑？第初疑此句與『鳴弓』句意重，今復豁然。『鳴弓』句指將軍，『赤雨』句則兼軍中之士而言耳。」

黃生有時還對錢氏的解釋做更加詳明的疏解。卷十一其注《久雨期王將軍不至》云：「『吳兵著白袍』，錢注引《呂蒙傳》：使白衣搖櫓作商賈人服是也。但白衣二字，人多不識。白衣即布衣，布衣即今麻、苧等布，古庶人所衣。如王弘使白衣送酒與淵明，皆即其服色以爲稱。詳見《一木堂外稿》。」

　　三、錢氏注杜，還有一些發掘詩人心靈、注重詩歌意義的整體解釋的地方，往往抉隱發微，卓有見地。對此，黃生亦予以採用。如，黃生《杜詩說》卷十注《大雲寺贊公房四首》（其三）云：「錢本此篇末自注『時西郊逆賊拒官軍未已』十字，恐係後人所增。若果爾，公豈得出城而有『明朝在沃野』之句哉？夜景無月最難寫，惟杜寫無月之景，往往入妙。」

　　四、對於錢注穿鑿附會之處，黃生或直接指示違誤，或旁徵博考，以證其謬。黃生以爲錢氏之誤有以下數端：

　　剿襲舊說之誤。卷十一注《贈李十五丈別》云：「鶴注謂其由黔南以入豫章，故下有『解榻秋露懸』句，是就用陳蕃事，其固已甚。且由蜀入豫章，一水之便，反迂道以入黔陽，何爲者耶，虞山箋注，遵用鶴說，而謂言訪李於梁州者誤，此蓋切據史文耳。……錢既知其誤矣，然則所載前後歷官之歲，史其可盡信乎哉！」

　　忽視全集之誤。卷十一注《寄韓諫議》云：「錢箋竟以李泌當之，謂勉諫議貢李於玉堂，則更近鑿。李雖知名肅、代間，杜集未嘗一語及之，必當時未嘗謀面故。」

　　牽於史文之誤。卷十一注《聶耒陽以僕阻水書致酒肉療饑荒詩得代懷興盡本韻至縣呈聶令陸路去方田驛四十里舟行一日時屬江漲泊於方田》云：「近錢牧齋箋注杜集，引據該博，矯僞鉶訛，即二史之差謬者，亦參互考訂，不遺餘力，誠爲本集大開生面矣。獨證杜公歿耒陽一事，則大有可議者，以牽於史文，而盡抹諸家辯證之說也。」

　　黃生還上下參稽，反覆研求，以正錢氏之謬。卷十二注《夔州歌》（其七）云：「『白晝攤錢高浪中』，虞山引《梁冀傳》注：意錢，即攤錢也。按，意錢，一曰『射意』，一曰『射數』，蓋即今之猜枚射覆之類。攤錢，則以錢攤撲於地，今謂之跌博，與意錢殊遠。」此處，黃生指出錢氏所引不合句意之處。

　　卷十二注《解悶十二首》（其二）云：「錢引《水經注》及《會

稽志》、《浙江通志》，證此西陵在會稽，故『東遊』字亦引《越絕書》
始皇東遊會稽語證之。愚意西陵之名，或不止一處。詳此篇上文曰
『揚州』，下文又曰『淮揚』，則西陵驛當在維揚。乘興東遊，亦即
此地，無緣遠及會稽之西陵也。」此處，黃生聯繫上下文，指出錢
氏所引史實不當。

　　卷十二注《遊何將軍山林》云：「錢箋注、朱輯注並作『食單』。
錢引鄭望《膳夫錄》：韋巨源有燒尾宴食單。此庖人具食品帖子耳，
於本句意殊遠。朱再引《戎幕閒談》：顏魯公詣范尼問命，尼指座
上紫絲布食單曰：顏衫色如此。按此，則似今之坐氈，可以席地而
食者。」此處，黃生從語意著眼指出錢氏所據史實牽強之處。

第四節　「以意逆志」的闡釋方法

　　黃生《杜詩說‧杜詩概說》云：「杜公之真面目，蔽於妄注者不
少。至其為評，不能深悉公之生平，不能綜貫公之全集，且不融會一
詩之大旨，是故評其細而遺其大，評其一字一句而失其全篇，則公之
真精神，汩沒於俗評者實多。茲余所評所注，不敢自謂得杜之真，惟
存之以俟後世君子採擇折衷焉爾。」這說明黃生創作《杜詩說》的真
正目的是為了排除人們斷章取義、穿鑿附會解釋杜詩的謬誤，揭開杜
詩的真實面目，發揚杜詩的「真精神」。由此，在疏通釐清杜詩字、
句、章法的基礎上，黃生採取了「以意逆志」與「知人論世」相結合
的解釋方法。

　　黃生在《杜詩說‧自序》中提出要運用「以意逆志」的闡釋方
法。其云：「不慧出入杜詩餘三十年，不敢復為之說。唯以我之意，
逆杜之志，竊比於我孟子，兢兢免賓主相失之誚。書成，將請益於
海內大雅君子，取其中者，而彈射其不中者，期於杜公之志無憾而
後即安，是固余所深願也夫。」「以意逆志」的闡釋方法源於孟子。
孟子云：「故說《詩》者，不以文害辭，不以辭害志。以意逆志，

是爲得之。」〔註34〕主張以己之意迎取詩人之志，追溯探求著者隱喻在文本中的心志情意。黃生進一步發揮了孟子的解詩方法，認爲解釋詩歌不能僅僅停留在解詞釋意上，而要超越語言文字本身，發掘詩歌幽微曲折之處，體驗作者之意，契合作者襟懷性情，最終與作者形成視界融合，達到心意冥通、渾然一體的境界。如其所云：「余以爲說詩者，譬若出戶而迎遠客，彼從大道而來，我趨小徑以迎之，不得也；彼從中道而來，我出其左右而迎之，不可也。賓主相失，而欲與之班荊而語，周旋揖讓於階庭几席之間，豈可得哉？故必知其所由之道，然後從而迎之，則賓主歡然把臂，欣然促膝矣，此以意逆志之說也。竊怪後之說詩者，不能通作者之志，其爲評論注釋，非求之太深，則失之過淺，疏之而反以滯，抉之而反以翳，支離錯迕，紛亂膠固，而不中窾會，若是者何哉？作者之志，不能意爲之逆故也。……淺智膚聞之士，輕以說詩自任，其不中窾會，豈止文害辭、辭害意而已哉！」〔註35〕黃生評杜甫《秋興八首》（其七）曰：「後人都不細繹，故其知者則以爲思明皇，其不知者遂以爲譏明皇荒淫失國，膚見小生，強作解事，竟使杜公冤沉地下。『文章千古事，得失寸心知。』公蓋已預料後人不能窺其潭奧矣，噫！或曰：五言《宿昔》、《能畫》、《鬥雞》諸作，固皆指切明皇，子何所見而謂《秋興》必無譏乎？曰：凡說詩，當審其命意所在，而後不以文害辭，不以辭害志。如望京華、思故國，乃《秋興》之本意也。以此意逆之，自然絲絲入扣，葉葉歸根。若云譏及明皇，支離已甚，其害辭害志豈細乎？而謂與《宿昔》諸詩可同日而語乎？」關於《秋興》其七的主旨，後人不識作者原意，肢解詩歌，誤以爲是譏刺明皇。黃生則從杜甫《秋興》本意出發，採取「以意逆志」的解釋方法，不以文害辭，不以辭害志，探得老杜之眞心。

〔註34〕《孟子・萬章上》。
〔註35〕《杜詩說・自序》。

　　黃生主張「以意逆志」的解釋方法要和「知人論世」相互結合，綜合運用。「知人論世」的解釋方法也是由孟子所倡導的。《孟子·萬章上》曰：「頌其詩，讀其書，不知其人，可乎？是以論其世也。是尚友也。」即主張結合作者爲人及時代環境、社會生活解釋詩歌。這一解詩方法對後世影響很大。黃生在解釋杜詩時，主張運用「知人論世」的方法，通過洞悉杜甫生平，分析所處的時代環境和歷史事實去闡釋詩歌，抉發詩意，還杜詩以本來面目。黃生認爲只有瞭解杜公其人，才有可能體味杜詩的眞境眞情，做到感同身受。其云：「杜公關心民物，憂樂無窮，眞境相對，眞情相觸……人眞，故其詩亦眞。讀公詩者請從此參入。」〔註36〕如，杜甫《有感五首》其五，黃生評曰：「言目前之勢，亂宜息而未息，人宜安而未安，其故何哉？因將帥不以朝廷爲心，徒擁節鎮之名；有司不以百姓爲心，深憚州郡之任也。然惟朝廷首憫黎元瘡痍已極，輕繇薄賦，休兵息民，下哀痛之詔，與民更始，使天下知上意所向，欣然有樂生之心，隱然有太平之望，如此而人不安亂不息者，我未之前聞。此蓋通結數章之意，而歸本於主德，所謂君仁莫不仁，君正莫不正，人不足適，政不足問，而惟務格君之心者，具於此見之。讀《有感》五章，而猶以詩人目少陵者，非惟不知人，兼亦不知言矣。」黃生聯繫杜甫所處時代社會生活的變化來探討老杜思想，得出「而猶以詩人目少陵者，非惟不知人，兼亦不知言矣」的鞭闢入裏之論。

　　黃生認爲，在運用「以意逆志」與「知人論世」批評方法闡釋杜詩時，應做到以下幾點：

一、「深悉公之生平」

　　「深悉公之生平」，即要求鑒賞者評論杜詩一定要具體聯繫杜甫的生平思想、人生經歷、立身處世。黃生本人品評杜詩就很注意這些方面。

〔註36〕《杜詩說》卷四。

　　《杜詩說》卷三黃生箋注杜甫《哀江頭》曰：「此詩半露半含，
若悲若諷。天寶之亂。實楊氏爲禍階，杜公身事明皇，既不可直陳，
又不敢曲諱，如此用筆，淺深極爲合宜。又曰：善述事者但舉一事，
而眾端可以包括，使人自得其於言外，若纖悉備記，文愈繁而味愈短
矣。《長恨歌》今古膾炙，而《哀江頭》無稱焉。雅音之不諧俗耳如
此。」黃生認爲正是由於杜甫「身事明皇」臣子的身份，決定了他「既
不可直陳，又不敢曲諱」，所以《哀江頭》一詩採用了「半露半含，
若悲若諷」這種恰到好處的筆法。

　　卷七黃生箋注杜甫《曲江對雨》詩曰：「公感玄宗知遇，終身不
忘，詩中每每見意。五六指南內之事，蓋隱之也。敘時事處，不露痕
迹。憶上皇處，不犯忌諱。本詩人之忠厚，法宣聖之微辭，此豈古今
抽黃媲白之士所敢望哉。錢箋獨得其旨，後人類不能推見至隱，近惟
錢牧齋注，以此爲懷上皇南內之詩得之。雨景即寂寥，詩語則濃麗，
俯視中晚以此。」由於黃生所評結合杜公身份處境、人品襟懷而論，
故發掘出詩歌深刻的思想內涵。

二、「綜貫公之全集」

　　「綜貫全集」即要求鑒賞者從杜集整體著眼，縱橫聯繫，前後參
照，考察解讀杜詩。正是因爲抓住杜集前後詩作之間的相互對應處進
行闡發，所以黃生揭示了杜詩彼此之間的聯繫，從而有助於深入闡發
詩意。在《杜詩說》中，他多次使用了這一方法。

　　首先，彼此參照，解釋字義。黃生評《舍弟觀赴藍田取妻子到
江陵喜寄》「巡簷須索梅花笑」句之「索」字：「『索』字，乃『須
得』二字急口之語。俗又增一字曰『須索』，或曰『只索』，皆不自
己之辭。今人多襲用『索笑』二字，意爲『求索』之義，眞可一笑。
七絕又有『不是看花即索死』，亦是此『索』字。俗本作『即欲死』，
蓋不知其義而妄改之耳。」此處是把《舍弟觀赴藍田取妻子到江陵
喜寄》其一之「索」字與《江畔獨步尋花》之七中的「索」字相比

較。

其次，前後聯繫，發明句意。如評《九日諸人集於林》一詩云：「題是『九日』，詩又曰『明朝』，初閱意不可解。後讀全集，見有《吳郎見過》一首在前，始會其意。」

再次，相互對照，揭示用法。卷二評《枯楠》云：「此喻有才無位，而竊位者非才。舉措乖方如此，欲國事之無壞得乎？《病橘》一章賦也。《病柏》、《枯楠》二章比也，三詩皆得漢魏之髓，不在皮毛上論。」此處把《枯楠》與《病橘》、《病柏》相對照，點明用法之異同。

最後，貫通全集，把握意旨。如卷十一評《柏學士茅屋》云：「舊惡此詩為蒙童勸學詩濫觴，兼不似對柏學士語，後閱全集，有《寄柏學士》七言古，及《題柏大兄弟山居屋壁》二律，始知其說。七言云：『自胡之反持干戈，天下學士亦奔波。歎彼幽棲載典籍，蕭然暴露依山阿。』五律云：『叔父朱門貴，郎君玉樹高。山居精典籍，文雅涉風騷。』是學士乃柏之叔父；柏大之山居，即學士之茅屋；學士茅屋之所『載』，即柏大之山居之所『精』，二詩語蓋互見，此詩則合而言之，勉其子弟，而本其父兄以為辭，旨意了然言下矣。」

三、「融會一詩之大旨」

「融會一詩之大旨」，即要求鑒賞者綜貫全詩闡釋杜甫作品，把握詩意，而非膠著於個別字句，從而導致「一葉障目，不見森林」，對詩意的理解支離破碎。如，杜甫《行次昭陵》一詩，《杜詩說》卷十箋云：「……錢牧齋引《祿山事迹》，有黃旗助戰、石馬汗流事，謂此事作於收京之後。『災猶降』指天寶之亂。『指麾』、『蕩滌』，頌收復之功。若天寶初，安得先舉昭陵石馬事耶？蓋《英華》本『鐵』字作『石』故也。予謂『玉衣』二句，蓋援古事為形容之語耳。以『鐵』為『石』，恐後人轉因昭陵有此事，從而改之。不然，祿山之亂，率土翻覆，九廟震驚，何詩中略無一語敘及？恐蹂躪之慘，恢復之功，

以『往者』四語當之，亦不甚似，而『寂寥』二語作結，亦不相應也。」黃生「綜貫全詩」，聯繫全篇，發現「祿山之亂，率土翻覆，九廟震驚，何詩中略無一語敘及？」由此，黃生推斷出錢注之誤，並對詩歌作出了更加符合杜甫原意的解釋。

　　解讀杜詩，鑒賞者還必須設身處地地去體味涵泳詩境，「融會一詩之大旨」，把握杜甫詩歌深厚的審美蘊涵。如黃生所云：「入杜詩如入一處大山水，讀杜律如讀一篇長古文，其用意之淡、取境之遠、制格之奇、出語之厚，非設身處地，若與公周旋於花溪草閣之間，親陪其杖履，熟聞其謦欬，則作者之精神不出，閱者之心孔亦不開。」〔註37〕黃生轉換心理角色，構築心靈橋梁，跨越歷史，走進作品，以設身處地的方式，探求著者之心，發現了杜詩諸多寄託遙深之處。如：卷四評《琴臺》、《客亭》都點明杜詩具有意深語厚、含不盡之意於言外的特點。

　　黃生解讀杜詩不拘泥於尋章摘句，不斤斤計較文字之訓詁考證，而是採取辯證、通脫的態度，綜合運用「以意逆志」與「知人論世」的闡釋方法，以闡發詩意為上，重在體會杜詩中流露出的杜甫的真性情。如，卷九評《題桃樹》云：「曩嫌此詩意甚散漫，結又作頭巾語，不知唯此題入此語，乃覺化腐為奇，而漫興之篇，正是花鳥所深愁耳。觀其思深意遠，憂樂無方，寓民胞物與之懷，於吟花弄鳥之際，其才力雖不可強而能，其性情固可感而發。不得其性情，而膚求之字句，宜杜詩之難讀也。」黃生不膚求字句，而是直揭杜公心靈，探得了杜公「民胞物與」之深廣胸懷。

　　當然，鑒賞者採取「以意逆志」、「知人論世」的解釋方法，並不意味著就可以不明詩法。實際上，研究字法、句法、章法將為進一步探明詩意、闡明題旨提供條件。由於黃生是一位造詣深厚的訓詁學專家，加之時文古文對他的影響，所以他非常重視對杜詩詩法的研討。

　　一、字法。葉夢得有言：「詩人以一字為工，世固知之，惟老杜

變化開闔，出奇無窮。殆不可以形迹捕。」〔註38〕這恰恰說明杜詩字法的變化多端。黃生學識淵博，通貫群籍，著述繁富，尤致力於文字聲義研究，是一位學術素養深厚的訓詁學專家。其所著《字詁》一卷、《義府》二卷，或考辨音義，訂正訛誤；或考證名物典制，均立意新奇，論據精詳，大多發前人所未發。正因如此，黃生在分析杜詩字法方面具有得天獨厚的條件。在《杜詩說》中，黃生評論杜詩字法含英咀華，抉幽發微，所論獨到精闢之處，比比皆是。茲舉數例如下：

卷二評《行官張望補稻畦水歸》云：「『溪』，當作『蹊』，田上小徑也。『畔』，田界也。『分明』，言勿與鄰田相混也。『添』，當作『𣲖』。『壯觀』，言委積之高也。」此處，經黃生一番訓釋，詩意顯得順暢合理。

卷三評《麗人行》云：「『𧝹』，過合切，諧入聲。《字彙》注：𧝹採，婦人花髻飾。按：『𧝹』本作『𧜀』調彩畫繪也。郭注《爾雅》：『裓，衣後裾。』趙汸謂是裾腰，予謂當是裾襴，恐其飛揚，故以珠綴之，故曰『穩稱身』耳。『實』即滿也，然『滿』字自然，『實』則使之然，下字故自不苟。」此處，黃生採用明字音及訓詁方法，釐正前人謬誤，補正諸家闕漏。

卷十評《春歸》云：「予謂上句『靜』字亦工，而總以『遠』字、『輕』字助發之。鷗去人遠，故久浮不動，此句用字較渾，故人不知賞也。」此處黃生聯繫事理論字法，說法圓融，切理厭心。

卷十二評《故武衛將軍輓歌》（其二）云：「赤羽千夫膳」，諸家多以「赤羽」爲箭，謂軍中射獵以給食。予思及揚雄《蜀都賦》「風毛雨血」四字，赤羽略近此義，而未敢確以爲是。後閱錢、顧諸本，「羽」，一作「雨」，爲之大快。「赤羽」，即「雨血」之變文，夫復何疑？第初疑此句與「鳴弓」句意重，今復豁然。「鳴弓」句指將軍，「赤雨」句則兼軍中之士而言耳。」此處，黃生上下參稽，旁徵博考，發疑決疑，從而使詩意犁然貫通。

〔註38〕《石林詩話》中卷。

　　二、句法。杜甫自謂「爲人性僻耽佳句，語不驚人死不休」，足見他本人十分重視鑄句。杜詩的句法往往突破常規，正中求變，變化多端，有諸多淩越前賢之處。黃生的《杜詩說》在前人的基礎上，對杜詩句法一一細加剖析，進行了集中詳盡的研究。黃生所提及杜詩中值得注意的句法現象達五十餘種。朱之荊曾總結黃白山《杜詩說》句法類型如下：實眼句、倒裝句、走馬對、流水對、上因句、對起法、下因聯、硬裝句、分裝句、分裝對、交互對、倒敘聯、折腰句、層折句、鹿盧句、縮脈句、虛眼句、雙眼句、下因句、呼應句、雙眼句、藏頭句、明暗句、兩截句、背面對、直述句、硬押句、倒剔句、雙關對、開闔對、反裝句、反上句、足上句、博換句、不對而對、分疏句、套裝法、比賦句、參差對、鶴膝句、重字助句、換柱句、問答句、混裝句、掉字句、混成句、串因句、橫插句、斷續句、長短句、虛實對、長裝句等等。〔註39〕下面試舉幾個黃生分析的例子：

　　（一）關於倒裝句：杜甫《房兵曹胡馬》：「竹批雙耳峻，風入四蹄輕。」黃生評曰：「『批』字即仄聲『削』字。因《馬經》『削筒』字欠雅，故以『竹披』代之。『峻』，耳豎貌。雙耳峻似竹披，四蹄輕如風入，倒裝成句。」〔註40〕

　　（二）關於分疏句：杜甫《上兜率寺》「兜率知名寺，眞如會法堂。」黃生評曰：「前半登臨之景，後半登臨之情。一二將寺名、堂名拆開，裝入二字，成分疏句。」〔註41〕

　　（三）關於串因句、橫插句。杜甫《客至》：「盤飧市遠無兼味，樽酒家貧只舊醅。」黃生評曰：「盤飧無兼味，樽酒只舊醅，盤飧因市遠，故無兼味，樽酒因家貧，只是舊醅。此串因句。盤飧無兼味，樽酒只舊醅，五字相黏。『市遠』、『家貧』二字，從旁插入，又橫插

〔註39〕《杜詩說》附錄一。
〔註40〕同上卷四。
〔註41〕同上卷六。

句。」〔註42〕

黃生論句法十分注意前後聯繫，往往相互比較，彼此發明。如黃生評杜甫《中宵》「飛星過水白，落月動沙虛。」句云：「水白見飛星過，沙虛覺落月動，倒押成句，與『牛羊歸徑險，鳥雀聚林深』同一句法。水白因飛星過，落月動因沙虛，又下因上、上因下句，與『野樹侵江闊，春蒲長雪消』同一句法。」〔註43〕

黃生不是簡單孤立地討論句法，而是十分注意字法與句法二者之間的緊密聯繫。如，《杜詩説》卷六黃生評《春日江村五首》（其四）云：「『魚鼈』，非必兼具，如《忘歸》兼言『雞犬』。以字法助句法耳。」此處，黃生說明字法爲句法的基礎。

卷四評《客亭》「秋窗猶曙色，木落更天風」一聯云：「此詩『猶』『更』二字略露眼目」，「曰『猶』者，昨日爾，今日復爾也。曰『更』者，去秋然，今秋復然也，只用二虛字，而久客飄零之感自見。」此處，黃生認爲，句中使用極具表現力的虛字，構成了虛眼句，使得詩句自然傳神。

黃生論杜詩句法極其詳細，有時會給人以過於瑣碎之感。但是，這種梳理分析對初學者而言無異於度人之金針、治學之津梁。如陳僅所言：「以爲初學講解，其中亦不可不知者。要之作者初未嘗有心立格，若以爲金科玉律，則成笨伯矣。」〔註44〕

三、章法。黃生認爲詩歌章法與八股文起承轉合之篇法頗爲相似。其云：「詩之五言八句，猶文之四股八比，不過以起承轉合爲篇法而已。起聯當說破題意，次聯則承其意而下，第三聯則略開一步，尾聯則又收轉，與起聯相應，以完一篇之意。此處最不宜草草，結處有精神，前路雖平皆不足爲纇。苟一結衰憊，前路雖工不稱完璧矣。」〔註45〕在黃生看來，詩歌無論古今，一切變化盡在起承轉合之中，「凡

〔註42〕同上卷八。
〔註43〕《杜詩説》卷五。
〔註44〕《竹林答問》，轉引自《杜集書錄》第 190～193 頁。
〔註45〕《詩塵》卷一。

詩無論古今體，五、七言，總不離起承轉合四字，而千變萬化出於其中。近體分起承轉合，自不必言。若古體之短長，則就四字展之縮之、頓之挫之而已。」〔註46〕老杜《送王砅評事》《北征》等詩都是如此，或一轉，或數轉；或即起即承、即承即轉、即轉即合者，亦意所至，隨手成調。法則雖一，卻有千百般變化。

黃生認爲時文古文章法對詩歌創作頗有啓示意義，值得詩人認眞學習借鑒。其云：「嘗語時流，律詩之體，兼古文、時文而有之。蓋五言八句，猶之乎四股八比也。今秀才家爲詩，易有時文氣，而反不知學時文之起承轉合，可發一笑。至其拘於聲律，不得不生倒敘、省文、縮脈、映帶諸法，並與古文同一關捩。是故不知時文者，不可與言詩；不知古文者，尤不可與言詩。」〔註47〕

《杜詩說》中有多處以時文古文章法比說杜詩。如，卷四評《送司馬入京》一詩，黃生指出杜公是「以文爲詩」，「起得無端，接得更無端，兩句各開，中聯只承次句，至尾聯始應轉起句，乃知『論社稷』、『涕沾巾』全是寇盜頻仍，主憂臣辱，心事如此。大開大合，惟古文有之。公蓋以文法入詩律者，若徒謂其鋪陳時事，波瀾壯闊，而曰杜公以文爲詩，此村塾學究皆能言之。此詩全首虛運，於格本不爲貴，其奇乃在章法句法。緣情事極其鬱結，故章句極其頓挫，本經煅煉而出，又無著意煅煉之痕，故不得與全虛諸作一例視也。」

黃生評《得廣州張判官叔卿書使還以詩代意》、《數陪李梓州泛江有女樂在諸舫戲爲豔曲二首贈李》等詩都是以古文章法理論來分析。

以時文古文論詩，並非始於黃生。在此之前，元代的范德機即以起承轉合爲律詩之法。〔註48〕到明代以後，因八股文興盛，對詩文章

〔註46〕同上。
〔註47〕同上。
〔註48〕《清代詩學研究》第631頁。

法的分析便與八股文有了深刻的聯繫。〔註49〕清初的杜詩學界更是出現了以金聖歎、徐增爲代表的以時文之法論杜詩的學派。〔註50〕黃生以古文時文之法論杜詩正是建立在前人的基礎之上。同樣，詩與文本來就不是絕對對立的，而是有一定的聯繫。杜詩就明顯具有詩文滲透的特點。唐宋時期曾有人專門探討過詩文之間的影響。應該說，黃生不是就詩論詩，而是打破詩與文界限，從二者的相似之處入手，尋繹它們的共同規律，並加以比較。這種研究方法是符合杜詩藝術特點的，具有一定的合理性，爲杜詩研究提供了嶄新的角度，對吳瞻泰等人產生了一定的影響。但是，需要注意的是，此種方法如果濫用，往往會有強作人解、牽強附會之嫌。

在訓詞釋義、分析詩法的基礎上，黃生綜合運用「以意逆志」與「知人論世」的解釋方法，求得杜詩之眞面目。黃生給杜詩做出了準確的評價與定位，即「包舉唐賢」而又「與唐賢分路揚鑣」。〔註51〕黃生云：「（杜詩）近體首主格律，傅之以色澤，運之以風神，斯登上品，乃杜公經史賦騷，盤鬱胸中，溢爲近體，時覺陶熔有未盡處。其包舉唐賢以此，其與唐賢分路揚鑣亦以此。披沙揀金，簸糠得米，是在選者之功矣。」〔註52〕這一看法與黃生基本的詩學觀念是一致的。首先，黃生推崇唐詩的立場十分鮮明。在他看來，杜詩是唐詩的眞正代表。如對《客亭》、《江陵節度使陽城郡王新樓成王請嚴侍御判官賦七字句同作》等詩的評論，均表明了他的宗唐立場。其次，黃生由自己基本的詩學觀念出發，對杜詩傳神、氣骨等藝術特點做了闡發。卷二評《秋行官張望督促東渚耗稻向畢清晨遣女奴阿稽豎子阿段往向》云：「田園諸詩，覺有傲睨陶公之色，以氣韻沉雄、骨力蒼勁處，本色自不可遏耳！」此處，黃生揭示出杜詩的本色在於重氣韻、尚風骨。

〔註49〕 《從經學到文學——明代〈詩經〉學史論》第248頁。
〔註50〕 《清代杜詩學史》第19頁。
〔註51〕 《從杜詩接受史考察黃生的〈杜詩說〉》一文亦有論及，載《杜甫研究學刊》2001年第4期。
〔註52〕 《杜詩說・杜詩概說》。

　　卷二評《遭田父泥飲美嚴中丞》云:「寫村翁請客,如見其人,
如聞其語,並其起坐指顧之狀,俱在紙上,似未曾費半點筆墨者。要
知費其筆墨,即非古樂府本色。此不在效其格調,而在食其神氣也。」
此處,黃生指出杜詩繼承了古樂府的優良傳統,貴在傳神的特點。

　　「以意逆志」與「知人論世」的解釋方法同樣也被黃生用於評論
同時代人的詩作,其基本的詩學觀念亦盡現其中。這從《植芝堂今體
詩選》詳簡不一的評語中約略可以見出。〔註53〕概言之,有以下數端:

　　(一)宗唐立場。在《植芝堂今體詩選》中,黃生堅持自己宗
唐的立場。其評林章七言絕句《送妓之金陵》云:「初盛佳絕。」
他把唐賢氣韻作為評價詩歌的標準,例如,評謝三秀《送道人入山
採藥》云:「全首唐賢氣韻。」因為盛唐詩歌是詩歌發展史上的高
潮,後人往往很難企及,所以黃生主張先學習中唐詩歌。其評吳梅
村《園居》云:「梅村詩真得中晚佳境,靈心秀句,自足千古。今
人不量才力,輒思學步盛唐,其不跉踔而返者鮮矣。」評林章七言
律詩《吳門秋日送族人南還》亦曰:「近對七律摹盛唐者,易入笨
鈍。惟摹中唐者,輕圓而秀潤猶可繼響。」就拗體詩而言,也是如
此。其評黃靜御七言絕句《溪西》云:「拗體詩最難音節穩順,唐
人後少有得其解者。」

　　(二)崇尚風神。在《植芝堂今體詩選》中,黃生多次論及詩歌
的風神。試舉幾例如下:

　　評吳嘉紀五言律詩《自題陋軒》云:「獨得工部神骨。前半鑄意
冷,孟子易地親,顏子猶以鄉鄰目當世。此著「乾坤」二字竟滿目皆
黃茅白草。何鄰言之有此等命意?素解人真未易得。」

　　評邢孟貞《丙戌舊京元旦》云:「多有激憤之音,有風人之義;
此詩無情哀婉而不傷於激烈。故自可有風。」

　　評顧與治《杜于皇生日飲眺孔雀庵》(其一)云:「字字感激其意,
全不在美人公子,特藉此以寫照耳。結顧生日,字亦隨筆映帶,寓骨

〔註53〕黃葉千藏,抄本。

力於風度之中。此種詩與治獨步。」

評何偉然《寄錢馭少》云:「五六出語眞至又極風神。」

評吳啓思《金陵秋悲》云:「惟原怨調,然沉厚悲壯,自具盛唐之骨。」

(三)語貴含蓄。黃生論時人近體詩十分強調詩歌的委婉含蓄、深微曲折、一唱三歎的藝術特質,與論杜詩同出一轍。撮錄幾例如下:

評屈大均五言律詩《登煉丹臺》云:「『玉壺珠』蓋用《黃山圖經》中語,詩意別有寄託,不止爲茲山寫景。」

評顧夢遊五言律詩《再送文啓美》云:「五六二句之意唐人已言之,曰:『今日送君須盡醉,明朝相憶路漫漫』是也。然彼則意盡語中;此則情餘言外。」

評汪於鼎七言律詩《秋望》云:「語悲而氣壯,詞平而調高,旨蓄而味永,字字用意而無筆墨之痕。」

評吳梅村五言律詩《讀史雜感》云:「敷陳時事,隱約不露,言外自有深情,北疆筆墨眞稱『獨絕』。」

評顧與治五言律詩《方爾止生日余送其遊合肥》云:「結處悠然。雖儘自是唐人妙詣。蓋用意結則味短,用景結則味長。知其妙者始可言詩。」

(四)重視詩法。如同分析杜詩一樣,黃生對時人近體詩的字法、句法、章法做了詳盡的分析。分析字法的有:其評吳統持《至靈隱》云:「論字老實,卻費推敲,而出此,以字法顯其句法者也。」評邢孟貞《石城橋與於皇別》二首選一云:「『石城橋』三字押得響,結法亦究密。」

分析句法的有:評龔賢《贈邵甲》云:「髮白固不因愁,身孤還能卻累,是層斷句法。半千詩好藉口罵人,自是才人習氣;如此詩結句罵人,時人未免按劍。」評顧與治《半塘留別同里諸子》云:「『依依』字著山水,其實不著山水。此以句法見妙。若竟陵必云妙在『依依』。看著山水上,所以引人入魔。」

　　分析章法的有：評汪於鼎五言律詩《登清涼臺》云：「全是古人
法度，平淡中自有真顏。」評萬壽祺《忽憶錢大》云：「起句寂然，
以下只寫所憶之地之景。而以『如何』二字應轉，章法老到。」評蔣
次葵《擲缽禪院》云：「起得響，予意不必下對一句。」評龔半千《贈
剩上人繫中》云：「起得老，結得深，結尤不易。」

第五章 《杜詩說》的歷史影響

第一節 《杜詩說》與《杜詩提要》之互滲

　　吳瞻泰，字東岩，歙縣人。諸生。少留心經術，思為世用，入省闈十五，終不遇，乃漫遊齊、魯、燕、冀及江、漢、吳、楚、閩等地。《清詩別裁集》卷二十六有小傳。所著有《陶詩彙注》四卷，首年譜一卷，末詩話一卷；《娑羅草堂詩》合集五卷（與天都吳菘同撰）；《白華集》二卷；《四明集》二卷；《黃山唱和集》一卷；《紫陽書院志》四卷。以上著述《安徽館藏皖人書目》、《販書偶記續編》、《北師大圖書館善本書目》均有著錄。

　　吳瞻泰與黃生既是同鄉，也是好友，二人經常在一起交流研杜心得。吳瞻泰所撰《杜詩提要》十四卷，即是由汪洪度、黃生、王棠、吳瞻淇等人共同參訂。是書《清史稿・藝文志四》、清揚州吳氏《測海樓書目》、《民國歙縣志・藝文志》、孫殿起《販書偶記》均有著錄。此書最早版本為清康熙時山雨樓刻本。1974 年臺灣大通書局據康熙間羅挺刻本影印，收入《杜詩叢刊》，而誤署為「清乾隆羅挺刻本」〔註1〕。

〔註1〕 《清代杜詩學史》第 170 頁。

　　吳瞻泰《杜詩提要》評杜注杜之旨趣方法深受黃生《杜詩說》影響，於《杜詩說》多有徵引。許承堯云：「今觀其評詩旨趣，蓋與黃白山《杜詩說》略同。注中亦時徵引白山之說。」〔註2〕黃生《杜詩說》對吳瞻泰於杜詩的評論，亦有徵引。可以說，二書是彼此滲透，相互發明。下面試對此加以分析，以探究二人注杜之特色。

　　《杜詩說》卷十二引吳瞻泰語共有十三處。從黃生所引，吳瞻泰之治杜旨趣可略見一斑，也可看出黃生激賞吳氏之處。黃生《杜詩說》對吳瞻泰的影響同樣很大，其《杜詩提要》徵引《杜詩說》之處比比皆是。〔註3〕

　　吳瞻泰對杜詩的字法、句法、章法做了細緻的辨析。吳瞻泰十分關注杜詩的字法。其評《故武衛將軍輓歌》（其二）云：「錢引《左傳》『執冰而踞』，以冰爲箭箭，蓋可以取飲。此解殊欠自然。『赤羽』，不過借步『黃河』耳。二句屬倒聯。言黃河十月冰時，運糧不繼，而千夫之膳如故，具見將軍神武過人處，故緊接七八云云。」在此基礎上，黃生以爲：「『赤羽千夫膳』，諸家多以『赤羽』爲箭，謂軍中射獵以給食。予思及揚雄《蜀都賦》『風毛雨血』四字，赤羽略近此義，而未敢確以爲是。後閱錢、顧諸本，『羽』，一作『雨』，爲之大快。『赤羽』，即『雨血』之變文，夫復何疑？第初疑此句與『鳴弓』句意重，今復豁然。『鳴弓』句指將軍，『赤雨』句則兼軍中之士而言耳。」〔註4〕很顯然，黃生正是受到吳說的啓發，作進一步精審考辨，從而得出上述結論。

　　吳氏並非只是就字論字，還十分注意聯繫杜詩義理探討字義。其評《漫成二首》云：「白山謂『生』，酒家保也。將『生』字看作人，則『慣』字不可作對。顧注較是。余謂二語大是憫時嫉俗，猶

〔註2〕　《歙事閒譚》第914頁。
〔註3〕　據康熙間羅挺刻本，載《杜詩叢刊》第四輯，臺灣大通書局1974年影印。
〔註4〕　《杜詩說》卷十二。

云『慣』作披衣行徑亦可，常從漉酒過活亦可，但不可使俗物敗人
意耳。」〔註5〕

　　吳氏於杜詩句法亦十分重視。其評《禹廟》一詩，對白山關於
末二句〔「軍知乘四載，疏鑿控三巴」〕的解釋深爲歎服。特加以引
述：「五六倒裝句，雖寫景而山水險峻之意自見，故急接七八云云。
控扼也，言此地扼三巴之險也。蜀中有險可據，故往往生亂，使禹
早知如此，乘四載而疏鑿之，則三巴失控扼之勢，而盜賊無竊據之
虞矣。二語若作『早知藏盜賊，疏鑿靖三巴』意即了然。然此詩卻
入盜賊字不得，故隱約其辭。不比劍門詩極意洗發，此古體近體之
別也。」吳瞻泰認爲白山對此二句之所以能有令人信服的理解得益
於他對句法的精通，「末二句，得解者少，由不知杜詩句法也。觀
此豁如矣。」〔註6〕

　　吳瞻泰評《題鄭縣亭子》引白山語云：「二句〔「巢邊野雀群欺
燕，花底山蜂遠趁人」〕喻小人眾多，小人眾則君子孤。故以『幽
獨』二字承其意。」〔註7〕由此，瞻泰認爲：對字法句法的錘鍊會
使詩歌爲之增色，「拗體詩必如此鍊句，方老方秀。」〔註8〕

　　吳瞻泰十分重視詩眼，認爲詩眼對句法的構成往往起到十分關鍵
的作用。其評《遣懷》云：「詩眼貴亮，線貴藏。如《何氏山林》之
五，『滄江』、『碣石』、『風筍』、『雨梅』、『銀甲』、『金魚』，皆散錢也，
而以『興』字穿之，是線在結也。此作『霜露』、『菊花』、『斷柳』、『清
笳』、『水樓』、『山日』、『歸鳥』、『棲鴉』，亦散錢也，而以『愁眼』
二字聯之，是線在起也。然八句又暗相承接，與剩水殘山六句全無照
應者，又變一格。」〔註9〕

　　如同黃生評杜，吳瞻泰也多次列示杜甫所用的句法。其評《一

────────────

〔註5〕《杜詩提要》卷八。
〔註6〕同上卷九。
〔註7〕同上卷十一。
〔註8〕同上。
〔註9〕《杜詩説》卷八。

室》指出，由於老杜分裝句等句法的採用，使詩歌具有了含蓄蘊藉、悠遠不盡之美。其云：「『一室』二字讀斷。既曰『一室』，又云『他鄉』，室非其室，鄉非其鄉矣，已含結意。『遠』字、『懸』字，苦境在目。三四『獨立』、『正愁』四字，分裝，一語有三層意：『正愁』一層，聞笛一層，『聞塞笛』一層。塞笛非故鄉之笛，『正愁』時聞之，則益覺其愁。『獨立』一層，見船一層，『見江船』一層。江船實得歸之船，『獨立』時見之，則益難爲『立』矣。一結恨甚。『王粲宅』暗繳『一室』。『峴山』暗繳『他鄉』。修遠云：本思去矣，反言『留井』，含吐蘊藉之妙，非深於詩者不知。」〔註10〕同樣，吳瞻泰指出《夜》（其二）上截、下截句法的運用，使得全詩若即若離、沉鬱頓挫，讓人回味無窮。〔註11〕

吳瞻泰對字法與句法之間的關係，有著深刻的認識。其評《上白帝城》云：「主意在『公孫恃險』一句。其實亦不在此。言外總慨巴蜀地險，爲盜賊淵藪耳。因盜賊引公孫，因公孫引夏后、襄王。言城峻樓高如此，即明德如禹，雄風如襄，亦成往事，可見險不足恃。區區公孫，躍馬稱帝，意復何爲？主意曲折，全然不露，如此奇肆之筆，而法律又極森嚴。『老去』、『人扶』，亦具險意，乃寫題中『上』字，正見作者登臨憑弔之慨。若無五六，則『上』字可刪，而詩人胸次眼光俱見不出。此正詩律細處，未易爲人道也。」〔註12〕字法與句法相輔相成，也使得詩歌境界全出。黃生順著吳瞻泰的闡釋，做了進一步發揮：「七八『躍馬』、『恃險』四字博換用，冷語嘲笑得妙。言公孫初起時，自謂天險可恃，意欲建無窮之基，豈知不旋踵而覆滅！無限感慨，見之言外。他人詠蜀事，必痛罵公孫，杜公則謂此井底之蛙，何足當罵！眞可傷憐而已。尤妙在一『初』字，由今日想當年，公孫躍馬，亦一世之雄也，而今安在哉！」〔註13〕

〔註10〕同上卷十。
〔註11〕同上卷十二。
〔註12〕同上。
〔註13〕同上。

　　吳瞻泰特別提出要注意字在句中的位置的安排。其評《飛仙閣》引白山語云：「所謂正筆不能寫、特用側筆以寫之是也。結四句，一開一合，抑揚頓挫，即『飄零愧老妻』意。」吳瞻泰認爲該詩思想藝術魅力的取得與注意經營字句的位置密不可分，「古詩全在過接參差處見作意。若『往來』二語。置長風句下，即淺薄無味。固知同一琢句，而位置不得其所，譬如剪綵不成章也。」〔註14〕

　　吳瞻泰十分注重研究杜詩章法，常常從章法結構入手探討杜詩大開大闔、大起大落、跌宕起伏的藝術特色。關於《雞》一詩，吳瞻泰激賞白山條分縷析的解釋，特加以引述，並以爲此詩正體現了杜詩正奇交錯、靈活多變、波瀾起伏的特點，「一二莊重是正筆，七八頓跌是奇筆。中四句俯仰開闔，排偶之痕俱化矣。」〔註15〕

　　吳瞻泰認爲，杜詩之所以具有「頓挫」之美，與其善於運用起結等結構方法，並注意章法結構的整體安排是分不開的。其評《落日》一詩贊同黃生的看法，同樣注意到了杜詩起結之法：「偶然得首一句。遂以起興。如此起法，最患結處無力。不圖七句復爾矯舉。」〔註16〕並進一步強調起筆力度的重要性，「愚謂亦是要提得筆起。前六句已漸平下，得此一提，筆力便勁。『誰造』二字，翻案尤超。」〔註17〕

　　吳瞻泰評《寓目》則是從杜詩結構的整體安排著眼的：「葡萄、苜蓿、關雲、塞水、烽燧、駱駝，皆尋常不欲入眼之物，一總皆來眼底，已屬難堪，況可入『遲暮』之『眼』乎？遲暮不經喪亂，或偶經喪亂，猶爲可言；況以遲暮之眼，飽經此景，不倍可傷乎？眼，一層；遲暮眼，一層；遲暮眼值喪亂，又一層；喪亂而『飽經過』，又一層。三聯不相照應，承接以七句爲關鍵。」〔註18〕

　　在吳瞻泰看來，杜詩賓主關係等結構的安排錯落有致，極盡曲折

〔註14〕《杜詩提要》卷三。
〔註15〕同上卷九。
〔註16〕同上卷八。
〔註17〕同上。
〔註18〕《杜詩說》卷十二。

參差變化之能事。其評《麗人行》云：「本是諷刺而直敘富麗，若深羨不容口者，故自佳。前寫姿容、服飾、肴核、音樂、賓從，本應一氣平敘。而間以就中雲幕二句，以亂其群，後來鞍馬二語，與炙手可熱二句，本應直接，而間以揚花青鳥，以疏其勢。前以主間賓，後以賓間主，皆間也，皆斷續也。今人不論詩之主賓、斷續，而以揚花爲切中時事。則將古人極曲折用意之筆而視爲直口布袋之演。不幾冤卻少陵哉。」〔註19〕

和黃生一樣，吳瞻泰也常常運用時文古文章法來分析杜詩。其評《自瀼西荊扉且移居東屯草屋》（其四）正是以時文起承轉合之法比照分析：「八句中反覆感慨，須看其每聯一轉處。一二言東屯形勝可居，三四又開一步，言何爲久居於此？五六又合一筆，見幽清殊可適意，七八又發熱中之想，甚言東屯非己所戀也，低回三復，實是無可棲身，楚楚動人。『寒空』字正映六句，反照『朝班』。鵷鷺不列於朝，忽從寒空見之，猛然不堪回首。一結力大情深。」〔註20〕其評《登兗州城樓》同樣是以八股章法論詩：「杜詩雄奇幽險，無所不備。此作格局正大，有冒有承，有轉有收，有開有合，莊重不苟。至其寓含蓄於行間，寄感慨於言外，則又飛舞縱橫，人所不得而測者也。」〔註21〕

吳瞻泰所評《遊何將軍山林》（其五）則是以古文傳統的照應之法來分析杜詩，考察了老杜打破詩文界限，以文爲詩的高超之處：「《史》、《漢》有全不照應法，有全篇照應法，詩律亦然。前六句平列，無承無應，是全不照應法，七用一『興』字爲關鍵，又是全篇照應法。詩與文一理也，然惟杜能之。」〔註22〕評《更題》也是如此。他先轉引白山的說法，後點出由此詩「可悟古文對照之法。」〔註23〕

〔註19〕《杜詩提要》卷五。

〔註20〕《杜詩說》卷十二。

〔註21〕同上。

〔註22〕同上。

〔註23〕《杜詩提要》卷十。

　　黃生謂老杜《入喬口》詩：「一二步步入南，心心懷北，妙矣。」
吳瞻泰發展了白山的看法，認爲此詩妙在具有如同古文一般細緻綿
密，層層相扣的章法，「其妙在懸空下一句是懷舊京，覺突兀之至，
然後徐接以歸路賒，亦一呼一應法也。第三句方入題，而四即從三抽
出，五六即從四抽出。對仗生動，承接變換，簇簇出新。煞句入長沙
之情，憑弔賈生，則不復返舊京。反言見意，而又以蜂亂燕斜，有欣
欣向榮之樂，與己之凄惻喬口，亦反言見意，眞所謂沉鬱頓挫也。」
〔註24〕

　　白山雲《贈別鄭煉赴襄陽》詩：「三、四承二，五、六承三、四。
首句至尾始應，尾聯又承六句而下，極爲細心。」瞻泰細繹其章法云：
「四承一、二，起五、六，三則總括一二與四而成句者也。法極奇而
人不覺。」〔註25〕

　　吳瞻泰《杜詩提要》主要是探討杜詩字法、句法、章法，對杜
詩的情感特徵也有論及。黃生《杜詩說》對此略有徵引。吳瞻泰評
《公安縣懷古》云：「修遠謂前六是古迹，末二句是懷。不知作者
胸襟全別，乃生不逢時，一肚皮氣悶，借古人以抒己懷耳。」〔註
26〕此處，吳瞻泰以意逆志，探得老杜抑鬱不平之襟懷。黃生從章
法角度對吳說予以進一步闡發：「一二是古迹，三四是懷，題中五
字已畢，後半全寫自己。五言劉有君臣契，則己之遭際可知。六言
呂有戰伐名，則己之轗軻可知。七以『前浦』二字，綰住前半；以
『合情』二字，雙綰後半，章法極整。作者必俱如此胸襟，方許作
弔古詩耳。」〔註27〕

　　《院中晚晴懷西郭茅舍》詩題旨是說老杜「不樂幕職」。白山解
云：「五六似向晚晴致怨，七八似對溪花分疏，極盡欲歸之情，興象

〔註24〕同上。
〔註25〕同上。
〔註26〕《杜詩說》卷八。
〔註27〕同上。

玲瓏，意言委折。」〔註28〕黃生側重於探討比興寄託之手法。而吳瞻泰則直揭老杜落寞心靜：「吏不似吏，隱不似隱。而吾兼之，花豈肯信耶？但饒笑耳。描寫幕職，以自嘲爲憤語，意極可悲。」〔註29〕

老杜《蜀相》詩，白山從章法入手加以評析：「起聯設爲問答，三四點祠堂之景，五六敘孔明出處大略，七八寓憑弔意。」〔註30〕吳瞻泰堪稱老杜知音，直接指出此弔古詩乃老杜眞實性情之自然流露，「弔古詩須具眞性情，乃能發眞議論。三四，是入祠堂低徊歎息之神。唯五六二句，始就孔明發論，結仍歸自己。直將夔州血淚，滴向五丈原鞠躬盡瘁之時。此詩人之性情也。不得其性情，而貪發議論，則古人自古耳。於詩人何與？」〔註31〕

白山評《野老》云：「劍閣乃由蜀入京之道，阻於盜賊，故作歇後句云。長路關心，悲劍閣之難越；片云何意，傍琴臺而不歸。……白山謂前半賦景，後半寫懷。對此景，抱此懷，捉筆一直寫就。詩成乃拈二字爲題。」〔註32〕瞻泰對此提出了不同看法，「余謂不然。野老即杜陵野老也。平生欲爲國家建大功抒大難，今日干戈擾攘，徒以野老自廢，觸景興嗟。一篇著意在此二字，非能畫歷歷等篇之比也。漁人估客，全爲野老作陪網集澄潭，船隨返照，絕不關心理亂，獨此野老，刻刻關心王師耳，但關心而無濟於時，則亦終爲野老而已。鑄題煉意，高邁等倫。可知前半正深於言情，看作景語便淺。『野老關心』四字，是大眼目，拆見使人不覺。結尾野老王師柴門城闕，針鋒相向，正其慘淡經營處。」〔註33〕吳瞻泰看到杜詩景語中所包含的深厚情感，觸摸到老杜豐富的心靈世界，所論稱得上是「知人論世」之語。

〔註28〕《杜詩提要》卷十一。
〔註29〕同上。
〔註30〕同上。
〔註31〕同上。
〔註32〕同上。
〔註33〕同上。

　　吳瞻泰對杜詩餘味曲包、委婉含蓄的藝術特色有著獨特的體驗。其評《漫成二首》曰：「合二作觀之，覺憤世嫉俗之旨溢於言外。」〔註34〕其評《暮春題瀼西草堂》（其二）曰：「此即《小雅·黃鳥》篇意。甚言此邦寥落，無一知己。『畏人』二字，已顯露其意。妙在開口便怪橘樹，言此郊不惟人寥落，樹亦寥落，突兀無端，含蓄何限！曰『麋鹿群』，則人情可知。曰『巴渝曲』，則俗尚可知。總寫足『畏人』二字。」〔註35〕

　　吳瞻泰認為鑒賞詩歌不能僅僅拘泥於語言文字，而應注重追求言外、文外無比廣闊的審美空間。如《天河》一詩，白山評曰：「五六非含星伴月，不能顯題，杜善寫難寫之景，全以旁見側出取之。」〔註36〕吳瞻泰就此強調把握杜詩言外之意、味外之旨的重要性，「少陵詠物諸作，猶蒙莊之寓言，正意皆在言外，涵味自得。若拘文取義，強作解事，未免失之穿鑿，故只就詩論詩，得其法，而理自兼備也。」〔註37〕

　　吳瞻泰十分欣賞黃生以意逆志、知人論世的解杜方法。其評《曲江對雨》首先徵引了黃生的說法，並對其知人論世的解釋方法十分讚賞，「感慨詩，最忌衰颯，而以綺藻出之，意全不露。一結翻身作進步法，又於冷處想到熱處。不惟不落衰颯一邊，且將臣子思復升平景象，溢於言外。白山謂本詩人之忠厚，法宣聖之微詞，豈古今抽黃媲白之士所敢望哉！」〔註38〕

　　吳瞻泰還注重詳稽史實，考證杜詩。其評《送重表姪王砅評事使南海》，先引白山評論章法之語：「送行詩，前半篇寬序一大段，似乎頭重。但因題中『重表姪』三字，追序其由，且以一婦人俱如

〔註34〕《杜詩說》卷六。
〔註35〕同上卷八。
〔註36〕《杜詩提要》卷七。
〔註37〕同上。
〔註38〕同上卷十一。

許眼力，塵埃中辨天子宰相，古今所罕，特藉此書傳之。意中實以此事爲主，送行之意反輕，所以章法如此。」接著徵引史書，對杜詩予以大膽質疑：「按《唐書·王珪傳》：始隱居時，房杜過其家，母李敕具酒食。無秦王，而母李非杜。今以詩考之，乃謂珪妻，並非母，尤不合。然老杜既云曾老姑，未有自失其祖者，但存其詩而闕其疑可也。」〔註39〕

吳瞻泰評《八陣圖》詩排列四家説法供讀者對照：「失吞吳有四説：不能滅吳爲恨，恨舊説也；吳蜀唇齒之國，蜀不當有吞吳之志，以此爲恨，東坡説也；不能制主上東行，自以爲恨，王嗣奭朱鶴齡説也；以不能用陣法，而致吞吳失師，劉逴説也；單元陽主東坡説，黃白山主劉逴説。以先主志欲吞吳，而疏於立陣，致連營七百里，一敗塗地。此其所以爲遺恨也。」〔註40〕

吳瞻泰於黃生的評説亦非盲從迷信，而是勇於提出不同看法。《聞官軍收河南河北》詩，白山以爲：「此通首敘事之體。」〔註41〕而吳瞻泰則認爲：「此意中欣幸之詞，非敘事體。白山注誤。」〔註42〕

評《中宵》一詩，吳瞻泰先引黃生對五六兩句的看法。但是，他對黃生關於該詩末二句「親朋滿天地，兵甲少來書」的評論不敢苟同。認爲黃生沒能深刻體驗到此二句的深厚蘊涵。其云：「此中宵不寐，感兵甲之不休，起而獨步，因以所見之星月言之，以所知所想者言之，至末乃大聲疾呼，發出步時所感之意。只謂兵甲多而親朋隔也。一篇結構，藏其線於『步』字之中，倒其緒於兵甲親朋之上。此之謂沉深；此之謂含蓄。思親朋，即思故國也。白山謂慨交遊之不得力，淺看末二句矣。」〔註43〕

〔註39〕同上卷四。
〔註40〕《杜詩提要》卷十四。
〔註41〕《杜詩説》卷九。
〔註42〕《杜詩提要》卷十一。
〔註43〕同上卷十。

第二節　《杜詩說》於《苦竹軒杜詩評律》之影響

　　洪仲，一名舫，字方舟。自署名邗上羈人，室名苦竹軒。明歙縣人。慕杜甫之爲人，室中奉木主，朔旦禮之。著有《苦竹軒詩》、《離騷辨》、《苦竹軒杜詩評律》、《唐詩二字解》等。洪仲與黃生十分友善。黃生杜詩說刻於康熙二十三年（1684），其時洪舫已前卒，則洪舫似長於黃生。洪舫對杜詩傾心不已，「十季選杜，求諸全集不足，又選乎哉。」〔註44〕有選編杜詩的著作《苦竹軒杜詩評律》傳世。是書版本有：

　　一、《苦竹軒杜詩評律》六卷，黃生訂閱。清康熙二十四（1685）洪力行據康熙八年原刻重印。首載康熙己酉黃生《苦竹軒杜詩評律敘》，次爲順治壬辰洪仲《舊題選杜》自序，洪力行康熙乙丑重印此書跋。《杜集書目提要》、《成都杜甫草堂收藏杜詩書目》著錄。該書又有康熙三十六年洪力行重刻本。此本前有康熙三十二年何焯《杜詩評律敘》，洪舫《舊題選杜》，康熙三十六年洪力行《後記》云：「伯父博極其群書。茲所選五、七言杜律，不鈎深，不扯異，第就本文玩味，疏通其旨趣，指點其章程，眉目分明，首尾聯貫，俾讀者了然得解於章句之中，自超然會心於章句之外。」〔註45〕此本無黃生敘。

　　二、《杜詩評律》六卷，清洪舫評此本與《苦竹軒杜詩評律》同名同卷，所不同者，此本無「苦竹軒」三字，作者一題洪仲，一題洪舫；一題黃生訂閱，一題洪力行重訂；以及刻年不同耳。內容當無重大出入。蓋「苦竹軒」爲洪舫別署。舫有《苦竹軒詩》，《民國歙縣志・藝文志》著錄。洪力行後記謂「當時鏤版，僅印數部」，益可爲同書異名之證，苦竹軒蓋初刻本也。〔註46〕《光緒安徽通志・藝文志》（未著卷數）、《復旦大學圖書館善本書目》、孫殿起《販書偶記續編》著錄。

〔註44〕《苦竹軒杜詩評律》序言。
〔註45〕《清代杜詩學史》第 127 頁。
〔註46〕《杜集書錄》第 345～347 頁。

三、《苦竹軒杜詩評律》二卷，天都洪仲選編，同學黃生訂閱。清初己亥（1659）陶祏本，1冊2卷，線裝。是書《序言》末有「順治壬辰夏首邗上羈人洪仲漫題」字樣。孫殿起《販書偶記續編》著錄，國家圖書館藏。

黃生曾向洪仲學杜詩，兩人經常在一起研討杜詩，交流讀杜心得。黃生欽服洪仲論杜所具有的「簡透」的特點，在《杜詩說》中曾數次提及。如，評《陪鄭廣文遊何將軍山林十首》（其一）云：「予友洪方舟注此云：言鄭知己亦知何，故何招鄭亦招己。語亦簡透。」〔註47〕黃生評《發潭州》先引洪方舟語：「三四說物見人，後半言人見己。二公才藝雖高，名高不以才藝，故追思前後之事，不禁一為傷神。要知此等處明說實說總不得。」〔註48〕然後歎曰：「洪注簡透。」在黃生看來，洪仲論杜雖只有寥寥數語，但是鞭闢入裏，切理厭心，讓人深受啓發。如黃生評《漫成二首》云：「洪方舟曰：『荒荒白，不甚白；泯泯清，不甚清。』說詩眞解人頤。」〔註49〕因此，黃生在《杜詩說》曾徵引洪仲評杜之語數條。同樣，黃生研杜方法及觀念對洪仲也產生了一定影響。洪仲在《苦竹軒杜詩評律》中多次提及黃生的說法。現將《苦竹軒杜詩評律》的研杜特點簡析如下，以見出黃生《杜詩說》與洪仲《苦竹軒杜詩評律》彼此之間的聯繫。

一、與黃生一樣，洪仲也注重探討字句章法。其《苦竹軒杜詩評律》一書如何焯所云：「於杜之章法、句法，一一為之縷析其曲折，雖當年排比聲韻之微未易窺尋，而起承轉合則固已備矣。」〔註50〕

洪仲評《陪鄭廣文遊何將軍山林十首》（其六）〔「風磴吹陰雪，雲門吼瀑泉。酒醒思臥簟，衣冷欲裝綿。野老來看客，河魚不取錢。只疑淳樸處，自有一山川。」〕時，引用了黃生的說法探討杜詩字法。

〔註47〕《杜詩說》卷四。
〔註48〕同上卷七。
〔註49〕同上卷八。
〔註50〕《杜詩評律序》。

其云：「野老本來賣魚，因見主人有佳客，遂獻魚以供主人待客耳。看即待，俗語云『看待』。此黃生解也。又云『慣看賓客兒童喜』亦此『看』字。只疑此處另有一山川，是用花源暗比耳。謂之暗用事。前整齊後疏散。」

洪仲評《奉贈王維中丞》〔「中允聲名久，如今契闊深。共傳收庾信，不比得陳琳。一病緣明主，三年獨此心。窮愁應有作，試誦《白頭吟》。」〕時指出了用字之妙：「三四人名裝襯。人名裝襯亦非作意，要如斯謂之但說話而古事自來就我，文人作詩本色。三四又名兩暗句。前此『共傳收庾信』，如今『不比得陳琳』言賊收之也。蓋庾信蕭梁臣，為北周收用故。七八虛婉，『白頭吟』用字不用意，意雖不用，不用而用。」

洪仲多處論及杜詩句法。如評《和裴迪登新津寺憶王侍郎》云：「秋葉黃時，倚山木吟詩，不知何所恨？硬裝錯序句。三四天成，五六平敘。七八具見文意，言汝登臨有憶，己但隨意宿僧房而已，有佛日『自暄』，人情自冷意。」評《重過何氏五首》（其一）云：「『問訊』字，字眼裝襯。《前遊》詩有『綠垂風折筍』，此言問竹，是問他山林中底新竹。『將軍有報書』即是來邀看竹矣。互文見意。讀者俱云八句應四句，遂致杜詩亦有架語之嫌。黃生曰：非也。『野人居』，對『上休沐』也，俱指將軍，非是詩人自指也。與長孫正隱詩『歌鍾雖戚里，林藪是山家』同意。黃生明眼哉。吾願天下讀杜詩者，虛心虛己，默就本文消息之。慎無問道青盲，以自沉於黑暗也。『花妥鶯捎蝶，溪喧獺趁魚』，明暗句、分疏句。」評《陪鄭廣文遊何將軍山林十首》（其五）云：「『水破』皆滄江之剩，『山開』盡碣石之殘，極力形容之語也。卻如此便說硬裝，即名硬說硬裝句。風中筍折，故云風折底筍；雨後梅肥，故說雨肥底梅。層折句，轆轤句。銀甲是彈箏用，金魚去換酒來，總是形容高興耳。下文遂接一『興』字。乘興移尊，隨意坐莓苔，無須灑掃。『係跟』六句一連說。三四正聯，五六串聯，凡詩格串聯稍不倖不妨，惟正聯假借不得。」

洪仲評《陪鄭廣文遊何將軍山林十首》（其一）探討了字法在句法中的作用。其云：「前把山林實說，後說陪遊，與懷李白詩同格。園林在南塘，路自第五橋邊去。三四天成句，五六金追鍊句。谷口鄭濠梁何言鄭知己，亦知何故招鄭，亦招己。故說『同見招』也。詩題卻曰『陪廣文』，謙口耳。五六又是平序句。七八歇後格，言平生只爲幽興，雖遙遠不惜馬蹄。況今日既有佳招，復同知己乎？謂之言止意餘；謂之下無上有。亦因『今』字已在二句，故二結只說平生。故曰：詩無法，看其起法知接法。」

洪仲還十分注意考察杜詩章法。黃生《杜詩說》評《陪裴使君登岳陽樓》曾轉引洪氏的相關評語：「洪方舟曰：一二地，五六時，三四人，七八己。詩法之整，無如此篇。辛卯夏夜，夢一丈夫顯山澤之容，長劍高冠，向余自稱杜甫。」〔註51〕

在洪仲看來，杜詩已形成了一套較爲固定的章法。當詩歌所表現的情景發生變化時，章法往往仍保持不變。黃生《杜詩說》評《雨》曾轉引洪氏評語云：「洪方舟曰：接句不測，與『群盜尙縱橫』句同。杜詩接句，有寫景不測者，『秋風落日斜』是也。有用意不測者，『京華消息遲』是也。意景雖殊而法不殊，故曰杜詩慣法。七必回，二必開。」〔註52〕

洪仲認爲杜詩起結之章法已經相當完備。其評《春望》云：「一二傷心觸目，三四接上生下，五六直串，七八進一層。『三月』即三春，與『百花無香處，三月到殘時』『三月』一樣。若得『家書抵萬金』卻如此硬說。七八傷老死，無時不及躬逢收復也從通首細讀，自知之，謂之不跟而跟、不挽而挽。七八又名『補題結』。凡詩結或補一層，或進一步，或平承寓意，或另起一波，或一虛一實，或一連裝景。唯杜詩備有其法。仍或以杜詩無好結句，杜詩其奈之何？」

洪仲還特意分析了《促織》、《酬高使君》等詩，以說明杜詩章法

〔註51〕《杜詩說》卷五。
〔註52〕同上卷七。

之嚴密。其評《促織》曰：「二起抑揚頓挫；三四帶形容；五六承三四；七八換境隨開隨攏。得豈得也，難應難也，虛語實說。『縱有悲絲與急管，懸知感激異天眞』。言不若天眞，尤爲感激也。『天眞』即促織。黃生曰『故妻』猶公詩所言『鬼妾』。」洪仲評《酬高使君》云：「前半序事，五六寓情，七八轉答高，抑揚頓挫。五六暗黏一二，七八暗黏三四。」

　　洪仲評杜，還注意比較杜詩章法特點之異同。其評《春夜喜雨》云：「好雨當春乃發生，故曰『知時節』，上暗下明。三四實序本身，五六旁枝掩映。野徑連雲，故『俱黑』；江船有火，故獨明。六句畫不出。此與《初月》詩篇法略同。二法法力尤相敵。但彼詩一『團』字甚不易知；此詩一『重』字，知易殊爲不易也。《送客》詩有『煙花山際重』，互證自知。」

　　受前人及時代風氣的影響，洪仲和黃生一樣，常常以古文理論評論杜詩章法特點。其評《夕烽》云：「夕烽每報平安。在此看他，來處已不近。公時在秦州，只餘一點故曰『殘』。五六拆對過隴照秦，自艱難中通警急。七八因此憶彼，無七八不成杜詩。『不近』字襯虛字法。詩有襯虛字而轉峭勁難當者，如『樂罷不無悲，無時不有風』，及此『夕烽來不近』是也。然匪深於古文者不辦。」

　　洪仲評杜還注意到杜詩字句章法往往綜合運用的特點。其評《月夜》云：「『鄜州』襯地法；『只』字硬說法。『看』字中已有『憶』字，卻將兒女脫開一步，意更深。五六要如此實帖。本身與白小詩『入肆銀花亂』三句相似。何時與他倚虛幌，雙雙照則淚痕乾矣。『香霧雲鬟』二句中，正說淚痕之不乾可見。五六承上起下，章法之妙通，神奈何哉！人有以俗評之者，此所以爲俗事之評也。閨中虛幌，首尾遙連。」

　　洪仲發現杜詩字句章法的綜合運用會形成一定藝術張力，給詩歌增添奇絕奪目的藝術光彩。如評《一百五日夜對月》云：「因無家，故對寒食有淚。有淚卻如金波。『金波』厭字卻借一『波』字

來說淚，亦千古奇談。如金波，如其多也。『若還斫卻月中桂，遙想清光應更多』。所謂月暉於外，賊在於內也，不必言他。有比興不言，言他無此興，妙在個中。《詩》：『有女仳離。』此用『仳離』即『有女』，自指室家也。『剪字法』又名『替字法』。……七八意餘言外。三四二語是無家人與月說底，無三四不成杜詩。總而言之題奇意奇、聯奇句奇、篇奇字奇。卻乃唯公自奇而人絕不以為奇，故奇絕。」

二、洪仲注意從杜詩如何處理虛與實、情與景關係的角度分析其藝術特色。洪仲發現：杜詩結構與古文對仗之法頗為相似，往往虛與實並列使用，虛實相對，追求以虛運實、虛實相生的藝術效果。其評《登兗州城樓》云：「通篇不露主角。『縱目』籠三四古意抱。五六微分兩截，格然也。律詩正格美如斯，是作已懸之的矣。一二平序句，三四虛實聯，五六語異意同，七八一明一暗。何謂虛實？聊曰『浮雲』句語帶形容，『平野』句詞差實在，虛對實法然也。如《登岳陽樓》詩『吳楚東南坼』實在語也；『乾坤日夜浮』形容語也。若不名之帶形容，則乾坤五字不知迷魅幾許人家男女矣。余故謬為之分界。何謂語異意同？曰：『孤嶂、荒城、秦碑、魯殿，異之異者也。言在即，言餘即在，異之同者也。意一般而語卻兩般，所云要格老。不管句重者，且兩句平鋪，意實趨歸二結。斯又七八景安五六格然也。一明一暗。何日上有從來，則下是言今日。古文中上詳下略、上有下，無法然也。』」「浮雲」句語帶形容；「平野」句詞差實在，而這正是「將虛對實之法」，虛與實，一隱一顯，形成了巨大的藝術張力，拓寬了詩歌的審美空間。

老杜《送遠》一詩則是搏虛成實，至虛而實，至渺而近，使無限離別之情盡顯紙上，使人讀之涕淚沾襟。洪仲評《送遠》云：「全篇虛運。盡一哭，是盡一哭而已。猶之陶詩『親戚或餘悲，他人亦已歌』也。龔賢說：帶甲方滿天地，則時事紛。故為君遠行時，親朋都盡一哭。鞍馬獨去孤城，送者情何堪也。以草木觀之，歲月又晚；以關河

計之，霜雪又清。別離若此，情何忍乎！然人生別離，從古不免。古人所以當此，有最不堪爲情者。今日因送者而益見也。用昨日名曰『替字格』。自家送客不說自家，反說親朋盡一家。親朋底情何深也！自家底情，本嘗不在親朋一哭中，而不儘其中。故只將親朋作送別中一事。因見古人情，才是自家情事。前面不說己情，說親朋情。親朋盡一哭，語狠，情還淺；後面不說己情，說古人情。別離已昨日，語緩，情卻深。總是當萬分離別之時，終不能不別。故言詞逼得深婉若此。送別詩至老杜此篇，後來再進不去了。古人情何處見？古人送別諸詩是也。諸詩是來龍，老杜此詩是結穴。余與黃大辯駁此詩歷有年所矣。丁未讀公七律忽得『古往今來皆涕淚』一句凝胸，頓覺釋然。因存舊所說。」

老杜《春宿左省》詩「花隱掖垣暮，啾啾棲鳥過。星臨萬戶動，月傍九宵多。不寢聽金鑰，因風想玉珂。明朝有封事，數問夜如何。」也是虛實交錯手法運用的典型範例。洪仲評曰：「首句上因下接句；疊字襯三四，硬裝句，後半一事格。『聽金鑰』恐君門開；『想玉珂』恐朝臣集。『想』字即『疑』字。三四『省中』實景，五六『宿省中』虛景。一二襯三四，七八注五六。」

老杜《端午日賜衣》：「意內稱長短，終身荷聖情」句亦是一虛一實、一明一暗。詩人用心於虛，虛中含實，以看似不經意之語，傳達了對聖恩的無限感激之情。洪仲評曰：「七八與『五陵花滿眼，傳語故鄉春』相似。下明上暗，上實下虛。何謂下明上暗，上實下虛？曰：『聖情』。即指七句故。」

洪仲認爲：老杜爲了表達自身豐富的情感，還十分善於處理「情」與「景」的關係，常寄寓情思於物象，突破有限，追求無限。其評《晚行口號》曰：「三四寓比謂之景中情。何謂景中情？曰：公詩所『寄書問三川，貧窶有倉卒』是也。」此處，洪仲強調了杜詩景中含情，借助於物象來傳達情感的特點。

黃生也認爲情與景要密切結合。對於此說法，洪仲十分讚賞。其

評《玩月呈漢中王》曾轉引白山之語：「妙在著露氣言清，若霜雪便不勞說。『江月滿江城』好景置於玩賞，轉驚起危坐，以歸舟應獨行故也。三四一邊一句，中串聯結倒聯，五言聖朝本無棄物，六言己身不得安棲，七八云云所以不能無望於漢中也。言月暈如人困厄，冀王以術襄之。黃生云：敘情不離景，寫景即關情，惟老杜最工。天人俱造極故。」

洪仲認爲：老杜筆下的一草一木，往往會表現出他的豐富的心靈世界。讀者從他所描繪的自然景物中，也常常能體味老杜內心複雜的情感。老杜往往借助「比興」的手法，言在此而意在彼，通過具體的物象表達自己潛在的、特定的思想內涵。

洪仲評《奉濟驛重送嚴公四韻》，側重分析了杜詩所採用的「比興」手法。其云：「一二暗藏句，言遠送至此，從此逐別。對此青山，空復有情也。卻使味者以爲『情』字著『青山』故妙。王維詩亦曰『臨堂空復情』即此『情』字。三四倒聯。三句人說得出；四句人說不出。五六與『天府才能去』二句相同，口雖稱頌他人，意實借他人形容出自家寥落耳。謂之五六襯七八。七八隻言窮苦，身分益高。若君一感恩乞憐語，便不成局。」

三、洪仲注重體味杜詩悠遠不盡的藝術韻味。杜詩虛實相生，借景言情，構成了詩歌深層的審美內涵，也給讀者留下了極大的想像空間，讓人百讀不厭。洪仲和黃生一樣，於杜詩反覆吟誦，仔細玩味，體會了杜詩的言外之意、弦外之音。

黃生《杜詩說》曾記載了他與洪仲共同品味老杜《空囊》詩的情景：「洪方舟曰，黃生以『看』爲看守之看；『恐』，一作『免』。余因爲作二字解：翠柏雖苦猶可食，名霞雖高猶可餐，何事世人共魯莽，豈知吾道屬艱難。不爨一任井晨凍，無衣一任床夜寒。囊空聊欲免羞澀，區區留得一錢看。意言深曲，趣味悠長。洪子欲與黃生相視而笑矣。」〔註53〕

〔註53〕《杜詩說》卷六。

　　洪仲評《病馬》體味了老杜言在此而意在彼的良苦用心：「平底詩廢他不得，此公家騎也。依黃大心意字俱著馬言，言傷足連心。主人深荷其馴良之意也。八句始撥開矣。『深』字即『長』字，『長』字卻在『古來存老馬』二句內見之。『感動』意即不必取長途之意，故曰：暗於此者明於彼。」

　　洪仲讀《除架》詩則體會了老杜所抒發的人生有盡、世事滄桑之感：「此作亦難明，對看上邊《廢畦》詩自明。上人生用暗，此用明。上後半用黏，此用脫。上接句說豈敢惜，三四正深惜之。此接句深惜之，三四又言不敢惜。古文暗跟暗換暗注法然也。詳本集二作相連盡與《蒹葭》《苦竹》二詩，一同機柚也。三四替瓠葉之言，杜詠物詩常格。前半抑揚頓挫，後半開而又開。五六言是蟲聲不去。不知雀意何如？是問雀仍來此處否？從上文『不去』字讀下，自知此句已含八句意。七八反陶詩願結歲盟之言，即今寒事多牢落，因想人生亦有初言。『有初』正說鮮終也。盡用大雅蕩之篇。從剪而爲替字者。結五字浩歎難勝，而達觀則在言外矣。君子是以撫人生而躬自厚矣。」

　　同樣，洪仲評《客亭》則重在分析其見意於言外、意深語厚的特點，體察老杜的滿腔悲憤之情：「自恠愁多不死，又驚歲序催人，故有二起。看下『殘生』『老病』字可知。三四天成，五六頓挫。聖朝應天棄物，老病奈以成翁，殘生即有多少事，亦經飄零似轉蓬。悲憤在言外。」

　　老杜《蒹葭》一詩，如黃生所云「運筆精妙，寓興深微。」〔註54〕洪仲對此詩的多重意蘊亦做了詳盡的闡發，「此作頗難明。對看下章《苦竹》詩自明。此言『體弱』，下說『軟弱』；此言『叢長』，下說『叢卑』；此言『不自守』，下說『亦自守』。分明互見。開口言他不自守，可知借物說人。苗早露多，亦含比興。尋常『摧折不自守』，更使『秋風吹若何』，所以『暫時花載雪』。已看『幾處葉

──────────────────
〔註54〕同上卷四。

沉波』，然當其未摧折也。體弱春苗常幹，叢長夜露已多，但恐江湖早將搖落。竊亦恐爾歲蹉跎，言保守終無多日也。與《熒火》後半篇詞意彷彿。前頓挫，後沉鬱，五六推後補景，七八更進一層。《蒹葭》《苦竹》總借歲寒松柏意相形。杜詩不肯明說耳，學者細求之自識。」

四、洪仲善於考證杜詩字詞本事，體會杜詩深厚的思想蘊涵。在《苦竹軒杜詩評律》中，洪仲做了一些訓詞釋義的工作。其評《陪鄭廣文遊何將軍山林十首》（其七）在黃生所做考釋的基礎上做了發揮：「生菜不知何菜？黃生云『韭』也。昔人作文有句云『德邁九黃』。其徒嘲之曰，未知何時得賣？生菜以『九皇』與『韭黃』音近也。如此則公《立春》詩『春日春盤細生菜』亦指韭。」

洪仲善於聯繫全篇考證杜詩。其評《雲山》：「盼雪山而憶京洛，即以『雲山』字命題。憶京洛，憶朝廷也。不怪朝廷不招已而但怪音書，濃言淡說之法。『靜』猶『杳』。作賦客，難實指其人。黃生以為指王粲。按：公詩常比方王粲。觀四句則指粲無疑。五六平序，七八說物見人。白鷺原在水中，我原不在這裏，故他底哀鳴可怪。」

洪仲還善於聯繫老杜生平思想考證杜詩。他曾引用黃生的說法箋注《天末懷李白》第六句「魑魅喜人過」：「六句從來箋不透，余友黃生曰『喜人過』『喜』字，即《招魂》中『此皆甘人』『甘』字。按：此詩全是用《招魂》，黃生說是。魑魅縱喜人過，未聞有以君子而當魑魅者，故應語白冤魂。投詩即共語上暗下明，稱屈原作冤魂，則白蒙冤可見。說白『共冤魂』語，則自家同白可知。謂之言古見今，言人見己。『君子意如何？應共冤魂語』，前問後答。」洪仲此處箋注知人論世，切理厭心。

杜詩善於通過賦的手法忠實地記錄社會生活，素有「詩史」之稱。洪仲對杜詩這一特點亦有闡發。其評《草堂即事》云：「中景前題後意。肅宗朝以子丑紀月，唐賢並未入詩，故曰詩史。……『禁愁』得倒字，是愁不得歸秦，言蜀歸秦。一二具文見意，實說朝廷亂舊章，

棄黎老耳。稍與俗人知覺便匪杜詩。」

　　杜詩中因物興感、借題發揮之作，往往是用來抒發感慨，批判現實的，具有豐富而深刻的思想內涵，表現了老杜強烈的憂患意識。對此，洪仲抉幽發微，深入探討。其評《悲社》探明了老杜憂國憂民的心迹。其云：「一二濃，不嫌三四淡，凡杜詩淡處亦勝如濃，其故難說。二句接得突兀，五句轉得突兀，始之爲言方也；七八心煩意亂，方欲投南。何由轉北所以然者？只緣老遂眾人，是以難隨高鳥也。前恐群盜縱橫，後怨已國士之知遇。」

　　在研杜方法及觀點上，洪仲與黃生有許多共同之處。但是，在某些具體問題上，黃生的看法與洪仲也不盡相同。黃生《杜詩說》評《陪鄭廣文遊何將軍山林十首》（其五）引洪方舟語云：「銀甲是彈箏用，金魚去換酒來，總是形容高興耳，下文遂接一『興』字。」黃生以爲洪仲此處是株守前人之說，特加按語云：「趙汸注此二句云：『此見何以好客而貧。』竟以『用』字作費用之用，蓋昧銀甲爲彈箏之物耳。洪誤從此解。予嘗引李商隱詩證之，洪猶守前說。謬解流傳，誤我良友，令人憾憾。」〔註55〕

　　對某些詩句的理解，黃生經過長時間的思考，最終形成了自己的看法。其評《野老》云：「洪方舟曰：六句問雲語，言我因長路關心，固宜悲劍閣也，片云爾何意亦傍琴臺耶！憶方舟初導余詩法，令余思此句，余苦思不得，洪徐爲道破，所解如此。余後更覺其不然。雖然，予敢以魚兔既得，忘厥筌蹄也哉！薛益《七律集注》釋此句云：此身如片雲之浮，無所依藉，亦何意戀此琴臺？余向曾抹去之，蓋亦爲洪解所誤耳。」〔註56〕

第三節　《杜詩詳注》徵引《杜詩說》之檢視

　　仇兆鼇（1640～1717），字滄柱，晚號知幾子，章溪老叟，人稱

〔註55〕《杜詩說》卷十二。
〔註56〕同上卷八。

甬上先生，或稱仇少宰。鄞縣人。康熙二十四年進士，累官吏部侍郎。
預修《一統志》。著有《參同契集注》、《四書說約》等。生平事迹詳
《國朝耆獻類徵》初編卷六十二《小傳》。所著《杜詩詳注》〔註57〕，
又名《杜少陵集詳注》，凡二十五卷，130餘萬言。全書分四個部分：
第一部分有譜系、行年表、凡例；第二部分詩注；第三部分文注；最
後是附編。此書卷帙浩瀚，資料繁富，體大思精，宏博該贍，稱得上
是杜詩研究的集大成之作。其所引證之書，僅釋典道藏即達一二百
種。盡收前人及當世注家之見解，援引所及不下百家，而以趙次公、
黃鶴、王嗣奭、錢謙益、朱鶴齡諸家為最多。而對黃生《杜詩說》的
徵引也有三百條之多。從某種意義上說，「徵引」也是一種接受，體
現了編選者的眼光、態度及旨趣。從仇兆鼇《杜甫詳注》徵引《杜詩
說》的情況來看，仇氏在以下幾個方面對杜詩關注較多：

　　一、仇氏注重分析字句章法，揭示杜詩結構。仇氏認識到杜詩
的結構具有波瀾起伏、迴旋往復的特點，多次引用黃說加以說明。《杜
詩詳注》卷十四引黃生評《狂歌行贈四兄》云：「杜五古力追漢魏，
可謂毫髮無憾，波瀾老成矣。至七古間有頹然自放，工拙互陳者。
宋人自以其才力所及，專取此種為詩派，如《逼仄行》及此篇，入
眼頗覺塵氣，總為前人嚼爛耳。」卷十八評《奉送蜀州柏二別駕將
中丞命赴江陵起居衛尚書太夫人因示從》、卷二十評《雲》四首等都
引用了黃生的評語。

　　仇氏還從字句章法入手，著力解析層次結構，點出杜詩之妙。仇
氏常引黃說分析杜詩字法。如，《杜詩詳注》卷一引黃生評《夜宴左
氏莊》：「夜景有月易佳，無月難佳。三四就無月時寫景，語更精切。
上句妙在一暗字，覺水聲之入耳。下句妙在一帶字，見星光之遙映。」
另卷六評《望嶽》、卷十一注《奉和嚴中丞西城晚眺十韻》等等都徵
引了黃說。

〔註57〕仇兆鼇《杜甫詳注》，中華書局1979年第一版。

　　仇氏多次引用黃生對杜詩句法的分析。卷六引黃生評《曲江對酒》論及老杜句法及其對後世的影響，「前半即景，後半述懷，起雲坐不歸，已暗與後半爲針線。花落鳥飛，宦途升沉之喻也，又暗與五六爲針線。《丹鉛錄》：梅聖俞『南隴鳥過北隴叫，高田水入低田流』，黃山谷『野水自添田水滿，晴鳩卻喚雨鳩來』，李若水『近村得雨遠村同，上圳波流下圳通』，其句法皆自杜〔「桃花細逐梨花落，黃鳥時兼白鳥飛。」〕來。」另，卷三評《送裴二虬尉永嘉》、卷十二評《滕王亭子二首》、卷十一評《題玄武禪師屋壁》、卷十五評《熱三首》、卷二十評《日暮》均引黃說論老杜句法。

　　仇氏徵引黃生分析杜詩章法之處也有許多。如，卷二十一引黃生評《歸雁》：「事起景接，事轉景收，亦虛實相間格。又曰：五六本屬結意，卻作中聯。七八本是發端，翻爲結語。前半先言歸，次言辭，後言到，終乃言不過，章法層層倒卷，矯變異常。」另，卷十八評《瞿唐兩崖》、卷十九評《夜雨》均是如此。

　　仇氏還注意到黃生常以古文章法理論分析杜詩章法，對此予以徵引。《杜詩詳注》卷十九引黃生評《更題》云：「五六句中，不用虛字，謂之實裝句。『蒼玉佩』，『翠雲裘』，點簇濃至，與三四寥落之景反照，此古文中傳神寫照之妙，其在於詩，惟杜公有之。『淹此留』，應上發荊州，乃通首倒敘法也。」

　　二、仇氏注重分析表現方法，揭示杜詩言外之意。仇氏發現杜詩中的某些作品如同行雲流水，流暢自然，一氣敘來，不露痕迹。《杜詩詳注》卷二十引黃生評《課小豎鋤斫舍北果林枝蔓荒穢淨訖移床三首》（其二）：「《揚子法言》云：貌則人，心則獸。《莊子‧馬蹄篇》云：至德之世，同與禽獸居，族與萬物並，惡乎知君子小人哉。此言薄俗人心叵測，惟以渾同之道處之，庶可全身遠害。上句以人面影獸心，下句以篇題括篇意，如此用事，眞出神入化矣。」

　　仇氏認爲杜詩之所以能達到出神入化的地步，與老杜筆力雄厚，極富表現力密切相關。其《杜詩詳注》卷九徵引黃生評《和裴迪登蜀

州東亭送客逢早梅相憶見寄》:「此詩直而實曲,樸而實秀,其暗映早梅,婉折如意,往復盡情,筆力橫絕千古。兩自字,有自己、自然之別。」

仇氏還注意到老杜筆力靈活多變的特點。《杜詩詳注》卷二十引黃生評《暝》云:「公筆能巨能細,巨則函蓋乾坤,細乃析分絲理。如五六敘瑣事,極其精工,晚唐人自宜拱手而服,以其鍊字大方故也。」卷十四引黃生評《過故斛斯校書莊二首》(其二)亦云:「二詩借古敘事處,見筆之老,寫景寓情處,見筆之靈。二種筆法俱難到,況兼之乎。」

在仇氏看來,杜詩往往採用寓情於景、虛實相生的表現方法,增強藝術表現力。杜詩中寓情於景之處比比皆是。《杜詩詳注》卷十七引黃生評《黃魚》:「前後詠物諸詩,合作一處讀,始見杜公本領之大,體物之精,命意之遠。說物理物情,即從人事世法勘入,故覺篇篇寓意,含蓄無限。」仇氏就此特加按語論述情景結合的重要性。其云:「唐人詠物詩,唯李巨山集中最多,拈一字爲題,用五律寫意,其對仗亦頗工致,但有景無情,全少生動之色。閱此八首,皆託物寓言,情與景會,身分便自不同矣。」另,《杜詩詳注》卷一評《登兗州城樓》、卷九評《野老》、卷二十評《東屯月夜》等處均引黃說闡明杜詩情景交融的特點。仇氏還引黃生評《曉望》、《春遠》等詩,對杜詩中虛實相生、甚至以虛寫實之處予以闡發。

《杜詩詳注》卷四由黃生評《哀江頭》一詩還論及杜詩情感豐富、含蓄蘊藉、難以指陳的特點:「此詩半露半含,若悲若諷。天寶之亂,實楊氏爲禍階,杜公身事明皇,既不可直陳,又不敢曲諱,如此用筆,淺深極爲合宜。又曰:善述事者,但舉一事,而眾端可以包括,使人自得其於言外,若纖悉備記,文愈繁而味愈短矣。《長恨歌》今古膾炙,而《哀江頭》無稱焉,雅音之不諧俗耳如此。」

仇氏受黃生等人的啓發,主張鑒賞者通過「以意逆志」的方法,涵泳體悟老杜作品的言外之意,與老杜進行心靈感應、共鳴。在仇氏

看來，「以意逆志」包含了以下內容：

首先，要感悟詩人之性情。仇氏認爲鑑賞者要重點把握詩人投射於作品之中的性情。其《杜詩詳注》卷十一引黃生評《聞官軍收河南河北》：「杜詩強半言愁，其言喜者，惟《寄弟》數首及此作而已。言愁者，使人對之欲哭。言喜者，使人對之欲笑。蓋能以其性情達之紙墨，而後人之性情，類爲之感動故也。使捨此而徒討論其格調，剽擬其字句，抑末矣。」卷十三引黃生評《題桃樹》：「此詩思深意遠，憂樂無方，寓民胞物與之懷於吟花看鳥之際，其材力雖不可強而能，其性情故可感而發。不得其性情，而膚求之字句，宜杜詩之難讀也。」

其次，要領會詩歌之意趣。仇氏認爲：詩歌往往表現了詩人的審美情趣，這需要鑑賞者認眞領會。如《杜詩詳注》卷二十一引黃生評《舍弟觀赴藍田取妻子到江陵喜寄三首》（其二）：「『浣花溪裏花饒笑，肯信吾兼吏隱名』，言其不信己衷。『巡簷索共梅花笑，冷蕊疏枝半不禁』，言其善會人意。此嚴滄浪所謂詩有別趣，非關理也。」

再次，要把握「比興」之用法。《杜詩詳注》卷十七引黃生評《月》：「此詩寫景精切，布格整密，運意又極玲瓏，東坡但以『殘夜水明樓』五字，稱爲絕唱，其比興之深遠，從來未經人道也。又曰：迭用鏡鈎、蟾兔、姮娥，他人且入目生厭矣，一經公筆，顧反耐思，由其命意深而出語秀也。」此處，仇氏提示鑑賞者要注意杜詩中引類譬喻、舉邇類遠的「比興」手法。

三、仇氏注重詳稽史實典章，考證名物故實。仇氏生平好學，經史子集無不涉獵，學識十分淵博。故仇氏對黃生於杜詩的考辨多有關注，大致集中在以下幾個方面：

考證詞義。《杜詩詳注》卷十八引黃生注《月三首》：「魍魎、蝦蟆，如此粗醜字，惟少陵能用，然終不可訓。《左傳注疏》：魍魎，川澤之神也。《淮南子》：狀如三歲小兒，赤黑色，赤目、長耳、美髮。《酉陽雜俎》：月中有金背蝦蟆。劉孝綽詩：輪光缺不半。」

考證人名。對黃生的某些看法，仇氏也提出了質疑。如《杜詩詳注》卷十九不同意黃生關於《送李八秘書赴杜相公幕》「南極一星朝北斗」的理解，自注：「黃氏以爲屬公自說，猶云『每依背斗望京華』。不如從舊說指李秘書爲順。」

考證時間。仇氏引用了黃生《杜詩說》對前人有關杜詩創作時間所做的一些駁正，《杜詩詳注》卷二十引黃生注《茅堂檢校收稻二首》：「此詩極贊稻米之白，而《溪上》詩又言山田飯有沙，何耶？蓋溪上就瀼西言，惟此處田不佳，故復置田於東屯。公嘗往來兩地，瀼西其本居，菜園在焉，東屯則因收穫而往居耳。黃鶴以此詩爲自東屯反瀼西作，非也。」

考證地名。仇氏頗爲關注黃生對杜詩中地名的考證。其《杜詩詳注》卷二十一引黃生注《又作此奉衛王》：「古詩：西北有高樓。起語用之，乃見句老。《前漢·地理志》：南郡江陵縣，故楚郢都，楚文王自丹陽徙此。代宗時，江陵已升爲南都。」卷二十引黃生注《刈稻了詠懷》：「《東渚耗稻》詩『豐苗亦已槪，雲水照方塘』，此苗在水中之景，今獲稻則雲水爲之空廓矣。石門，水中對立如門，水落而後石出，故曰：『川平對石門。』趙曰：石門，即所謂『雙崖壯此門』也，舊引《蜀都賦》：阻以石門。注云：石門在溪中之西，於此無預。」

考證題旨：仇氏對黃生《杜詩說》點明杜詩題旨之處多有徵引。《杜詩詳注》卷二十一引黃生注《題柏學士茅屋》：「舊疑此詩，不似對學士語，今考《寄柏學士》詩及《題柏大兄弟山居屋壁》詩，始知其說。一則云：『自胡之反持干戈，天下學士亦奔波。歎彼幽棲載典籍，蕭然暴露依山阿。』一則云：『叔父朱門貴，郎君玉樹高。山居精典籍，文雅涉風騷。』是學士乃柏大之叔父。柏大之山居，即學士之茅屋。學士奔波之所載，即柏大山居之所精。二詩語意互見。此詩則合而言之，勉其子弟，而本其父兄以爲勸，言勤苦以取富貴，爾叔父業有前效，則年少積學之功，安可少哉？」卷十四引黃生注《遣悶奉呈嚴公二十韻》：「公與嚴武始終睽合之故，具見此一詩。蓋公在蜀，

兩依嚴武，其於公故舊之情，不可謂不厚。及居幕中，未免以禮數相拘，又爲同輩所譖，此公所以不堪其束縛，往往寄之篇詠也。」

　　四、仇氏致力探討杜甫思想，頌揚忠君精神。仇氏《杜詩詳注・自序》云：「詩有關性情倫紀，非作詩之本乎？」由此可見，仇氏把溫柔敦厚的詩教作爲杜詩之本，堅持以封建正統思想闡釋杜詩，重在闡發杜詩所體現的儒家倫理觀念、道德情操。因此，仇氏多次徵引了黃生這方面的相關論述。主要有以下幾個方面：

　　其一，稱道老杜人品抱負。仇氏認爲詩品即人品，由杜詩可觀察老杜的人格操守。如《杜詩詳注》卷二引黃生評《前出塞》（其九）：「六朝好擬古，類無其事，而假設其詞。杜詩詞不虛發，必因事而設。此即修辭立誠之旨，非詩人所及。」同樣，老杜之思想抱負在詩中亦可盡情展現。《杜詩詳注》卷一引黃生評《奉贈韋左丞丈二十二韻》：「騎驢六句，極言困厄之狀，略不自諱，隱然見抱負如彼，而阨窮乃如此，俗眼無一知己矣。」

　　其二，讚譽老杜忠君精神。由於受儒家思想的深厚影響，仇氏特別關注老杜的忠君精神，並予以大力闡發，以至有尊杜太過之嫌。如今人周採泉云：「『尊杜太過』確爲仇注一病，唯其尊杜太過，故於解杜常橫亙『惓懷君父』一念，而曲解原作。」〔註58〕

　　由於仇氏過分強調老杜「一飯不忘君」的思想，所以他對黃生《杜詩說》此方面的論述特別留意，曾多次徵引。現擇其要，列示如下：

　　《杜詩詳注》卷五引黃生評《自京竄至鳳翔喜達行在所》：「公若潛身晦迹，可徐待王師之至，必履危蹈險，歸命朝廷，以素負匡時報主之志，不欲碌碌浮沉也。」

　　卷十七引黃生評《江月》：「結在章法，是推開一步，在比興正是透深一層。蓋即男女之情，以喻君臣之義，則前半所云『思殺人』、『一沾巾』者，皆有著落矣。公之攀屈宋而親風雅，實在於此，此豈玉臺、

〔註58〕《杜集書錄》第205頁。

香奩輩所能效顰哉？」

　　卷六引黃生評《曲江對雨》：「公感玄宗知遇，詩中每每見意。五六指南內之事，蓋隱之也。敘時事處，不露痕迹。憶上皇處，不犯忌諱。本詩人之忠厚，法宣聖之微辭，豈古今抽黃媲白之士所敢望哉。錢箋獨得其旨。雨景即寂寥，詩語則濃麗，俯視中晚以此。」

　　卷十九引黃生評《秋行官張望督促渚耗稻向畢清晨遣女奴阿稽暨子阿段往問》：「杜田園諸詩，覺有傲睨陶公之色，其氣力沉雄，骨力蒼勁處，本色自不可掩耳。又曰：《信行修水筒》詩，極其獎賞，此詩乃云『尚恐主守疏，用心未甚臧』，則二人之賢否見矣。」

　　其三，維護杜詩雅正主旨。出於「尊杜」這一觀念，仇氏以爲忠君報國是杜詩之主旨。其《杜詩詳注》卷十六引黃生評《諸將》（其五）「《有感》五首與《諸將》相爲表裏，大旨在于忠君報國，休兵恤民，安邊而弭亂。其老謀碩畫，款款披陳，純是至誠血性語。」

　　在仇氏看來，杜詩中不存在怨諷君主、譏刺朝政之作。仇氏《杜詩詳注》卷十七引黃生評《提封》：「八章，專述開元以來之事，借古喻今，美惡不掩，風人之旨，盡於此矣。他詩有連及者，固無譏刺之意，以爲是非具在國史，非臣子所得而私議。至受恩先帝，沒齒不忘，深思愾慕，則時有之。後人不能推公之志，毛求影捕，輒謂有所刺譏，夫君子不非是邦之大夫，況親委贄而爲之臣者哉。」

　　卷十一引黃生評《有感五首》：「七律之《諸將》，責人臣也。五律之《有感》，諷人君也。然此雖諷人君，未嘗不責其臣，以強圉國事，敗壞至此，皆人臣之罪也。公平日諄諄論社稷憂時事者，大指盡此五首。又曰：此五首，在公生平爲大抱負，即全集之大本領，從來讀杜詩者，並未拈出。又曰：末首，通結數章之意，而歸本於主德。所謂君仁莫不仁，君正莫不正，而惟務格君之心者，具於此見之。讀此五章，猶以詩人目少陵者，非惟不知人，兼亦不知言矣。」

　　卷十四引黃生評《旅夜書懷》：「太白詩『山隨平野盡，江入大荒流』，句法與此略同。然彼止說得江山，此則野闊星垂，江流月湧，

自是四事也。又曰：此詩與客亭作，功力悉敵，但意同語異耳。聖朝無棄物，老病已成翁，此不敢怨君，引分自安之語。『名豈文章著，官應老病休』，此無所歸咎，撫躬自怪之語。」

老杜《遣憤》一詩，黃生評曰：「題云《遣憤》，憤人主蔽於近倖，不任元戎，而使花門得行其肆橫也。總戎，指郭子儀。蜂蠆，指程元振輩。望代宗一震雷霆，以去讒佞耳。」對此解釋，仇氏表示了不滿。其《杜詩詳注》卷十四特加按語：「此說稍異，不如《杜臆》。」王嗣奭《杜臆》云：「子儀說花門同逐吐蕃，而論功猶未歸去，則其觖望可知。子儀身繫天下安危，而有事相之，無事棄置，所以外夷輕視中國，公甚惜之，故云『自從收帝裏，誰復總戎機』。迴紇毒如蜂蠆，若元戎得人，可震以雷霆之威矣。」此說只責人臣，而不怨君主，與仇氏思想較爲一致。

五、仇氏努力發掘史實，強調詩史互證。仇氏認識到杜詩詩史互通的一面。爲還原眞實的歷史、眞實的老杜，仇氏搜羅經史子集，詳稽諸子百家，在浩如煙海的典籍中，剔抉爬梳，細心鈎稽。對黃生《杜詩說》的相關論述也多有徵引：

其一，仇氏明察杜詩中之史實。其《杜詩詳注》卷十七引黃生注《寄韓諫議注》：「錢氏謂此詩欲韓諫議貢李泌於玉堂，其說近鑿。韓時在岳陽，其官之有無不可知，何得以薦賢望之？觀泌語肅宗云『殺臣者，乃五不可』，則其君臣之間，正非諫議小臣之能與也。予意韓張良，當即指韓諫議，亦在靈武從駕，故曰『昔隨劉氏定長安』，既而肅崩代立，故曰『帷幄未改神慘傷』，其人必見時事不佳，故棄官遠遊，公特微其辭曰『國家成敗吾豈敢，色難腥腐餐楓香』也。前段『玉京群帝』云云，指當時在朝之臣，遠方流落者望之猶登仙也，公蓋與韓有舊，故作此寄之，而因以自寓，所以結處深致慨惜，言此人自宜在玉堂之上耳，爲得置而不用耶？朱注雖不徑指爲李泌，故云其人必肅宗時嘗與密謀，後屏居衡山，修神仙之道，公思之而作，則亦總爲『玉京群帝』等語所惑也。予初疑公以子房比韓，或張之先與韓

同出。因檢《史記索隱》注云：王符、皇甫謐皆言子房本韓之公族，因秦索之急，故變姓名。益知本句不曰漢代張子房，而曰漢代韓張良，公之所指本明白，人自不解耳。」

其二，仇氏考證杜詩中之時事。關於老杜《行次昭陵》詩，《杜詩詳注》卷五先引黃生的注釋：「此章分兩段，前六韻言太宗創業垂統之事，後六韻言目前天下未安，因有太宗不作之恨耳。又曰：昭陵武功文德，只六韻述盡，可謂巨筆如椽。《堯典》、《禹謨》之句，敘繼統事，尤見大力斡旋。又曰：唐仲言云：明皇任楊李亂政，故有災猶降、喘未蘇之歎，因思向者之安撫而不可得，是以向山隅而流恨。舊作隋末之亂者非。」在此基礎上，仇氏又做了精審的考訂：「此說甚是。蓋從文物四句讀下，便見今日之朝廷，事事與之相反。開元之治，媲美貞觀者，今已掃地。有志之士，皆爲當路沮抑而不得進，安得不望昭陵而興悲乎？後來杜牧亦有『樂遊原上望昭陵』之句，蓋昭陵之時，士無不遇之歎也。又曰：錢牧齋引《祿山事迹》，有黃旂助戰、石馬汗流事，謂此詩作於收京之後。災猶降，指天寶之亂，指麾蕩滌，頌收復之功，若天寶初，安得先舉昭陵石馬事耶。蓋《英華》本鐵字作石故也。予謂玉衣二句，蓋援古事爲形容之語耳。以鐵爲石，恐後人轉因昭陵有此事，從而改之。不然，祿山之亂，率土翻覆，九廟震驚，何詩中略無一語敘及，恐蹂躪之慘、恢復之功，以往者四語當之，亦不甚似，而寂寥二語作結，亦不相應也。此詩中段，向有三說：以災降爲隋末旱災，仍降唐初者，張南湖說也。以災降爲韋后亂宮，明皇廓清者，錢牧齋說也。以災降爲祿山倡亂，如隋末兵戈者，朱長孺說也。黃白山謂指天寶季年祿山未亂之先，此說得之，故附於五卷之末。下段『鐵馬汗長趨』，用楚王廟事，聞之友人費遜勗者。及閱《南史》，確爲可憑。」

仇氏主張以歷史還原杜詩背景，恢復杜詩環境。如《杜詩詳注》卷十九引黃生注《贈李八秘書別三十韻》：「時諸將連兵討崔旰，勝負未決，杜鴻漸以節度使讓旰，而使諸將各罷兵。公蓋深憤此事，故於

詩中吐露之曰：『西蜀災長弭，南翁憤始攄。』雖爲稱頌之詞，其實災異未必弭，憤未嘗攄也。曰：『對殽抗士卒，乾没費倉儲。』言蜀中軍實耗損，入告朝廷，善爲區處，使緩急有備，此大臣行邊善後之策也。如是，則西蜀災長弭矣。曰：『勢藉兵須用，功無禮忽諸。』此用季文子誅無禮於君之言。如旰殺主將而叛，此豈有禮於君者？今反就加節使，是功及無禮矣。夫旰罪當誅，勢必藉兵，今乃與諸將同拜朝命，功罪不明，於文子之言，無乃忽諸。必殺崔旰，憤始攄矣。公於《贈李》詩中，寓詞告杜，蓋深諷其處事之草草也。」

仇氏還主張以杜詩證歷史之謬，補歷史之闕。如《杜詩詳注》卷十五引黃生注《贈李十五丈別》：「此詩北回、南入二句〔「北回白帝棹，南入黔陽天。」〕，杜田謂李丈訪勉於梁州，是也。黃鶴謂由黔南以入豫章，故下有『解榻秋露懸』句，是就用陳蕃事，其固已甚。夫由蜀入豫章，一水之便，反迂道以入黔陽，何爲者耶？如『解榻再見今』，前以之贈楊監矣，豈必泥於江西乎？錢箋偏信鶴說，反以杜爲誤，彼蓋依據史文耳。史載勉爲梁州都督，在肅宗初年，及寶應元年，党項、奴剌寇梁州，勉棄郡走，後歷河南尹，徙江西觀察使。大曆二年來朝，拜京兆尹。錢氏誤認訪勉在江西，故於北回、南入，程途不合。且此詩已稱汧公，而《新書》記封爵在大曆十年，錢氏既知其謬矣。則本傳所載前後歷官之歲，又安可盡信乎？據詩言『南入黔陽天』，知大曆初年勉尚在梁州也。如此類，正當援詩以正史，不當據史以釋詩矣。」

仇氏《杜詩詳注》以資料詳備、援據繁富、注釋精當而著稱。其於黃生《杜詩說》的徵引亦可謂詳盡。但是即便如此，不足之處仍在所難免。老杜《夏日李公過訪》詩，黃生評云：「『牆頭過濁醪』，不欲使客知也。以之入詩，則偏欲使客知之，乃見詩家之趣。可見貧是有趣之事，富是無趣之事。詩之爲物，喜貧而憎富，非偶然也。」此條仇注未引，今人周採泉以此爲仇注遺珠之憾：「安貧樂道之言，吐屬自是不同。其說詩風格頗似唱經堂，但金人瑞非失之俚，即失之莽；

此則馴雅典則，非金人瑞所可同日而語。仇注引黃生凡三百餘條，上舉一條卻未引，可見遺珠尚多也。」〔註59〕

〔註59〕《杜集書錄》第 190～193 頁。

第六章 《杜詩說》對當代
杜詩研究的啓示

　　黃生《杜詩說》所體現出的研究方法、思維方式和治學路徑，對當代杜詩學產生了很大影響。一批具有深厚傳統文史功底的現當代著名學者，其研究方法受到了黃生的啓發，卻又有所超越和開拓，使傳統治學方法具有了現代學術性質，促進了當代杜詩學的構建。其中比較突出的有葉嘉瑩和陳貽焮等人。下面兩節試從接受史的角度，分別論述葉嘉瑩《杜甫秋興八首集說》、陳貽焮《杜甫評傳》與黃生《杜詩說》之間的聯繫。

第一節 《杜甫秋興八首集說》於《杜詩說》
研杜方法之拓展

　　葉嘉瑩《杜甫秋興八首集說》初版計有二十餘萬字，1966 年由臺灣中華叢書編審委員會印行，「共搜輯了自宋迄清杜詩注本三十五家，計共得不同之版本四十九種，曾分別爲之考訂異同，對諸家之說各依時代先後加以整理校評。」〔註1〕後「又增入歷代杜詩不同之注本十八種，與前在臺灣所收輯者，按時代先後重新加以編排改

〔註1〕　《增輯再版後記》，《杜甫秋興八首集說》。

寫,計共得不同之注本五十三家,不同之版本七十種」,1988 年在
大陸出版,凡 40 萬言。是書廣泛搜集第一手資料,網羅囊括杜詩眾
多版本,既系統整理舊說,又排除曲解誤解,提出了有說服力的新
見,在學界影響頗廣。有學者評曰:「細讀這部《集說》,自北宋王
洙至清末的評注家,並非僅限於詩句的箋釋,對傳統的律詩學、組
詩學及律詩和組詩的詮釋學有著深入而系統的論述。」〔註2〕

　　葉嘉瑩認爲黃生的《杜詩說》「不詳注字句而評說頗詳。」在所
著《杜甫秋興八首集說》中,依據清康熙丙子(1696)刊本,於《杜
詩說》的觀點引用較多。眾所周知,思潮的衝擊,思想的變革,新方
法的崛起,學術眼光的轉移都會不同程度地引發文學研究的革新與轉
向,從而產生研究的新旨趣。「每一個時代,在其獲得新的思想時,
也獲得了新的眼光。這時他就在舊的文學藝術中看到許多新精神。」
〔註3〕葉嘉瑩作爲一位既深入歷史,宏觀地把握過去,又立足當前,
確切地瞭解當代學術發展的學者,對《杜詩說》的審視自然會具有嶄
新的視角,體現出獨特的學術個性。

　　葉嘉瑩立足於杜詩實際,緊扣具體作品來理解闡釋杜詩,加深
了對杜詩藝術特徵的美學認識,分析了杜詩獨特的藝術風貌。就《秋
興八首》而言,葉嘉瑩認爲,「無論以內容言,以技巧言,都顯示
出來杜甫的七律,已經進入了一種更爲精醇的藝術境界。」〔註4〕

　　在藝術技巧方面,葉嘉瑩認爲杜詩的成就主要表現在兩點:其一
是句法的突破傳統;其二是意象的超越現實。〔註5〕她的這一看法是
建立在對傳統杜詩學深刻理解基礎上的一種開拓與創新。它的提出也
受到了黃生《杜詩說》的某些啓示。現分論如下:

　　其一是句法突破傳統。葉嘉瑩《杜甫秋興八首集說》從黃生關於
杜詩字句章法的論述中受到啓發,認爲老杜的七律一方面遵循傳統的

〔註2〕《中國古典詩歌接受史研究》第 30 頁。
〔註3〕海涅《北海集》。
〔註4〕《杜甫秋興八首集說》第 46 頁。
〔註5〕同上第 47 頁。

法度，形式精美，格律工整，另一方面擺脫了傳統的束縛，伸縮自如，自由奔放，進入了嶄新的境界。舉例如下：

分章集解・其七：「關塞極天唯鳥道，江湖滿地一漁翁。」引黃說：「七言道阻難歸，八言旅泊無定，公思歸不得，多以道遠爲辭。蓋本張衡《四愁》之旨。江湖滿地，即『陸沉』二字變化出之。」瑩按：「此所云『陸沉』，與金解所云『滔滔皆是』之意頗相近。」此處，葉嘉瑩由黃說見出老杜七律字法的作用。

分章集說・其一：「玉露凋傷楓樹林，巫山巫峽氣蕭森。」引用黃說：「『凋傷』二字連用，以字法助句法，巫山、巫峽，分山水二項。」此處，葉嘉瑩說明了杜詩字法於句法之作用。

分章集解・其七：「波漂菰米沉雲黑，露冷蓮房墜粉紅。」引黃說論杜詩句法：「五、六，比賦句。菰米蓮房，賦也；雲粉，比也。又，雙眼句，以句中『漂』字、『沉』字、『冷』字、『墜』字，皆眼也。」瑩按：「此但論比賦句法，並無深意。」

分章集說・其一：「叢菊兩開他日淚，孤舟一系故園心。」引白山說：「『一系故園心』，思故園即思長安也。此句點睛。」瑩按：「此亦以思故園爲指長安，爲點睛之句，與《杜臆》之說相近。」此處，葉嘉瑩由黃說注意到杜詩中點睛句之妙用。

分章集解・其五：「蓬萊宮闕對南山，承露金莖宵漢間。」引黃說：「初以蓬萊宮闕起興，次句承南山而言。金莖雖入霄漢，實因南山之高以爲高耳。」瑩按：「此言金莖因南山而高，所說殊略。」此處，葉嘉瑩看到了句法承接語意之作用。

分章集解・其八：「彩筆昔遊干氣象，白頭今望苦低垂。」引黃說：「予嘗疑其似對結，而以中二字不侔爲恨，又疑『吟』字當作『今』字。後閱錢牧齋本，乃作『昔遊』，而注云『一作曾』，予始大悅。上句當以『遊』字爲正，下句則『今』字無疑也。『昔遊』，『今望』，對結既不可易，而二字又皆橫插成句，且一『遊』字，不但收盡一篇之意，兼收盡曲江以下數篇之意，而「望」字則又遙應第二首『望』字，

因歎公詩經營密緻，殆同織錦，不幸爲誤本所汨沒，安得人人而夢告之！」瑩按：「此論『昔曾』當作『昔遊』，『吟望』當作『今望』，『彩筆昔遊』一句總收，『白頭今望』一句遙應，如此，乃彌覺其章法完足，感慨無限，所言極是。」此處，葉嘉瑩由黃生所論見出杜詩章法之完備。

分章集解・其七：「織女機絲虛夜月，古鯨鱗甲動秋風。」引黃說：「三、四與『畫省香爐違伏枕，山樓粉堞隱悲笳』，並倒押句，順之，則夜月虛織女機絲，秋風動石鯨鱗甲也，句法既奇，字法亦復工極。」瑩按：「此論字法句法，可見杜甫於七律一體開拓變化之功。」此處，葉嘉瑩由黃說見出老杜的七律既保持形式的嚴整，又掙脫嚴格的束縛。

其二是意象超越現實。與一般人側重關注老杜寫實的作品不同，葉嘉瑩更加喜愛杜甫晚年所創作的七律中的某些作品。因爲它們表現了一種寫現實而超現實的意境，「既非平敘之寫實，又非拘牽之託喻，而乃是以一些事物的意象表現一種感情的境界，完全不可拘執字面爲落實的解說。」〔註6〕《杜詩說》中的許多注解也啓發了葉嘉瑩對這一問題的思考。

分章集說・其一：「江間波浪兼天湧，塞上風雲接地陰。」引黃說：「三、四句喻乾坤擾亂，上下失位之象。又，三、四二句，語含比興。」瑩按：「杜詩妙處正在寫實而復有淩越現實之意。如此聯，固是寫眼前現實景物，而其言外乃有無限凋傷衰颯之歎，令人油然自景物而感慨及於人事，惟是一加確指，則反失之拘狹，此正詩人感興之妙，殊不必以穿鑿之說強作解人也。」

分章集解・其八：「佳人拾翠春相問，仙侶同舟晚更移。」引黃說：「《詩》：『雜佩以問之。』『拾翠』字出《洛神賦》，而意則暗用漢皋解佩事，此熔古入化處。又，五、六，詠景中之人，要形容士女遊宴之盛，非必有所指。乃仙侶同舟，解者輒以岑參兄弟當之，然則佳

人拾翠，又將以何詩爲證耶？其陋極矣。」瑩按：「此以爲二句不必
確指，『仙侶同舟』不必指岑參兄弟。至云『暗用漢皋解佩事』，則當
指『相問』二字言也。」此處，葉嘉瑩讚賞黃說，指出老杜此句雖寫
現實，但不爲現實所拘，表現了一種寫現實而超現實的意境，「此句
不過見他人士女遊賞之盛，想當然有如此者而已。故此一聯，仍以不
確指立說爲是。」如一意指定就是爲岑參兄弟立說，則太過拘狹。

　　在葉嘉瑩看來，老杜七律之所以能有如此高的成就，主要有以下
兩種原因：

　　一、從表現內容來看，《秋興八首》表現「意象化感情」。所謂
「意象化感情」是一種感情的新境界，是指那種不局限於一時一事
的、超越現實的情感。葉嘉瑩的這一說法，受到了《杜詩說》注解
的啓發。試舉例說明如下：

　　分章集解・其七：「昆明池水漢時功，武帝旌旗在眼中。」引黃
說：「武帝鑿昆明，本以習水戰，故用『旌旗』二字。在眼中，想像
之意也。謝康樂詩『想見山中人，薜蘿若在眼』三字出此。」

　　又，「說者多以漢武指明皇，然自蓬萊宮闕以後，並敍己平居遊
歷之地，以伸故國之思耳，何必首首牽入人主。況昆明以下諸處，皆
前代之迹，詩已明言『自古帝王州』矣，後人都不細繹，故其知者，
則以爲思明皇，其不知者，遂以爲譏明皇荒淫失國，膚見小生，強作
解事，竟使杜公冤沉地下，『文章千古事，得失寸心知』，公蓋已預料
後人不能窺其潭奧矣，噫。」

　　又，「或曰五言《宿昔》、《能畫》、《鬥雞》諸作，固皆指切明皇。
子何所見而謂《秋興》必無譏乎，曰凡說詩當審其命意所在，而後不
以文害辭，不以辭害志，如望京華，思故國乃《秋興》之本意也。以
此意逆之，自然絲絲入簑，葉葉歸根，若云譏及明皇，支離已甚，其
害辭害志豈細乎？而謂《宿昔》諸詩，可同日而語乎？」

　　瑩按：「此說以爲《秋興》八詩自『蓬萊』一首以後，大抵敍平
居遊歷之地以伸故國之思，而不必首首牽入人主。又論及說詩當審其

命意所在，不可概指爲有譏切之意，所言頗爲有見。《秋興》八詩自以故國之思爲主，不得與《宿昔》、《能畫》、《鬥雞》諸篇專詠明皇之事者等視齊觀，更何得以譏諷爲說。惟若以爲但思故國平居昔遊之地則又不然。杜甫此八詩自『蓬萊』一首以下雖皆以故國平居之景事起興，然亦自有無窮盛衰之感在於言外。必其有所指，固失之拘；必其無所指，又失之淺，此正杜甫之所以成其爲渾涵汪洋也。」此處，葉嘉瑩同意黃說，並進一步指出，老杜七律之所以汪洋恣肆、難以指陳、含蓄蘊藉，正是因爲詩中表現的情感具有極大的包孕性與不確定性。

葉嘉瑩還認爲，老杜所抒發的「意象化感情」至爲博大，至爲深厚。其云：「如果以杜甫與李賀、義山輩的幽微渺茫之意境相較，杜甫詩中所表現的情意，仍是屬於近乎現實之情意，然而其竟能突破現實之局限的原故，則在其感情本身之質量的深厚與博大。」〔註7〕

二、從表達方式來看，老杜側重於有感而發。葉嘉瑩認爲：老杜七律與其他詩作有所不同。它不是詩人有意而爲之的，而是由於情動於中才形諸筆端，以抒發內心眞實感受爲主。而且，老杜往往採取「興」的手法，借助於物象來傳達某種不可言喻的情感。

關於杜詩「興」的手法，黃生亦有論及。葉嘉瑩分章集說・其一：「寒衣處處催刀尺，白帝城高急暮砧。」引黃說：「結處虛虛點秋興之意，以後數章始得開展。」瑩按：「此所謂『點秋興之意』，蓋謂刀尺、砧聲爲點秋，所引發之客子無衣之感，則興也，其說亦不無可取。」此處，葉嘉瑩點明老杜是感物而發，借物象表達游子之愁懷。

分章集解・其四：「魚龍寂寞秋江冷，故國平居有所思。」引黃說：「天涯羈旅，回思故國平居之事，不勝寤寐永歎耳。」

又，「七句陡然接入，得此一振。全篇俱爲警策，言外實含比興意，謂時事紛紜，志士正宜乘時展布，奈何龍蟠魚伏，息影秋江？回思昔日，亦嘗廁足朝班矣，乃今一跌不振，誰實爲之。下章『一臥滄

〔註7〕《杜甫秋興八首集說》第51頁。

江』、『幾回青瑣』之句，分明表白此意。」

　　又，「八句結本章而起下四章之義。下四章不過長言之，以舒其悲耳。或謂寓譏明皇神仙遊宴武功之事，是猶其人方痛哭流涕而誣其嬉笑怒罵，豈情也哉。」

　　又，旁批：「『魚龍』句，振起，語含比興。」

　　瑩按：「此以比興釋『魚龍』句，與金解寄興魚龍之說相近。至於論下四章之言，以爲不過長言以舒其悲，不可以譏刺爲說，亦頗得忠厚之旨。」此處，葉嘉瑩肯定了黃生關於老杜「魚龍」句採用了比興手法的分析。

　　詩歌是詩人生氣灌注的結晶。葉嘉瑩看到，由於老杜的主觀情感自然投射於客觀景物，因此詩歌具有了別樣的情致。分章集說・其一：「叢菊兩開他日淚，孤舟一繫故園心。」引黃說：「花如他日，淚亦如他日，非開花也，開淚而已；身在孤舟，心存故園，非繫舟也，繫心而已，故云云。」瑩按：「此云『非開花也，開淚而已』，與金解別批『兩開者，皆他日淚』之說相近。花如淚點，情致頗佳。」

　　葉嘉瑩發現：老杜情到濃處，筆下「一切景語」即「情語」。分章集解・其六：「瞿唐峽口曲江頭，萬里風煙接素秋。」引黃說：「首句接上『滄江』字來，一、二分明言在此地思彼地耳，卻只寫景。杜詩至化處，景即是情也。」瑩按：「黃生『景即是情』之說頗是。」

　　林繼中《百年杜甫研究回眸》一文對葉嘉瑩研討杜甫七律所體現出的學術旨趣、研究方法及其影響作了全面的總結：「1988年大陸出版了海外學者葉嘉瑩《杜甫〈秋興八首〉集說》增輯本，作者之初心是針對現代詩之突破傳統句法顛倒錯綜而有易爲一般讀者所理解的現實，以杜甫《秋興八首》之集說啓示今人，總結其反傳統與意象化經驗，力倡突破傳統必須深於傳統之修養，深於現實之體驗。同時提出研究方法上東方與西方理論之結合、文學研究與科學技術之結合的期望。隨著該書的出版，一批海外學人的漢學研究成果陸續被介紹，其中如高友工、梅祖麟的《唐詩的魅力》（1989年），從語言結構入

手分析《秋興》，進而研究唐詩，使人耳目一新，引起較大的反響。」
〔註8〕葉嘉瑩既有相當深厚的國學根基，又善於理論開掘，具有新穎
的思想，故其對《杜詩說》的評論能夠在繼承的基礎上又有所超越，
從而作出了既切合實際又富有時代意義的評判。葉嘉瑩《杜甫秋興八
首集說》對《杜詩說》的接受於當代杜詩學構建的啓示，概言之，大
致有以下兩點：

一、力倡突破傳統必須深於傳統之修養。葉嘉瑩認爲：「要想違
反傳統、破壞傳統，卻要先從傳統中去汲取創作的原理與原則。」
〔註9〕葉嘉瑩於老杜《秋興八首》的分析正是植根於傳統，來源於
傳統，從傳統中汲取思想方法。

首先，要眞正瞭解傳統，必須注意弘揚傳統學術的優長之處。葉
嘉瑩以求眞求實爲宗旨，著力於黃生等清代學者所經常採用的研究方
法，極其重視訓詁、考證等工作。如：分章集解・其三：「同學少年
多不賤，五陵衣馬自輕肥。」引黃說：「衣馬輕肥，反取與朋友共意，
言長安知舊，不惟不相援引，並周急恤友之意，亦無之矣，『同學少
年』者，易之之辭。又，此詩氣脈渾渾，首尾全不關合，及詩腹之體
也。」瑩按：「此以慨『長安如舊』『不相援引』爲說，且引《論語》
『與朋友共』爲證。至云『同學少年者易之之辭』，易之，輕之也。」
此處，葉嘉瑩指出黃說之出處。

作爲一位現代學者，葉嘉瑩沒有把訓詁、考證作爲詩歌研究的最
終目的，而是將之作爲理解、分析詩歌的一種工具與手段。如，分章
集解・其四：「魚龍寂寞秋江冷，故國平居有所思。」瑩按：「黃說、
通解、范解，雖未引《水經注》『秋日爲夜』之言，然亦皆以『魚龍
寂寞』爲指秋日之夔江，而非指秦之魚龍川。」此處，葉嘉瑩進一步
考索諸家說法，對詩歌作了深入的理解。

其次，要眞正瞭解傳統，必須善於博採眾長，比勘前人精見，解

〔註8〕 林繼中《百年杜甫研究回眸》，《河北大學學報》1999年第2期。
〔註9〕 《杜甫秋興八首集說》第51頁。

決學術疑難。杜詩箋釋叢生，眾說紛紜。葉嘉瑩把黃說與諸家說法加以比較，排除曲解，糾正誤解。如：

分章集解·其四：「直北關山金鼓振，征西車馬羽書遲。」引黃說：「乃今吐蕃內逼，禍尚未弭。又，金鼓轟而直北之關山俱振；羽書急而征西之車馬自遲，橫插二字成句。」瑩按：「此以『羽書急』而『車馬遲』爲說，蓋與詩通、邵解、意箋、胡注奚批及會粹之以『徵兵莫至』釋『羽書遲』之說相近。」此處，葉嘉瑩將諸家說法加以排列整理。

分章集解·其三：「千家山郭靜朝暉，日日江樓坐翠微。」引黃說：「時與地，皆從上章接來，上章寫晚景，此章乃寫朝景，上云『每依』，此云『日日』，可知早夜無時暫釋矣，坐翠微，對翠微而坐也。」瑩按：「此云『無時暫釋』，與詩闈『每依北斗』，『日坐江樓』及胡注奚批『無時不愁』之說相近，至於以『對翠微而坐』釋『坐翠微』與杜臆『對翠微』及顧注『遠峰如在樓頭』之說相近，而與九家注『樓在山間』及邵解『江樓臺在翠微中』之說並不盡同。然而夔府山郭，四圍山色，二者之意，亦並不相遠也。」此處，葉嘉瑩比較黃說與其餘幾家說法之異同。

分章集解·其六：「回首可憐歌舞地，秦中自古帝王州。」引黃說：「可憐藏歌貯舞之地，一朝化爲戎馬之場，因思秦中歷代所都，勝迹非一處，益令人不堪回首耳。下二章遂復以池苑之屬起興。又，七、八，應四句，又總挽首句。」瑩按：「此亦以歷代勝迹爲言，與仇引陳澤州之說相近。至其論章法之言，謂曲江爲歷代勝迹，故下二章以池苑起興，其說重在『池苑』，與仇注所云『帝王州又起下漢武帝』之重在『自古帝王』之說不同，杜甫於此二說，蓋兼有之。」此處，葉嘉瑩讚賞黃生擇善而從的做法。

再次，要眞正瞭解傳統，必須具有高屋建瓴的學術眼光。要對歷史上的研究成果予以梳理和總結，追蹤學術源流演變，評斷各家是非爭端。如：

分章集解‧其三:「匡衡抗疏功名薄,劉向傳經心事違。」引黃說:「衡、向皆歷事兩朝者,喻已立朝亦更玄、肅兩主,其始有同抗疏之匡衡,而功名遠遜;其後不及傳經之劉向,而心事重違。意蓋不滿肅宗,而其辭則可以怨矣。又,『薄』字,即平聲微字耳,抗疏雖似匡衡,功名何薄;傳經僅比劉向,心事甚違。公蓋不欲以文章名世,即五言所謂『名豈文章著』者,特借用劉向事耳。又,『匡衡』二句,借古為喻。」瑩按:「此以『衡、向皆歷事兩朝,喻已立朝亦更玄、肅兩主』為言,似不免過為深求,其『不滿肅宗』之言,更嫌拘鑿淺露,已於仇注按語中論之。至於以『不欲以文章名世』釋『心事違』一句云『傳經僅比劉向,心事甚違』則與一般通說,亦復相異。至所引『名豈文章著』句,則見於《旅夜書懷》一詩。詳後總按。」此處,葉嘉瑩對黃生的研究成果作出了實事求是的評判。

分章集解‧其五:「雲移雉尾開宮扇,日繞龍鱗識聖顏。」引黃說:「雉尾,即宮扇。開,言駕坐而扇撤也。曰雲移,則宮扇之多可知。龍鱗,指袞衣,識之云者,前此尚未辨色,至日出而後覿穆穆之容耳。又,五、六方貼蓬萊宮敘及早朝,結故以『點朝班』三字挽之。」瑩按:「此未明言為玄宗朝抑肅宗朝事。」此處,葉嘉瑩發現了黃生說法的不足之處。

二、現代方法必須與傳統研究方法融會貫通。葉嘉瑩之所以能立足於傳統而又超越傳統,在於她既挖掘傳統思想資源,又借鑒吸收西方的新方法。她最初創作《杜甫秋興八首集說》,正是出於對當時臺灣風行所謂「現代詩」這一現象的關注,企圖通過對老杜七律反傳統與意象化經驗全面總結、深入剖析和高度評價,開拓學術視野、更新理論方法,啓示今人。葉嘉瑩認為,要想把杜詩學推向新的高度,需要做到「東方與西方理論之結合、文學研究與科學技術之結合」〔註10〕,注意將傳統研究方法與西方現代方法加以融會貫通。

〔註10〕林繼中《百年杜甫研究回眸》,《河北大學學報》1999 年第 2 期。

　　葉嘉瑩認爲：引進新方法必須建立在對中國文化傳統深切瞭解的基礎之上，做到中學與西學有機結合，而不能照搬照抄西方新的理論方法。她說：「中國文學批評之需要新學說新理論來爲之拓展和補充，可以說是學術發展的必然趨勢，這是任何人都無法加以阻遏的。」〔註 11〕她同時又指出：「理論乃是自然現象歸納而得的結果。中西文學既有著迥然相異的傳統，則自西方文學現象歸納而得的與中國文學現象並不全同的理論，其不能完全適應於中國之文學批評，自不待言。這種相異，正如兩個身材全然不同的女子，安排這個人體型所做的衣服，穿在另一個人身上，自然不能完全適合。可是體型雖然不同，然而剪裁製作的原理卻又正有著某些共同的可以相通之處。如果不能從原理原則上著眼來對中國說詩的傳統加以拓展和補足，而只想著借一件別人現成的衣服來勉強穿在自己的身上，則一方面既不免把自己原有的美好體型全部毀喪，更不免把借來的衣服扭曲得十分醜怪。」〔註 12〕

第二節　《杜甫評傳》於《杜詩說》注杜傳統之考察

　　1976 年文革結束之後，古代文學研究界迎來了思想的解放。在這種大背景下，陳貽焮經過多年潛心研究，創作了《杜甫評傳》（以下簡稱《評傳》）一書。「《杜甫評傳》上卷，從一九七九年三月中旬寫起，到一九八一年五月底脫稿，爲時兩載有餘。」〔註 13〕上卷出版後，陳貽焮又花費了整整五年時間才最終完成餘下部分的創作，後續部分「第十一章到第二十章，從一九八一年十月十五日寫起，到一九八四年七月十九日完成。上卷寫完後暫停五個月除外，全書前後共寫

〔註 11〕葉嘉瑩《關於評說中國舊詩的幾個問題——爲臺灣的說詩人而作》，《中國古典詩歌評論集》，廣東人民出版社 1982 年版。
〔註 12〕同上。
〔註 13〕《作者自識》，《杜甫評傳》。

了整五年。」〔註14〕陳貽焮站在時代的高度，分析杜甫詩作，探討其身世，考察當時的社會現實，將注解、典故、賞析、翻譯融爲一體，既有材料的繁複徵引，又有對杜詩所作的行雲流水般的講解，取材宏富，雅俗共賞。《評傳》是陳貽焮學術思想的集中展示，也體現了他的治學路徑，即「習慣於從根本上思考問題，特別重視研究作家的生活和思想感情，盡可能設身處地，從理解一個人的角度出發，把古人還原成活生生的社會現實中的人；像修復一個打碎了的古董花瓶那樣，完整地展現作家的生活背景和時代風貌。」〔註15〕

　　《評傳》一書多次論及黃生的《杜詩說》。可以說，陳貽焮對《杜詩說》的接受帶有特定時代的理論方法色彩。同時，他本人的治學思想也自然地浸潤於對《杜詩說》的分析與評判之中。

一、實證與理論研究相結合

　　陳貽焮立足於傳統，十分注重實證研究，強調「根柢無易其固，而裁斷必出於己。」（熊十力語）因此，他非常關注黃生對杜詩的相關考證。

　　關於老杜耒陽一案，陳貽焮以爲黃生駁錢謙益之說甚中肯綮。其云：「微之墓誌，出於公孫嗣業之請，一當以此爲據。史文則撮取《雜錄》與墓誌而成，即其末云：『元和中，宗武子嗣業，自耒陽遷甫之柩，歸葬於偃師。』已與志相牴牾。又況公以大曆五年避臧玠之亂入衡，史書公卒乃在永泰二年。竟以武蔑、蜀亂、公去成都、下峽、出江陵、過湖南，皆作一年之事，則其疏略紕繆、不可據信亦已明矣。若以卒耒殯嶽，兩存其實，則二地懸絕，更隔洞庭一湖，卒此殯彼，理不可信。何獨《明皇雜錄》爲與史合而確據之也？詳史所書牛酒飫死之說，實採之《雜錄》。《錄》敘此事而終之云：『今集中猶有贈耒陽詩。』即此勘破作者正因此詩，飾成其事，小說家伎倆畢露。今顧謂《雜錄》與史合，豈知史正承《錄》謬耶？觀『牛肉白酒』四字，

〔註14〕　《作者贅語》，《杜甫評傳》。
〔註15〕　《葛跋》，《杜甫評傳》第 1177～1178 頁。

顯是此詩題中『書致酒肉療饑荒江』之句文致而成。諸家辯之固當，而反謂其曲爲公諱，觀錢之意，不過欲確明其卒於耒陽，不難盡掃諸家之說耳。然本傳既難憑信，元志述公事雖略，猶賴『旅殯岳陽』四字，幸存一錢，爲《回棹》、《登舟》、《發潭》、《過湖》諸詩左證，而顧必爲耒陽爭一杜公之遺蛻，其智不反出宋人下哉？予獨惜此書有功於子美，而貽此掛漏，爲通人之一蔽也。」〔註16〕

　　陳貽焮不是爲考據而考據，而是把考據上升到批評的高度、上升到理論層面作更深的發掘。因此，陳貽焮往往將實證與理論研究結合起來，如葛曉音所言，「先生（注：指陳貽焮。）向來主張研究古典文學應當考據、義理、辭章、時代、作家、作品相結合，但不是幾大塊的拼合，而是有機的化合，使考據爲理解作家、分析作品所用。」〔註17〕

　　如對於老杜《三韻三篇》的詮釋即採用了實證與理論研究相結合的方法，以考證探討杜詩意旨。陳貽焮贊同以黃生爲代表的關於此組詩主要賦幕中事的說法，特引黃說：「三首與《莫相疑行》、《赤霄行》，似皆在幕之作。首篇諷嚴公不能破格待己。中篇即《古柏行》『古來材大難爲用』之意。末篇似指幕客有攬權者，而小人爭趨之。『何當官曹清，爾輩堪一笑。』蓋朝中弊政亦如此。我所嚙目者，官曹之濁亂耳；若爾輩，直付之一笑而已。前二章比也，末章賦也。（黃）鶴……解固得矣，而不知其實因同幕而發。觀末韻自有『豺狼當道，安問狐狸』之意。」〔註18〕接著對該組詩作了與黃生不同的具體詳盡的解釋。根據《新唐書·嚴武傳》所載「武在蜀頗放肆，用度無藝，或一言之悅，賞至百萬。蜀雖號富裕，而峻掊亟斂，閭里爲空」的說法說明杜詩之現實針對性。將這組詩放在詩人白頭趨幕的這一時期加以考察，與其他抒發屈辱之情的篇章參讀，發現它們之間在情緒上確有相通之處，說明「這組詩也當同是

〔註16〕《杜甫評傳》第 1173～1174 頁。
〔註17〕《杜甫評傳》第 1180 頁。
〔註18〕同上 850 頁。

屈居幕府時有所激憤而作。不大像只是泛泛地發些爲人處世的感歎。」又聯繫詩意，駁黃生所謂「首篇諷嚴公不能破格待己」的不甚貼切之說。又對比黃生前論《正月三日歸溪上有作簡院內諸公》：「『白頭趨幕府，深覺負平生。』平生所志在立朝展效耳。今以白頭而趨幕府，所負多矣。公雖感（嚴）武周旋，然不薦之於朝，而但致之於幕，初與同官，今乃爲其僚屬，意固不能無望。」最後得出結論，「入幕之初，已深感委屈；繼而不能無望，終於失望；今爲輕薄少年所侮，又未能顧全其顏面：果眞這樣，就難怪老杜對嚴武有所不滿了。」

二、傳統的「知人論世」與現代的唯物史觀結合

陳貽焮在繼承黃生等人大力倡導的知人論世批評方法的同時，還注意把唯物史觀與辯證法運用到杜詩學的研究中，致力於考察杜詩的時代背景，實事求是地分析老杜生平思想，及其在藝術上的獨特貢獻。

（一）注重考察創作主體、社會生活、時代背景與杜詩創作之間的關係。

老杜《夢李白》二首（其一）。陳貽焮轉引黃生的評論：「交非泛交，故夢非泛夢，詩亦非泛作。若他人交情與詩情俱不至，自難勉強效顰耳。」陳貽焮認爲，此說已經注意到詩人主觀感情對於詩歌的重要意義，「有眞情實感，不嫌披頭散髮；無眞情實感，最怕搔首弄姿：眞文學假文學區別在此。」〔註19〕

黃生有言：「杜詩強半言愁，其言喜者僅寄弟數作及此作而已。言愁者眞使人對之欲哭，言喜者眞使人讀之欲笑，蓋能以其性情達之紙墨，而後人之性情類，爲之感動故也。學杜者不此之求，而區區討論其格調，剽擬其字句，以是爲杜，抑末矣！」〔註20〕陳貽焮認爲此說頗有見地，因爲眞正打動讀者的正是詩人投射於詩中的主觀情感，而非字句格調。

〔註19〕《杜甫評傳》第 516～517 頁。
〔註20〕《杜甫評傳》第 726 頁。

　　陳貽焮引黃生語評老杜《山寺》：「此詩用錯敘法：『窮子』二句當在『檀施開』下，『以慈』二句又在『憂禍胎』下，再接『吾知』等句，言寺毀則僧必散，當此亂世，或去爲盜賊，使君之咄嗟檀施，其深憂乃在於此。以此撫士卒而鎮一方，豈非其才智之周耶？檀施既開，吾知寶樹花臺，莊嚴不日。山僧得此，寒谷生春矣。結復另轉一意：自哂己不如山僧耽耐寒苦，所以不能入道，尙欲求食人間，如嬰兒之求乳耳。」〔註21〕陳貽焮發揮黃生的說法，強調詩歌反映的是社會生活，杜詩也不例外。唐代社會生活的急劇變化激發了老杜的情感，老杜借自己手中的筆，表達了對社會人生的看法。

　　如黃生評老杜《早行》云：「首四句，前《上水》作道篙工，有『歌謳互激越』自語，《遣遇》詩道採蕨女，有『暮返空村號』之語，故曰『歌哭』云云。」又說：「飛鳥以求食，故不能安居。魚雖安居於水，而又有網罟之患。人在故鄉，猶魚在碧藻；其迫於干戈，猶困於網罟也。今此掛帆行邁，是以網罟之驚魚，轉爲求食之飛鳥。然則聞見關情，皆干戈崩迫使然，深歎寧靜之無日也。」〔註22〕陳貽焮以爲黃生此處對杜詩比興手法的分析表明他已經看到了時事對老杜的影響。

　　（二）注重揭示杜甫的思想性格的形成及其發展過程。關於老杜《佳人》，黃生評曰：「偶然有此人有此事，適切放臣之感，故作此詩，全是託事起興，故題但云《佳人》而已。後人無其事而擬作，與有其事而題必明道其事，皆不足與言古樂府者也。」陳貽焮引用了黃說，並認爲此說公允適合。他借助典型化理論，並結合老杜思想的來源，對此詩究竟是寫實還是寓言，作了更加深入的分析，「實有其人其事，又有眞實感受，但在創作過程中經過藝術概括和典型化，使人物、情節出自原型又高於原型，思想感情來自實感又深於實感，這就可能寫出思想性、藝術性高度相結合的詩篇來。《佳人》

〔註21〕同上第 807 頁。
〔註22〕同上第 1120 頁。

－205－

正是這樣的作品，黃生又正是這樣看待這一作品，所以還是他所代表的這一派的看法對。」〔註23〕

　　《奉濟驛重送嚴公四韻》一詩，黃生串講頗佳：「遠送至此，前途再難復進矣，從此遂一別矣。此時離杯在手，『幾時』再得『杯重把』？『昨夜』皓月當頭，幾時再得『月同行』？分袂之後，青山空在，豈能知我此情之鬱結耶？在公則思留於列郡，位望冠於三朝，榮亦極矣。特己別公之後，殘生寂寞，依藉無人，不堪回想耳。」又說：「發端已覺聲嘶喉哽，結處回思嚴去之後，窮老無依，真欲放聲大哭。雖無『淚』字，爾時語景已可想見矣。送別詩至此，使人不忍再讀。」黃生運用以意逆志的方法，分析老杜曲折心路歷程。陳貽焮則在黃說的基礎之上，也體會了老杜心境，對其遭遇大發感喟：「貧老多病，流落異鄉，像嚴武這樣一個可倚靠的世交摯友如今又走了，怎教他不傷感呢？」〔註24〕

　　《遣悶奉呈嚴公二十韻》一詩，在陳貽焮看來，「這詩寫得很懇切，能真實反映詩人屈居幕府的生活和心情，頗有意義。」他借黃生之說，分析了老杜思想的前後變化：「公與嚴公始終暌合之故，其見此一詩。蓋公在蜀，兩依嚴武，其與公故舊之情，不可謂不厚。及居幕中，未免以禮數相拘，又為同輩所譖，此公所以不堪其束縛，往往寄之篇詠也。」〔註25〕

　　（三）通過縱橫比較，探討杜詩藝術的獨創性。《杜甫評傳》多次徵引黃說，分析杜詩藝術特色。陳貽焮對老杜詩歌不同的藝術特質進行了比較。關於《月》，他先引黃說：「全首作對月嗔怪之詞，實與《百五夜對月》作同一奇恣；特此首精深渾雅，故人不覺其奇爾。」但是，通過對比，陳貽焮發表了不同看法，「單就藝術而論，此詩趕不上《一百五日夜對月》，更不要說《月夜》了。」〔註26〕

〔註23〕《杜甫評傳》第 503 頁。
〔註24〕同上第 676 頁。
〔註25〕同上第 834 頁。
〔註26〕同上第 324 頁。

　　由於善於比較，陳貽焮於杜詩的藝術獨創性有著較爲深刻的認識。如，關於杜詩的含蓄美，他先引黃生詩評「篇中無一字不言梅，無一字是言梅，曲折如意，往復盡情，筆力橫絕千古。」並就此讚歎道：「這詩確乎絕妙，見此老遲暮情懷，復見其風流蘊藉。」〔註27〕

　　陳貽焮還引用黃說點明杜詩詩法之妙。其評老杜《奉和嚴鄭公軍城早秋》云：黃生說：「『雲間』，言其高。『雪外』，言其遠。『滴博』、『蓬婆』，地名，極粗硬，卻得『雲間』『雪外』四字調適之，眼中口中全然不覺，運用之妙如此。」可悟修辭鍊句之法。〔註28〕

　　由於時代的影響，陳貽焮對唯物史觀與辯證法有著執著的追求，並把它們運用到杜詩研究領域，堅持理論研究與實證相結合，把傳統的「知人論世」與現代的唯物史觀結合起來進行研究。正因爲如此，他賦予黃生等前人的研究方法以新的時代內涵。如，陳貽焮對老杜《哀江頭》一詩的分析評判，就綜合運用了上述研究方法。首先，他援引史實，認爲此處以「賈大夫射雉事來隱喻帝妃二人之間的關係，終嫌不恰當。」〔註29〕因爲《舊唐書》本傳說貴妃「資質豐豔，善歌舞，通音律，智算過人，每倩盼承迎，動移上意。」其次，陳貽焮知人論世，設身處地從老杜的基本思想和眞實的感情出發考察該詩，「就老杜的思想和對皇帝一貫的態度而論，即使他在一些重大問題上有所腹非，在詩文的字裏行間有所表露（參看前面有關《自京赴奉先縣詠懷五百字》的議論），恐怕不敢，也不會像注家曲解的那樣輕薄吧？」〔註30〕再次，陳貽焮從老杜生活的時代出發，去體會老杜的思想，把老杜還原成活生生的社會現實中的人，並從全詩主旨出發，探討具體詩句，「在當時的情況下，在整篇詩歌流露出來的思想感情中，雖有諷喻之意，而更多的卻是抒發憶舊傷今的悲痛，對帝妃的態度主要是

〔註27〕同上第 595 頁。
〔註28〕《杜甫評傳》第 826 頁。
〔註29〕同上第 301 頁。
〔註30〕同上。

同情的。因此，若將這句當作是老杜對他倆『眞堪絕倒』的嘲弄，這
不僅於情理不合，也嚴重地破壞了整首詩的悲劇情調和氣氛，令人哭
笑不得。」〔註31〕

〔註31〕同上。

主要參考文獻

1. 〔清〕黃生，一木堂詩稿〔M〕，康熙二十二年刻本，安徽省博物館藏。

2. 〔清〕黃生，杜詩說〔M〕，康熙十八年刻本，中國科學院圖書館藏。

3. 〔清〕黃生，杜詩說〔M〕，康熙三十五年刻本，安徽省博物館藏。

4. 〔清〕黃生撰，徐定祥點校，杜詩說〔M〕，合肥：黃山書社，1994。

5. 〔清〕黃生，植芝堂今體詩選〔M〕，清抄本，安徽省博物館藏。

6. 〔清〕黃生等撰，何慶善點校，唐詩評三種〔M〕，合肥：黃山書社，1995。

7. 〔清〕黃承吉著，包殿淑點校，字詁義府合按〔M〕，北京：中華書局，1984。

8. 賈文昭主編，皖人詩話八種〔M〕，合肥：黃山書社，1995。

9. 楊伯峻譯注，孟子〔M〕，北京：中華書局，1960。

10. 〔清〕戴震撰，張岱年主編，戴震全書〔M〕，合肥：黃山書社，1995。

11. 趙爾巽等，清史稿〔M〕，北京：中華書局，1975。

12. 〔清〕馬步蟾纂修，徽州府志〔M〕，道光刻本。

13. 〔清〕靳治荊纂，吳苑修，歙縣志〔M〕，康熙刻本。

14. 石國柱纂，許承堯，編歙縣志〔M〕，民國刻本。

15. 安徽通志館編，安徽通志稿〔M〕，民國排印本。

16. 潭渡黃氏族譜〔M〕，雍正刊本。

17. 〔清〕閔麟嗣著，劉尚恒、王佐點校，黃山志〔M〕，合肥：黃山書社，1990。

18. 〔清〕汪士鋐，黃山志續集〔M〕，安徽叢書五。

19. 〔清〕徐鼏，小腆紀年〔M〕，北京：中華書局，1958。

20. 四庫全書總目〔M〕，北京：中華書局，1956。

21. 四庫存目叢書〔M〕，濟南：齊魯書社，1997。

22. 陳寅恪，柳如是別傳〔M〕，上海：上海古籍出版社，1980。

23. 原北平故宮博物院文獻館編，清代文字獄檔〔M〕，上海：上海書店，1986影印。

24. 章培恒，洪昇年譜〔M〕，上海：上海古籍出版社，1979。

25. 汪世清，黃生年譜〔M〕，未刊稿，黃山學院圖書館藏。

26. 歐初、王貴忱主編，屈大均年譜〔M〕，北京：人民文學出版社，1996。

27. 馮其庸、葉君遠，吳梅村年譜〔M〕，南京：江蘇古籍出版社，1990．

28. 任道斌，方以智年譜〔M〕，合肥：安徽教育出版社，1983。

29. 〔明〕汪道昆撰，胡益民、余國慶點校，太函集〔M〕，合肥：黃山書社，2004。

30. 〔清〕孫枝蔚，溉堂集〔M〕，上海：上海古籍出版社，1979。

31. 〔清〕汪士鋐，栗亭詩集〔M〕，清康熙刻本。

32. 〔清〕錢謙益，牧齋初學集〔M〕，上海：上海古籍出版社，1985。

33. 〔清〕顧炎武，顧亭林詩文集〔M〕，北京：中華書局，1983。

34. 〔清〕汪洪度，息廬詩〔M〕，康熙刊本。

35. 〔清〕周亮工，賴古堂集〔M〕，上海：上海古籍出版社，1979。

36. 〔清〕施愚山著，何慶善、楊應芹點校，施愚山全集〔M〕，合肥：黃山書社，1992。

37. 許承堯撰，汪聰、徐步雲點校，疑庵詩〔M〕，合肥：黃山書社，1990。

38. 〔清〕靳治荊，思舊錄〔M〕，昭代叢書丙集卷四十三。

39. 〔清〕王仲儒，西齋集〔M〕，康熙夢華山房刻本。

40. 〔清〕錢謙益，錢注杜詩〔M〕，上海：上海古籍出版社，1979。

41. 〔清〕吳瞻泰，杜詩提要〔M〕，臺灣大通書局《杜詩叢刊》本，復旦大學圖書館藏。

42. 〔清〕洪仲，苦竹軒杜詩評律〔M〕，清順治十六年刻本，國家圖書

館藏。

43.〔清〕仇兆鼇，杜甫詳注〔M〕，北京：中華書局，1979。

44.〔清〕浦起龍，讀杜心解〔M〕，北京：中華書局，1961。

45.〔清〕吳嘉紀著，楊積慶箋校，吳嘉紀詩箋校〔M〕，上海：上海古籍出版社，1980。

46. 上海文物出版社，浙江省博物館編，黃賓虹文集〔M〕，上海：上海書畫出版社，1999。

47. 趙國璋主編，江蘇藝文志〔M〕，南京：江蘇人民出版社，1995。

48.〔明〕戴廷明、程尚寬等撰，朱萬曙等點校，新安名族志〔M〕，合肥：黃山書社，2004。

49.〔清〕彭希涑，淨土聖賢錄〔M〕，清刻本。

50.〔清〕焦循輯，許衛平點校，揚州足徵錄〔M〕，揚州：廣陵書社，2004。

51. 許承堯撰，李明回等點校，歙事閒譚〔M〕，合肥：黃山書社，2001。

52.〔清〕黃呂輯，重訂潭濱雜誌〔M〕，光緒刊本。

53.〔清〕鄧漢儀輯，詩觀初集二集三集〔M〕，康熙慎墨堂刻本。

54.〔清〕朱覲，國朝詩正〔M〕，康熙五十四年鐵硯齋刻本。

55.〔清〕沈德潛輯評，國朝詩別裁集〔M〕，康熙敦忠堂刻本。

56.〔清〕姚佺輯，詩源〔M〕，清抱經樓刻本。

57.〔清〕張維屏輯，國朝詩人徵略〔M〕，道光十年刻本。

58. 汪世清輯，漸江資料集〔M〕，合肥：安徽人民出版社，1984。

59. 蔣寅，王漁洋事迹徵略〔M〕，北京：人民文學出版社，2001。

60.〔清〕姚覲元，孫殿起輯，清代禁燬書目（補遺），清代禁書知見錄〔M〕，北京：商務印書館，1957。

61. 孫殿起，販書偶記〔M〕，上海：上海古籍出版社，1982。

62. 孫殿起，販書偶記續編〔M〕，上海：上海古籍出版社，1980。

63. 蔣元卿，皖人書錄〔M〕，合肥：黃山書社，1989。

64. 雷夢辰，清代各省禁書彙考〔M〕，北京：北京圖書館出版社，1989。

65. 胡益民，徽州文獻綜錄〔M〕，未刊稿，安徽大學徽學研究中心藏。

66. 鄭慶篤、焦裕銀、張忠綱、馮建國編著，杜集書目提要〔M〕，濟南：齊魯書社，1986。

67. 周採泉，杜集書錄〔M〕，上海：上海古籍出版社，1986。

68. 北京師範大學圖書館古籍善本書目〔M〕，北京：北京圖書館出版社，2002。

69. 安徽省圖書館編，安徽省館藏皖人書目〔M〕，合肥：黃山書社，2003。

70. 張慧劍編著，明清江蘇文人年表〔M〕，上海：上海古籍出版社，1986。

71. 鄧之誠，清詩紀事初編〔M〕，上海：上海古籍出版社，1965。

72. 錢仲聯主編，清詩紀事〔M〕，南京：鳳凰出版社，2004。

73. 袁行雲，清人詩集敘錄〔M〕，北京：文化藝術出版社，1994。

74. 張寅彭，新訂清人詩學書目〔M〕，上海：上海古籍出版社，2003。

75. 南京大學中國語言文學系《全清詞》編纂委員會，全清詞〔M〕，北京：中華書局，1994。

76. 福建師範大學中文系古典文學教研室選注，清詩選〔M〕，北京：人民文學出版社，1984。

77. 謝正光、范金民，明遺民錄彙輯〔M〕，南京：南京大學出版社，1995。

78. 謝正光，明遺民傳記資料索引〔M〕，上海：上海古籍出版社，1992。

79. 謝正光，清初詩文與士人交遊考〔M〕，南京：南京大學出版社，2001。

80. 李靈年、楊忠主編，清人別集總目〔M〕，合肥：安徽教育出版社，2000。

81. 徐世昌，清儒學案〔M〕，民國二十七年刻本。

82. 梁啓超，清代學術概論〔M〕，上海：上海古籍出版社，1998。

83. 謝國楨，明末清初的學風〔M〕，上海：上海書店出版社，2004。

84. 王俊義，清代學術探研錄〔M〕，北京：中國社會科學出版社，2002。

85. 劉毓慶，從經學到文學——明代《詩經》學史論〔M〕，北京：商務印書館，2001。

86. 趙園，明清之際士大夫研究〔M〕，北京：北京大學出版社，1999。

87. 姚邦藻等主編，汪世清談徽州文化〔M〕，北京：當代中國出版社，2004。

88. 張忠綱等，中國新時期唐詩研究述評〔M〕，合肥：安徽大學出版社，2000。

89. 李聖華，晚明詩歌研究〔M〕，北京：人民文學出版社，2002。

90. 胡益民，張岱研究〔M〕，合肥：安徽教育出版社，2004。

91. 朱則傑，清詩史〔M〕，南京：江蘇古籍出版社，2000。

92. 嚴迪昌，清詩史〔M〕，杭州：浙江古籍出版社，2002。

93. 張健，清代詩學研究〔M〕，北京：北京大學出版社，1999。

94. 簡恩定，清初杜詩學研究〔M〕，臺北：臺灣文史哲出版社，1986。

95. 孫微，清代杜詩學史〔M〕，濟南：齊魯書社，2004。

96. 陳貽焮，杜甫評傳〔M〕，北京：北京大學出版社，2003。

97. 葉嘉瑩，杜甫秋興八首集說〔M〕，石家莊：河北教育出版社，1997。

98. 胡可先，杜甫詩學引論〔M〕，合肥：安徽大學出版社，2003。

99. 郝潤華，《錢箋杜詩》與詩史互證方法〔M〕，合肥：黃山書社，2000。

100. 葉嘉瑩，關於評說中國舊詩的幾個問題——爲臺灣的說詩人而作〔C〕，中國古典詩歌評論集，廣州：廣東人民出版社，1982。

101. 陳文忠，中國古典詩歌接受史研究〔M〕，合肥：安徽大學出版社，1998。

102. 潘樹廣、黃鎮偉、包禮祥，古代文學研究導論〔M〕，合肥：安徽文藝出版社，1998。

103. 楊應芹，稗稿且存〔M〕，合肥：安徽大學出版社，2013。

104. 李平，文心雕龍研究史論〔M〕，合肥：黃山書社，2009。

105. 徐道彬，皖派學術與傳承〔M〕，合肥：黃山書社，2012。

後　記

　　離開美麗的安徽大學已 6 年多了。雖然工作的地方與安大在同一個城市，距離並不太遠，但是回去的次數卻是屈指可數。而且每次回去拜訪師友，談論的大多是現在的工作生活，對當時的專業很少涉及。值博士論文即將出版之際，當年學習生活的點點滴滴不時在我的腦海裏浮現，撰寫博士論文的那些日日夜夜也不禁回想起來。劉勰曰：「方其搦翰，氣倍辭前；既乎篇成，半折心始。」這是我完成論文時的眞切感受。的確，當定稿時，我發現論文仍有許多不盡如人意之處，與自己當初的設想存在一定的距離。慚愧之餘，我不禁用阿 Q 式的精神勝利法聊以自慰：「就把它作爲一個新的起點吧！」然而，從選題、收集資料到撰寫，論文的寫作畢竟還是經歷了一個長期的過程。這其中既蘊涵著痛苦，又伴隨著歡樂。更爲重要的是，諸多師友爲我的論文寫作提供了熱心的幫助。因此，我很想藉此機會表達自己由衷的謝意。

　　2006 年，我由先前的中國文學批評史方向轉入古典文獻學方向學習，專業的跨越給畢業論文的選題帶來了一定的難度。在這種情況下，導師楊應芹教授和徽學研究中心胡益民教授建議我從安徽地方文獻入手做一些嘗試與探索，結合先前所學專業探討一下黃生及其著作《杜詩說》。通過接觸黃生的相關資料，我開始欽佩感歎他那不平凡

的人生經歷和執著的奮鬥精神，並決定以《黃生及其〈杜詩説〉研究》作為自己的博士論文選題。在開題報告會上，黃德寬、何琳儀、白兆麟、劉信芳、徐在國諸位先生對選題及寫作計劃提出了很好的建議，令我獲益非淺。之後，陳道貴博士對我的論文寫作提綱也提出了寶貴的意見，讓我頗受啓發。可是，在進一步搜集資料時，我又遇到了一定的困難。因為黃生的著作在乾隆間曾遭禁燬，大部分長期以來湮沒無聞，且其雖為安徽地方人物，但僅有的少部分資料卻散落於全國各地。於是，我開始南征北戰，四處收集資料。其間，我曾到國家圖書館、中科院圖書館、北大圖書館等處查閱拍攝資料；又想方設法從復旦大學圖書館、上海師範大學圖書館收集複印資料；又奔赴黃生的故鄉歙縣黃墩、潭渡進行實地考察，並到黃山學院圖書館查詢相關研究著作；同時，常駐安徽省博物館、安徽省圖書館謄抄資料……這些已成為我獨特的人生經歷與體驗，許多情景至今讓仍我難以忘懷：05年暑假，我和圖書管理員俞老師緊盯著門頭的馬蜂窩，膽戰心驚地進入資料室的驚險情景仍歷歷在目；每次查訪到有關黃生的資料，我都會如獲至寶般地興奮與欣喜，這種感覺我至今仍回味無窮。在這裏，我要感謝省文物局的方林女士、省博的汪慶元先生，正是由於他們的幫助，我才得以成功進入省博查閱古籍；我要感謝黃山學院圖書館的俞女士、方利山先生、羅飛雁女士、周濤先生，沒有他們的關心與支持，我將無法一覩著名徽學研究專家汪世清先生的大著；我要感謝北京師範大學的谷曙光博士、中國社會科學院的劉大先博士、中央黨校的陶火生博士、中國人民大學的占勇博士，是他們為我輾轉北京幾家圖書館查閱資料提供了方便；我還要感謝復旦大學倪晉波博士、上海師範大學葉當前博士，他們或代為查詢，或惠寄資料，為我的研究提供了無私的幫助……

論文的撰寫同樣是一個不平靜的過程，這其中既有思路順暢時的愉悅，也有文筆枯澀時的苦惱，還有為了找工作、參加面試筆試而不得不將論文擱置幾天時的悵恨與志忑……論文得以最終完成得到了

許多朋友的關心與支持。如，學兄楊世鐵博士一連幾日核對原文、鄭曉行先生幫助翻譯了英文摘要……

　　許多學界前輩不顧事務繁忙，也對本論文的寫作給予了關心與指導。如，胡益民先生、何慶善先生花費了大量時間對論文作了認真的修改與潤色；答辯委員會主席李學勤先生和郁賢皓先生、余恕誠先生、欒成顯先生、朱則傑先生、莫礪鋒先生、丁放先生對文章的進一步修改也提出了寶貴的意見。諸位先生嚴謹求實、獎掖後學的精神令我感銘！

　　讀博三年，我有幸接受導師楊應芹先生的言傳身教，其寬厚睿智的長者風範給我留下了深刻的印象。胡益民先生亦給予我真誠無私的的幫助，這同樣令我感動不已。

　　我還要感謝熊正榮女士、孔德勤女士、王少兵先生，正是由於他們的慷慨資助，我才能夠獲得攻讀博士學位這樣一個寶貴的學習機會。

　　藉此機會，我還要感謝年邁的父母，是他們不計辛勞，始終鼓勵我在人生的道路上不斷前行。我的愛人李慧敏女士一直默默支持我的學習、工作和生活，甚至還放棄休息時間幫助我修改博士論文，同樣令我發自內心地感激！

　　學長徐道彬教授百忙之中抽出時間幫助審校書稿，為本書順利出版提供了很大的支持，臺灣花木蘭文化出版社北京連絡處的楊嘉樂女士和編輯部的諸位老師也付出了艱辛勞動，在此一併致以誠摯的謝意！此次出版雖也對論文進行了一些修改校訂，但關於學力所限，雖已定稿，內心仍覺惶恐不安，深感在諸多面存在不少疏漏之處。因此，真誠地希望各位師長和朋友批評、指正。

范偉軍

2014 年 5 月於合肥